JN071462

生田春月への旅 II

——魂の彷徨——

上田京子

生田春月への旅 Ⅱ

魂の彷徨

『生田春月への旅 Ⅱ』の刊行に寄せて

東京大学名誉教授・独文学専攻・詩人　神品（こうしな）　芳夫（よしお）

生田春月は芥川龍之介と同じ明治二五年の生まれであるが、生家の家業没落のため、当時の義務教育である高等小学校しか出ていない。それでも文学への志をつよく燃やしつづけ、ついには詩人として、また翻訳家として世に認められ、三八歳の若さで自ら命を絶ったにもかかわらず、のちに全一〇巻の「生田春月全集」としてまとまるほどの成果を遺した。

春月の文学の特質は、社会の底辺に生きる者の哀歓を身をもって表わすところにある。翻訳家としても、彼はドイツのユダヤ系詩人ハインリヒ・ハイネの詩の訳を主軸としているが、一般に知られている愛の抒情詩人の面ばかりでなく、権力による弾圧に抵抗する社会派詩人としてのハイネを日本の読者に初めて紹介した。ハイネの詩を初めて口語調で訳した功績も大きい。

昭和期に入ると、やはり高等小学校出身から詩人になった小熊秀雄が北辺の地から登場する。小熊も疎外された弱い者の立場から詩を書いて、今でも日本現代詩の貴重な先達として敬愛されている。それに比べると、春月は文学史のなかに収まった名前のような感はある。しかし彼が室生犀星や萩原朔太郎と親しく交わっていたと聞けば、春月もけっして過去に沈んだ詩人ではない。明治維新以降の日本の近代化は富国強兵の旗印のもとで推進されたのは事実だが、それに対抗する自由民権思想は政治の表面では敗者ではあったにしても、社会のさまざまな層で根強く育っていた。その地盤があるからこそ、戦後日本の民主化は順調に運んだ。その意味では、日本近代詩史も、生田春月から小熊秀雄へという太い系譜を加えて書き直す必要がありはしないか。

上田京子さんのお仕事は重要なステップになると思う。

生田春月への旅 Ⅱ　魂の彷徨／目次

※引用文中のかなづかいと漢字表記について引用文は旧かなづかいのままとし、漢字は当用漢字に改めた。
※掲載許可依頼に回答のなかった資料も、そのまま掲載した。

第一章

新出資料にみる
若き日の春月とその時代

第一章　新出資料にみる若き日の春月とその時代

一　はじめに

春月研究者であり、医師であった広野晴彦氏（以下敬称略）が、生涯をかけて収集された生田春月関係資料が、日本近代文学館に寄贈されたことを知ったのはかなり前のことである。日本近代文学館の常務理事であり、同館の運営に尽力された今は亡き曽根博義・日本大学教授からの情報であった。曽根先生は近代文学研究の広い範囲をカバーしながら、生田長江、生田春月にも目を注ぎ、その再評価に目を向けられていた。

広野晴彦（一九三五〜一九八九）は千葉県銚子市出身。日本医科大学講師、助教授を歴任、その後大学を辞して広野クリニックを開業した。彼の生田春月研究は、高校時代国語の授業で生田春月の作品を紹介されたことに始まる。

「詩人生田春月を知って以来、まるで取憑かれたかのように、医業の傍らその研究に没頭してゐる人である。（略）未だ医学部の学生だったが、既にいっぱしの春月研究家として、目立たぬものながら幾つかの論文を発表していた。また春月の作品はもとより、事春月にふれた諸家の論稿は断簡零墨と雖も蒐集してゐた。」と広野晴彦編・著『定本　生田春月詩集』（弥生書房　一九六七）の序文に元二松学舎大学学長　塩田良平は記している。

広野晴彦は医業のかたわら長年にわたって生田春月研究を続け、「春月と朔太郎」(「詩界」No.65、一九六二)、「春月のハイネ紹介―ある評価に対する反論として」(「詩学」一九六二)はじめ二〇篇に近い論考がある。彼の『定本　生田春月詩集』には、春月の詳細な解説及び年譜がある。この基礎をなしているのが長年にわたる研究とともに、厖大な春月関係資料の収集であり、春月研究の嚆矢となっている。

また春月の作品はそのほとんどが絶版のため、いつでも手に取って読むことのできない状況を憂慮し、飯塚書房版『生田春月全集』全一三巻の監修・発行に尽力された。広野は春月を再評価し世に出すために情熱をかたむけたが、一九八九年、五四歳の若さで急逝された。

二〇〇五年、広野の遺族から日本近代文学館にその収集資料が寄贈された。日本近代文学館理事の曽根先生の働きかけがあったと聞いている。厖大な資料群から春月関係の七四一点が選ばれ日本近代文学館に納められた。生田春月の著作は勿論、原稿、訳稿、草稿、書簡、自筆文書、筆墨といった肉筆資料が多数ある。しかし一点ものの貴重な資料は同館では基本的に非公開である。筆者は春月資料一覧を入手しているが、『日本近代文学館』館報や、『日本近代文学館年誌　資料探索』に翻刻、公開されたもの以外は未見であった。

このたび未公開の資料をようやく閲覧する機会を得たが、広野の春月資料収集にかける熱意に驚いた。この章では新出肉筆資料のうち春月が少年時代に編集した回覧雑誌『天使』第七号、第八号、回覧雑誌『低唱』第七号、短編集『戦慄』の梗概、それに関する書簡などを中心に紹介する。

広野は今から一〇〇年以上も前に、一地方の少年たちが編纂した各号一冊しかない肉筆回覧雑誌を収集されていた。記録には残っていたが、当然のことながら一般流通に乗る資料ではないので、入手に到るまでには多大な努力をされたはずである。広野はこれらの収集資料に目を通されただろうが、その成果はわずかに年表に数行付け加えられただけで、関連する論文は発表されていない。

私は広野の熱意によって収集・保存され、後に日本近代文学館に寄贈されたこれらの新出資料を探して閲覧することができた。そこですでに一二〇年近く前に少年たちによって編集された回覧雑誌から見える、当地方のこの時代と文化的な背景の一端を、できるかぎり掘り起こしてみたい。

これまで春月は『若草』、『花籠』、『天使』、『低唱』などの回覧雑誌を編集したことは、春月の随想の一端や年表の記述によって知られていたが、その内容はまったく不明だった。

明治三〇年代後半、少年たちの自発的な回覧雑誌づくりは、全国どの地方の町でも文学的なあこがれの表現活動としておこなわれていた。だが高等小学校・中学校前後の一一〜一四歳、現在の小学校五年から中学校一・二年あたりの少年たちの文芸サークル的活動は、一冊しかない回覧雑誌を皆で共有して回覧するため、当時の生の資料はほとんど残っていない。また文芸的な幼い目覚めはあっても、その文学的価値を問えるものではないのでまったく世間には知られていない。しかし今この雑誌を手にすると、少年たちの回覧雑誌発行は、明治という時代の若々しい息吹と高揚感を伝えている。

当時の少年たちにこのような取り組みができた一つの要因は、明治三三年、第三次小学校令の改正により尋常小学校四年が義務化となり、あわせて月額五〇銭の授業料（教育費）が無償化されたことにある。これにより小学校就学率は急激な勢いで伸びて八〇％に達し、五年後の明治三八年には九六％になった（『学制百年史』）。江戸時代、読み書きソロバンの寺子屋教育の下地があったとはいえ、当時の小学校教育は授業料が払えず就学率が足踏み状態にあったところから、無償化によって一気に国民皆教育に近づいたのである。日本は親の世代より子どもの世代が、格段に充実した近代的な教育を受けることができるようになった。そのことは少年たちが大人の助力を必要としないで、集い遊びながら自らを表現する創作の楽しさを知り、世界を大きく広げていくことができるようになったのである。

彼らより少し年上の青年たちは、大正期に入ると鳥取県内でも『水脈』（明治四五年二月　鳥取）、『我等』（大正二年　鳥取）、『文集』（大正六年頃　米子）、『金剛草』（大正九年　米子）等が印刷文芸誌として発行されるようになるが、ここに紹介する手書きの回覧雑誌『天使』（明治三七年五月一日創刊）ほかの例は、鳥取県内の記録としてはほとんどない。残っていないからである。

なぜこのような雑誌を米子で発行することができたのだろうか。先にあげた要件と重なるが、理由はいくつか考えられる。

第一に文学が好きで、雑誌の核になる少年が複数いたことである。『天使』の例でいえば、田中幸太郎（雪兎）、生田清平（星雨、春月）、由良因政（古庵）など小学生ですでに号をもっており、短歌、俳句、散文、絵画の得意な少年がいた。

第二に先にあげたように、明治という時代の未熟だが若々しい表現予備軍が育つ源、すなわち文字が読めて、字が書けて、絵が描けることは創作の喜びに繋がったのである。近代的な教育制度が整いつつあったことがうかがえる。

第三にそのことは出版文化を支える土台ができたことにつながる。新聞・雑誌は多様なもの、すなわち一般的な総合誌（紙）、文芸誌だけでなく農業、商業、工業はじめ中学生、女学生、児童・生徒向けなど各分野を専門とするものが発行されるようになる。雑誌の分野別、年代別、発行期間別などのさまざまな内容の出版物が中央から全国津々浦々に送り出されていった。続いて地方新聞・雑誌も明治三〇年代からさかんに創刊されるようになり、地方の人間も身近な情報をすばやく手にすることができるようになった。それが青・少年たちにも影響し、中央の雑誌に投稿する者も現れた。

第四に当時の米子の自由な気風があげられる。中央から最新情報を伝えてくれる雑誌も素敵なものだったが、自分たちもつくってみたいという気持ちを、まわりの大人が自由にさせていたこともあげられる。

このような条件が揃っている地域には、成人して文芸活動をする前の主義主張もない少年期に、仲間と楽しみながら自分たちの雑誌をつくることができたのだと思われる。

この度の新出資料はその文学的価値よりも、それが一二〇年近い歳月を経て今日まで残ったこと、そして探し出されたことに大きな価値をおき、地域文化の発掘の一端として読みといていきたい。

二　回覧雑誌『天使』の梗概

㈠　回覧雑誌『天使』第七号（明治三七年七月一日発行）の梗概〔日本近代文学館蔵〕

『天使』第七号の表紙は由良古庵。本名は因政で、春月が明道尋常小学校で教えを受け、文学的な目覚めを啓発された由良孝先生の弟である。春月より幾つか年長で、中学校に通う画家志望の少年である。

目次の次に口絵六枚がある。〝螢〟綿辺春木、〝布袋〟由良古庵、〝七星門〟同、〝鼠と稲穂〟池口文市、〝剣術道具〟広戸節操（節三、春月次弟、広戸家に養子）、〝紅葉と鳥〟吹野政雄、〝涼風〟生田星雨（春月）。

社告で『天使』発行期日の改正があり、これまで月三回の一日、一〇日、廿日の発行であったが、今回七号より月二回、一日、一五日に変更したと報告がある。理由は各号の原稿量が少ないうえ、増刊があり主幹の苦しみが大きいからだとしている。奥付は、

天使第七号
明治三十七年七月一日
編集兼発行人
主幹　生田星雨
絵画部主任　由良古庵

回覧雑誌『天使』第７号
（明治37年７月１日発行）

『天使』第七号は原稿用紙に換算すれば、一枚にも満たないものから二枚程度の短い散文である。本文は四四ページ、口絵、その他表紙のお知らせや小品「叔父」（著者の記入はないが春月作）などを入れると六〇ページに近い。

れようである。
『天使』創刊は明治三七年五月一日、第一号から六号までは月に三回発行しているので相当の熱の入

表紙絵と六枚の口絵はカラーで、それぞれ一ページずつを占める。挿絵・カットはほぼ全ページにある。写生のほかに何かの絵を参考にして描いたものなどである。奥付に「絵画部　主任　由良古庵」とあり、由良古庵（因政）のものが最も多い。古庵の挿絵には「古」と印が入れてあり、画家志望とあってほかの者よりうまい。

七号の中で最も目を引くのは五ページ。特別文庫「小川のさゝやき」（一）～（三）村尾文机である。〝特別文庫〟とは『天使』のなかで長文に属し、完成度の高い創作が配置されている。あるいは何かの作を写したものとおもわれる。内容は小川の流れに作者が問いかけて対話している。この流れの水・小川は海に向かっているのだが、その海から水蒸気があがり山に雨を降らせると、再び小川の流れとなって海に向かう循環を描いている。人生もまた同じで常に止まることがない。そのとらえ方の的確さと早熟さに驚いた。しかしよく読めば鴨長明『方丈記』などの古典を元にしていることがわかる。流れる水は答えて言う。

「愚なる哉汝や我を静止せるものと思へるや。吾は少し以前にありては遠き上流にありしなるを、いかでそを知るべきや」という文語調が突然入ったりする。

次の田中雪兎（幸太郎）の「乱れ髪」も『金色夜叉』を参考にした作である。雪兎は春月と同学年であるが小学生とはいえ、すでに女の子とラブレターをやりとりし、恋も経験している早熟な少年である。『金色夜叉』を何十ページにもわたって書き写して参考にしたのだという。

由良古庵の「降鬼剣」は時事と、評論を扱うコーナーである。雪兎・田中幸太郎について、「『天使』の前の『若草』時代から続く田中のラブ小説は、いまだその身辺から離れることがない。『天使』には新体詩を望むものである」と田中に創作についての論評・降鬼剣を振るっている。

次に古庵は「学の園」（知識を高めるコーナーの意らしい）に月の異名を一〜三月まで載せている。古来十二ヶ月の月の異名はたくさんあり、それを紹介している。例えば一月の睦月は、親しい者が相互に往来することが多く、睦みあうことからきたものである等々。古来の異名を面白く解説しているが、調べたというより何かの本の引き写しに近い。

春月の作を一点あげておきたい。

夕の海　　梅のや生（春月）

峯はかすみ遥かの沖辺はさながら
白金の線を引いたやう、
やがて空も海も次第に暮れかゝり
何時としもなく立ちこむる靄、
水の上を這ひ波の足を含風に乱れ、
潮に漂ひ芒として水天髣髴、
夢の空か幻の海か、折しも漁火一点……

二点……
浮べる星と燦めき出でゝやがては沖合に
火花を散らしたやう、
波打際をさまよう我は美の魔に襲はれたやうで
何だかゾッとするのである。
アヽ夕の海……

少年春月は「文学」に向って大真面目に取り組み、どこかで読んだり見かけたりしたお気に入りの言葉を並べている。〝我は美の魔に襲はれたやう〟とは、小学生が書く言葉ではない。それに続く〝何だかゾッとする〟は小学生・春月の言葉である。このちぐはぐさ。後年高山樗牛の「美的生活を論ず」(一九〇一)にいたく心を奪われた春月のことである。この時期に高山樗牛の断片的な言葉を知っていたとしても、不思議ではない。どこか借りものの言葉ではあるが、自分をどう表現しようかという懸命な姿がみえる。

次に田中雪兎の短歌。「花の下水」を表題として二八首あり、一つひとつに題が付してある。梅雨、夏の月、朧夜、郭公など自然の情景や、湖畔の夕鐘、行く雁、夏の月など八景に似たもの、また田中特有の恋の歌がある。例えば、

雁に妻を

恋しさや妻待つ空に足むけて　帰る越路に雁わたる哉

などと小学生がうたっている。どの歌もみな下敷があり、本歌取りというよりそれに乗っかっているようだ。

〝読め!!〟とページの両側に入れた小画報のお知らせがある。

「今号より少年倶楽部と少画絵界とを合併して少画報と名づけ天使の終わりにふすることゝした り。少画報発行所　紫雲会」

これがページ三一から四一まである。一口噺、ポンチ絵ともいえない画が並んだお遊びコーナーである。

「議場」コーナーでは「我国ノ農商イヅレガ重きカ」というテーマで投稿を呼びかけている。議論にはならないが四人があれこれと投稿している。また「電話室」は読者の感想など、互いに談じ合うコーナーで、六人の記述がみられる。これでみると『天使』は投稿者と編集者（春月はまた投稿者の一人）とそのまわりの読者から成り立っており、発行者と読者の双方向の記事にも意が用いられている。

『天使』第七号には、淀江町からの参加者が多くなり、淀江支部をつくり大いに広がりをみせている。米子で発行している本誌であるが、米子の投書家より淀江の人が多いとぼやきながらもおおいに喜んでいる。

第七・八号の投稿者は次のとおりである。

生田星雨（春月）主幹　一二歳　米子町　角盤高等小学校
由良古庵（因政）絵画部主任　米子町　米子中学
田中雪兎（幸太郎）一二歳　米子町　角盤高等小学校
村尾文机　米子中学
綿辺春木
足立笠峰
広戸雪操（節三）　米子町　尋常小学校
河本舟波　米子町
松下桂秋（八号より）　米子町　（後の松下素雨）
太田浪雨（六郎）淀江支部幹事　淀江町長町　養良高等小学校二年
泉頭梅界（督）淀江支部長　淀江町本町　養良高等小学校三年
泉頭梅月（譲）淀江支部　淀江町本町　（泉頭梅界・弟）
池口文市（紫星）同　淀江町
吹野政雄（浪星）同　淀江町
鉄雄　（八号より）同　淀江町
安江　（八号より）同　淀江町

この中で「広戸雪操」は春月次弟の節三で、一人だけ尋常小学校の生徒である。幼いとき広戸家の養子に出ても兄弟として交わりはあったようだ。

最後に奥付については『天使』第七号の紹介として初めに記したが、ここには繰り返し愛読者は姓名を知らせてほしいこと、本誌を破ったり、絵をなくした人は罰として美濃紙一〇枚、あるいは遺失したものは三〇枚の罰を科すると記されている。これは旧号を返却せよという呼びかけで、本誌文中の到る所に書かれている。一冊しかない肉筆の貴重な回覧雑誌であるから、紛失は絶対に許されない。しかし多くの人に読んでもらってこそ詩文が活きるのも確かである。貸し出す以上、厳重な管理が必要となる。

しかし現状では借用者がそのまま次の人に渡すため、行方不明になってしまう号が次々と出てくる。図書館流にいえば、利用者の自主的な貸借管理しかできない状況では、現在回覧雑誌が誰の手元にあるのか常に不明状態で、利用者に直接督促することができない。これでは保存と利用は両立し難い。故に『天使』の前の『若草』や『花籠』、『黙雷』のこれまでのほとんどの号を、早く返却せよと、罰則や天罰が下ることをちらつかせて督促しているが効果はないようだ。編集者が心血を注いで発行した一冊しかない回覧雑誌は、あまり返ってこなかった。それは読み本として回覧雑誌に画・文を寄せた少年たちばかりでなく、同年代のまわりの少年にも読まれ人気があったということである。それを裏づけるのが、第七号奥付の裏表紙の文である。

天使七号

昂熱時代記念

明治三十九年十月二日還吾手
永久保存スルモノ也
寒閑寛
吾人が旧噴火口は即ち是なりし也

明治三七年七月一日に発行した『天使』第七号は紛失したと思われていたが、二年四ヶ月ぶりに太田六郎（淀江支部幹事・太田市太郎の息子で春月と従兄弟）の元に返ってきた。六郎の喜びは大きかった。太田六郎は後に親戚の質屋・印南家の養子になったが、明治四二年若くして亡くなった。その跡に春月が養子となった経緯がある。六郎と春月の間には単なる従兄弟というだけでなく、このような深く親しい交友があったのだった。

六郎は〝吾人が旧噴火口は即ち是なりし也〟と記しているように、六郎や春月ばかりでなく、ここに集った少年たちにとって回覧雑誌『天使』は、少年期に彼らの情熱を燃やした記念誌だったのである。

よくぞ太田六郎の元に還ってきたものだと思う。

さてその続きである。『天使』第七号の目次には載っていない春月の「叔父」という原稿二枚が裏表紙の後に付してある。雑誌用に清書・構成をしていない下書きのようなものである。第八号の次、つまり九号に載せようと春月が準備していたと思われる。しかし後に春月が小品「クロオヴアの花咲く頃」に、当時を回想しているが、第八号あたりまでの内容しか載っていない。九月に発行予定だった『天使』第九号は発行できなかったと思われる。何故なら明治三七年九月当時、生田家は借金取りに追われ、米子町内を転々と三度も住まいを変え、この年の一一月には一家をあげて朝鮮に渡っている。そのような状況のなかで春月は、原稿集めや清書・編集に多大な労力を要する回覧雑誌の編集を続けることなどできなかったと思われる。

私見であるが、太田六郎は『天使』第七号が、二年ぶりに手元に返却されたとき、春月が朝鮮に出発する前に預かっていた原稿を、永久保存と墨書したその奥付の後に綴っておいたのではないかと思っている。

前置が長くなったが、春月の小品散文「叔父」を紹介しておきたい。

ストーリーは所用で出かけていた太田の叔父を、春月の従兄妹たち、つまり彼らにとっての父を停車場に迎えに行くという短いものである。文中の停車場を叔母は、「皆早停車場（みんなはよすてんしょ）に行かんかや。出迎へんとやかましやさんだけん又小言だぞ」と淀江弁で皆に声をかける。

停車場とは山陰線・淀江駅のことで明治三五年、境から御来屋まで山陰で初めて鉄道が一部開通した「淀江駅」のことである。作品には「停車場」の発音に〝すてんしょ〟とルビがふられている。「皆」は〝みんな〟とルビがあり、話し言葉になっている。鉄道開通二年目でまだ珍しかった当時は、時には〝すてんしょ〟と英語読み風にいうこともあったのだろう。『駅の社会史』によれば「ステーション」、「ステンショ」などと呼ぶことは全国的にもみられた現象であった。別の個所には〝ていしやば〟とルビがふられている。田舎町にとって駅は産業発展の基盤（インフラストラクチャー）であり、文明開化の恩恵にあずかる象徴的なものであったといえる。

鉄道が一部開通してまだ二年だが、仕事のうえで太田市太郎は時に汽車を利用して出かけている。叔母に急かされて従兄妹らと一緒に下駄の音を響かせながら駅に急いでいると、魚屋兼雑貨店の奥に種夫がいた。夜の七時を回り他のほとんどの店が閉まっているのに、彼は今も店番をして明りをつけていた。種夫は春月と同年配である。彼は兄妹に声をかけ、彼らが停車場に行くことを知る。そのうえすでに通り過ぎている啓さん（＊春月）も呼び止めて話しかけるのであった。

停車場の待合所の様子は沈黙、駅夫の笑声、木立を渡る風、遠くの鍛冶屋の響き、従兄妹たちの賑やかなおしゃべりなど、様々な音で組み立てられている。

叔父が汽車から下りてくると皆に労いの言葉をかけ、鞄やたくさんの土産を皆で受け取り、叔父の、彼らにとっての父とともに帰っていくのであった。

これだけの短いお話である。しかし春月は一言も楽しい嬉しいという言葉を使っていない。だが叔父は四人の迎えの子どもたちが、自分の荷物を分担して受け持ち、土産を想像してワクワクしながら歩いていることに満足している。あのやかましやの叔父との一時である。

ここに春月の散文を紹介したのは、『天使』第七・八号のなかで、最も優れた描写力を持っているからだ。春月は楽しいという言葉を使うことなく、楽しさを表現する力をもっている。単純なストーリーで狭い世界の事柄だが、明治三〇年代後半の当時の様子が浮かぶ一文である。

その後、太田六郎は高等小学校を終えると、淀江町の質屋・印南家の養子になりよく働いたが、若くして亡くなってしまう。そこで跡継ぎ候補に春月が呼びもどされることになった。当時の春月は生田長江宅で書生をしていたが、作品が思うように書けず迷いながら承知する。この作品の叔父・太田市太郎あて一七歳の春月の書簡（明治四二年五月二四日）も新出資料として残っており、ここに関連資料として載せておく。

「太田市太郎宛書簡」 明治四二年五月二四日

御手紙正ニ拝見仕候叔父上様を始め皆々様にはさぞ
御心痛の御事と遥に同情に不堪候
さて御申込被下候帰国の一件に御座候何はとまれ一
先お目にかゝり度きは心々に候共先日祖母より或は
貴殿を印南家相続人に立つるやも図られずと
の事に候しかば其后熟考仕候ところもと〳〵小
生ハ商業には不適当の身に候ニ付少年時の癖
ハ多少除き候とはいへ到底むづかしくは無之かとも
存ぜられ候
小生も東京に出でゝより身体をあしく致し候
ニ付頃日ハ身体に影響せざる程度に於て勉強し
つゝ有之候前途も有望の如くに思はれ候ニ付比際余
りに成功を急がず秋には一二ヶ月保養傍々帰国
せむと折角期待し居り候ところにて候

幸の事に候へば要件はとまれ早速帰国の途につき
たくとは存じ候が折悪く少し差支有之又何
分遠路に候へば今が今といふわけにもゆき不申候
それとも秋まで御待ち下さるならば幸甚この事に候へ共
か丶る火急の場合に候は大に困却仕候
ただ小生に適当なること又及ぶ限りの事は是非仕
りたき希望を有するハ甚だ切に御座候叔父上様
にも印南家にもいろ〳〵迷惑を相掛け候事に候へ
バ小生の力にて能ふ限りハ尽したく比意味に於て小
生ハ凡ての我侭を脱しもし小生にて宜しとの御事
に候へば誠に印南家に一先づまいる事を
よろこぶものに御座候
こ丶に甚だ心細く存候ハ、強健なりし六郎様さへ
御他界被下遊候ことに候へば生来病弱なる小生
の事とてまたさる事の有之候ては益々皆様の御心
を苦しむるのみにつき是を思へば又逡巡せざる能はず候
兎に角実に残念とは存候へ共当分帰国ハ致し
難く候共本年中にハ是非帰国致す筈に候事にこれ一

つ愚父にて承諾致し又小生にて宣敷との事に候
へば小生にはさして異存無之候事にこれ一つ但し其他
の條件にて如何なるべきかとあぶなく存候
些事は暫くおきこゝには只小生のすん志を言明
致せしだけに候
詳く事情を承り候はねば何とも申上兼候次第に候
ニ付先はかくの如きに御座候
尚叔母上様にも御力を落被下遊間敷と呉々も御
宣敷御伝へ下され度又大叔父様史郎様八重
様雪様皆々様によろしく願上候
先ハ取敢ず認め申候失礼の段重々御用捨
の程伏して願上候　　早々

五月廿四日　　　　　　清平

太田叔父上様

貴下

表　伯耆国淀江町
　　太田市太郎様
　　　至急　親〔展〕　※　裏面はなし

㈡　**回覧雑誌『天使』第八号（明治三七年七月一五日発行）の梗概**〔日本近代文学館蔵〕

『天使』第七号の田中雪兎「みだれ髪」は、読者から賛否両論があった。しかし第二回をもって二人の仲を裂かれた主人公の男女が行方知れずになり、尻切れ蜻蛉のように未完で終った。高等小学校の生徒には男女の仲、複雑な家族関係、社会のしくみも覗き見くらいで終わっている。

俳句のコーナーでは季語が二つあるもの、まったくないものなど、五七五に文字をあてはめるのが精一杯である。そのため俳句のお手本ということもあろうか、「俳句十二ヶ月（古人作）」として、一月から六月まで芭蕉や其角の句が並べてあり、先人の作品を読みしっかりと勉強しているようだ。

「降鬼剣」は毎号常設のコーナーで、『天使』の柱の一つであり、月旦と銘打ってあるとおり前号の批評である。田中雪兎の「みだれ髪」の書評や舟波君の当誌への仲間入りなどがある。

第八号で目につくのは『天使』投稿者・読者に対して、編集者の原稿募集や様々な行事参加の呼びかけである。

○**短文募集**　一、富士山と僕。　二、号外。　三、地獄道と極楽道。（略）〆切なし、いつ送らるるも差しつかへなし、文は短きがよし、字はわかるよーに、秀逸には賞を呈す。

○懸賞和歌俳句募集　（題）夏休日　舟波案　〆切　八月二十日迄デ　披露　九月一日分ニ載セマ
ス
○句角力募集　（題）にはか雨　八月十日の増刊に間に合ふ様に、句は当り前の俳句とかはりな
し、紙はどう云ふのでもよろしい。　七月十五日　春秋会より
○**「少年小説！」**
・興味の中に知識を享受せしむる（科学小説）
・柔弱の気風を去らしめ以つて万里の雄心を鼓舞せしむる（冒険小説）
・海国民たるの大本領を発揮すべき（海事小説）

回覧雑誌『天使』第８号
（明治37年７月15日発行）

・その他　曰（政治小説）曰（社会小
説）曰（軍事小説）曰（歴史小説）
曰（教訓小説）
之等は本誌の大に重ずる所よろしく投書
あれ（但し成たけ一号読切）
○春秋会臨時大会八月執行　〔夏期増刊の
原稿を募っている〕
○遠足会　遠足かた〴〵古器物収集、石器
時代
遺物観察の為淀江地方に遠足す日未だき

まらず

同志の君は本誌の終「電話室」で性名(ママ)を知らされよ。

○**珍なるもの奇なるもの古器物**にもあれ古銭にもあれ

凡て世に珍とするもの奇とするもの不要のお方は春秋会あてに送つて下さい又御所持の御方はそれを写さして下さい。　　春秋会天使一記者

○**写生画を募る**

中海の流れとか、勝田神社の景色とか何でも自分の面白いと感じた事は、景色にもあれ、人物にもあれ本会（紫雲会以下略）に宛て送られよ。古庵に書き直して貰はうと思ふ人は右の如くすればよし又自筆にせんと思ふ人は本欄の中の写生画の所にかゝれよ。共に解説入用

○**その他**

歴史、風俗、景色、人物、肖像、戦争、ポンチ、何にしても送られよ（書き直して出して貰はうと思ふ人は）又本らんにかゝるゝも妨げなし。皆解説(せつめい)入用又作文など書きて挿絵とするもよろし。

○**暑中探涼隊**

此の暑中休暇を利用して諸方に涼を探り古跡を訪はん。

◎時として夜営する事あり或は学校に寝る事あり

◎食パンなど携帯すべし

◎同志者は来れ我が探検隊に

◎隊員の出来上りし上にはそれ〴〵役割を定むかし　天使暑中探涼隊
◎探涼隊指定方面・淀江御来屋方面・大根島方面・根雨方面・境方面　その他は隊員の発議に従ふ。
◎春秋会大会（中付三で呼びかけたもの）を八月に開くはづなりしが、此の月は帰省するもの旅行する者多ければ廃す

以上は『天使』第八号における投稿者・読者への呼びかけを並べてみた。希望者には絵を書き直するという初心者への呼びかけもある。ここに雑誌編集に意欲満々の春月がいる。集まった記事・投稿文はすべて春月が清書し、カットの多くは由良古庵。だがこの時期の生田家は、酒造業の破綻からくる大借金で大変な時期である。

そのことを少し振り返ると事業の倒産後、春月は父に連れられて大根島の吉岡鹿太郎宅の離れに住み、父の酒造りにかかわった。しかしさしたる成果もなく、数ヶ月後に米子に帰ると再び角盤校に通い始めた。それも長くは続かず、授業料の滞納から明治三七年七月には正式に退学した。それまで角盤校に通いながら『若草』、『花籠』、『天使』等を編集・発行していた。少し横道にそれるが、第八号の（中付二）ページに「○若草　○花かご　○新世界　○文泉　○天使」の督促文が載っている。今迄知られていなかった『新世界』、『文泉』という雑誌もあったことがわかる。これらの回覧雑誌は名前を知るだけであるが、雑誌作りにかけた春月の恐るべき熱のいれようがわかろうというものである。

『天使』第七～八号の発行はこのように明石屋・生田家が家・財産を失い、親戚に借金の肩代わりをしてもらう没落した時期であり、当然使用人はいないし、春月はすでにお坊ちゃんでもない。同年一一月には借金でどうにもならなくなった生田家は、日露戦争下の朝鮮に流れていくのである。

だが『天使』第七～八号の編集で見る限り、家の没落によって苦悩する春月の姿は微塵もない。家業の没落・悲哀を胸に秘めて、あえて元気に振舞っている様子でもなさそうだ。ただ角盤校を退学して空虚になった心を埋めるため、回覧雑誌の編集や自らの散文に打ち込んでいるという面はあるかもしれない。しかし春月には当時尋常小学校四年を終えて家業の手伝いや、奉公に出ている同年代の子ども（働く人間としてみれば大人）の持つ生活力や感覚がほとんどない。春月が終生持ち得なかった生活力の無さは、春月生来のものであったようだ。

それにしても作品（小説）を募る際に、科学、冒険、海事、政治、社会、軍事（軍記）、歴史、教養と、これだけの内容を細分化する力を持っている。当時の少年雑誌のいくつかに目をとおしていたのだろう。第八号附録「おとづれ」に「本誌の期間（ママ）は、△新聞においては「因伯時報」、「松陽新報」、「大阪毎日新聞」、雑誌にては「少年世界」、「少年界」、「新少年」、「美術新報」、「文芸倶楽部」等、戦争のは先づ「写真画報」、「戦時画報」、その他で本誌はこれらによりて又一層の光彩を放つや疑なし、こふ諸君　本誌に来れ……。」とある。

このように我が『天使』編集に際しては、多くの新聞・雑誌を参考にしていますよということであろうか。小中学生がこれらの新聞・雑誌を購入できるなど考えられないが、毎号ではなくても、学校その他で時には目にすることができたと思われる。春月は家が傾きかけた明治三七年頃はともかく、倒産前の裕福な時代は『少年世界』ほかの雑誌の定期購読者であった。

また父・左太郎は出雲地方を中心に清酒を出荷しており、松江で発行されていた『松陽新報』を読んでいたことは考えられる。当時の米子はまだ『山陰日日新聞』（明治四一年四月から）はなく、その前身の『米子新聞』などタブロイド版しか発行されていなかった。『美術新報』（八木書店）は明治三五年発行で、『天使』発行の二年前である。おそらく由良因政が時に求めたものであろう。『天使』の作品の中に、注文していた雑誌が届いて大喜びする場面がある。春月はときにこれら新聞・雑誌を参考に構成やテーマを考え、編集作業をしていたと思われる。

〝原稿を募る〟、〝諸君速に本誌に来れ〟、〝増刊に原稿をどし〴〵願います〟、〝通信はどし〴〵希います〟、〝写真画を募る〟などの文があちこちに書かれている。原稿を集めたい、満足のいく回覧雑誌をつくりたい、皆に楽しんでもらいたい、何よりも自分の作品を認めてもらいたい一心である。

春月は読書家であった。そこから得た知識を活かして自分の創作力・批評力を養いたいこと、その発表の場として回覧雑誌はなくてはならないものだった。そして自分の作品が最も面白いと自信を持っていたようだ。当時の春月の散文は子どもの作文の域をでないが、創作意欲は満々だ。

その他投書欄コーナーに「△○□生」という者が「我等は米子の青少年にして雑誌を発行するもの少きをいかんとする者。今回集友会とかゝら雑誌が出るげな。大に喜ぶべしと雖尚物たらぬ心地す」とか、「聞けば由良君等の社で一雑誌が生れるそうな吾輩は、予めその健康を祈りて一句　老松も昔をきけば只の苗」（梅のや主人）など一緒に「天使」を発行している由良因政（古庵）が、また別の雑誌を起そうというのであるから、少年たちの文芸熱に驚く。他雑誌との競合にも熱を上げたことだろう。春月は家業が完全に傾いていることなど念頭になく、『天使』の完成度を高めるべく、日夜勤しむ一二歳の少年であった。

『天使』第八号の末尾には、夏休みのため八月の発行を中止していたので、第九号に予定していた原稿の一部が、第八号附録「花かご」として添付されている。ここに淀江支部の第一朧小集会の報告が載っている。この時代の少年の気風や、淀江の町の様子を伝える一端として載せておきたい。文章はほぼそのままで、句読点をつけた。ここでも小学生の全員が号をもっている。

朧会は七月十七日（日）午前九時に突然小集会を開催した。
会場は淀江町テン〳〵庵於。
参加者　部長　泉頭梅界
（五名）　幹事　太田浪雨
　　　　　　泉頭梅月（泉頭君弟）
　　　　　　吹野浪星（遅れて出席）
　　　　来賓　生田星雨　　　　　（池口紫星他欠席）
（一）開会の辞を梅界が述べた
（二）『天使』合評
星雨　第三号小文林「我等の郷土」綿辺春木について議題にする。
浪雨　読本の文を引張り出したからいけぬ。

梅界　読本の文の三分の一をぬき出したる所に余り感心せぬいけん。
（三）即席俳句　懸賞　別項に掲載
（四）演舌（ママ）　星雨・浪星は日露戦争について「宣戦ノ詔」を読み、国民の心得を説き、敵国の仮文明を説明し、運命は危い小供の一命が助った事をかはる〴〵話した。また浪星、梅界は平将門の語をした。
（五）会則を幹事が朗読した。
（六）茶菓の饗応あり、共に親しく話した。
（七）少年芝居　劇題「書生のほばく」（＊捕縛）　来会者総掛り
役割　書生　桂木（梅界）、隅田（星雨）
田舎者（浪雨）、その孫（梅月）
巡査（浪星）
服装が甚だ面白い。書生の一人は鳥打帽、一人は麦わらで共に帯は下に巻き、衣・袖は腕に至り、裾はすねに到る。腰間一本のステッキ。田舎者の赤毛布山出し然たり。書生の会話、田舎爺の歩きぶり腰のさま孫の幼な気なる。巡査の書生捕ばくの際など最も妙功なり
（八）討論　数件を論じたが一つとして勝負の定まったものはなかった。
（九）その後、運動台場にのぼって海風に袖をふかす。なんぞ詩趣の大なる。涼しくて　甚だ心持がよい。
（十）次に養良校参観。教師の親切なる、僕等に種々の書を見せて呉れた。

午前十一時五十分に散会

「突然小集会を開いた」にもかかわらず、午前九時に開会、散会まで三時間近くにわたり、十項目をきっちりとこなしている。このような催しは今回が初めてではなく、少年たちの間ではいつでも何人かが集まれば、即小集会を開催することができたのであろう。そのうえ記録までとっている。開会の辞があるように、正式な会議の手順を踏み、『天使』第三号の「我等の郷土」をはじめとする合評会を行う。皆で俳句をつくった後、演説会があり。テーマは「明治三七年七月の時局に於る日本の最大の課題」である。日露戦争について「宣戦ノ勅」を読みあげて後討論に入る。

何とも明治も三七年になると、日本はロシアとの戦争ができる力を蓄え、その時代の勢いは少年達を鼓舞している。教えられて成長することは勿論、自らの力で日本男子に育っていく様相がみえる。何人か集まると時局の急なることに危機感を抱き、国民の心得を体得する意欲に燃えているようだ。

茶菓の饗応があるところから、このテン〳〵庵は当時の淀江町長町にあって、酒造業が繁昌していた太田家の離れと思われる。春月が太田家に遊びにやって来たことを機に「突然小集会の開催」を思いついたようだ。淀江支部の開催であるから、米子から来た春月が来賓というのも頷ける。大人社会の真似事が盛んな年頃である。

最も面白いのは芝居「書生のほばく」(＊捕縛)である。淀江町に書生が何人もいるとは思えないが、雑誌等で知っているらしい。書生なる輩は時には国家に対して異を唱え、悪をなす者であるという先入観が共有されている。芝居は出席者全員が出演者かつ観客である。巡査が書生を捕縛する際が

「最も妙功なり」とあるので台本なしの即興で、迫真の演技であったようだ。出演者全員、演技終了後は熱演に高揚してお互いを称えあった。この記録を写しながら、私の祖父母と同年配の少年たちの真に迫った演技を見ているようで、笑いながら拍手したほどである。

その後会場では再び様々な討論をしたが、勝負がつかない。そこで運動台場にのぼって海風にあたり、即興劇「書生のほばく」熱演と討論の疲れを癒したのだった。

運動台場とは砲台場のことで江戸末期、外国船の脅威に備えて海岸に高台をつくり、大砲を据えて国を守るための備えの場とした。鳥取県内には八ヶ所築造されたが、淀江御台場は文久三年（一八六三）、今津の大庄屋松波（後松南）徹翁が私財を投じて築造した。その盛土は長さ約六四メートル、高さ五メートルに及び現在もその一部が残っている。ここに大小三門の大砲が備えてあった。この大砲は由良宿の武信佐五右衛門が自前の反射炉施設で鉄を溶解し、もって大砲を鋳造したが、淀江の大砲はここで製造されたものである。

大砲訓練については松波宏（伝之丞）が郡代にあてた願書が残っている。（『淀江町誌』）要約すれば、「農漁業の閑期に、口会見郡佐蛇川尻の海辺の波打ち際に標的を建て、汗入郡西原村海辺の波打ち際で、一～二ヶ月に一度位大砲の射撃訓練を実施したい」というもの。これを申し出て許可され、松波徹翁が防御隊を組織して実際に射撃訓練をしていた。防御隊は文久三年（一八六三）から慶応三年（一八六七）まで存在したが、淀江港に外国船の襲来はなく、本来の目的の発砲はなかった。

さてこの三門の大砲はいつ頃撤去されたのだろうか。記録はなかった。近年上梓された松本薫著

『ばんとう　晩登――山陰初の私立中学校を作った男』（鳥取県立鳥取中央育英高等学校同窓会　二〇一七）の記述の中に、由良宿の台場の大砲は「明治の初年ごろは、早くも大砲に赤錆が生じ始めていたという。」とある。そして明治三年頃「七門の砲はすべて鋳つぶされて売りに出され、由良の台場から姿を消した。」とある。由良で鋳造された淀江の大砲も、由良の台場の大砲と同じような運命をたどったのではないかと思われる。

話は飛ぶがこの台場の土塁を一部均して、明治三二年、淀江の誇る養良尋常高等小学校の新校舎が完成する。このころはまだ鉄道も開通しておらず、淀江町はこの地方の経済圏・文化圏の中心的な役割を果たしていた。明治三七年の回覧雑誌『天使』淀江組の彼らは、五年前に新築なったこの学校の生徒である。御台場を後にした五人は養良尋常高等小学校を突然訪問したにもかかわらず、日直の先生は快く彼ら一同を迎え入れ、種々の書を見せてくれたという。その対応の素晴らしさ、この見学を最後に第一回朧小集会は全員満足のうちに散会したのだった。明治の少年たちの生きいきとした姿が窺える。

『天使』の記事でもうひとつ触れておきたいのは、遠足会の参加の呼びかけである。曰く「遠足かたがた古器物採集、石器時代遺物観察の為淀江地方に遠足す。日未だきまらず」。このようなお誘いが二ヶ所ある。「日未だきまらず」とあるので、古器物採集の遠足が実際に催行されたのか不明である。許可もなく古墳の中に入り、勝手に古器などを採集するなど、高等小学校の生徒が発案することは難しい。淀江はすでに古墳の町という社会的風土があり、子どもたちも知っていたと思われる。

淀江町内には晩田、小枝山、向山など四〇〇を超える古墳があり、古墳の集中度は日本海側では第一だと専門家の対談にある。そして本州唯一の「石馬」（重要文化財）があり、古墳文化の分野で特色を持つ地域なのである。

この古墳群は宝の山だといったのが足立正である。足立正は明治三三年、鈴木千代松が角盤高等小学校の校長に転任した後任として、養良尋常高等小学校の校長に着任した。彼は昭和三年まで校長を務め、養良高等小学校を育て発展させた第一人者である。足立正は明治三四年高霊山付近で発見した遺物その他を、当時の考古学の第一人者・坪井正五郎東大教授に鑑定を依頼した。本州に一体しかない石馬も、この時に貴重な文化財として判定され、以後淀江町は古墳密集地として有名になる。足立正の指導のもと、養良校の生徒も発掘に参加したと記録にある。

大正二年、足立正は稲吉の横穴を発見するなど成果をあげた。大正一三年にはこれまで収集・発掘した考古学的な遺物を展示・保存するため、山陰徴古館を淀江公園に開設している。退職後は境町長、米子市立山陰歴史館の初代館長に就任し、『米子市史』編纂などに当っている。

足立正の考古学徒としてのエピソードを、かつての淀江町長　田口源蔵が『淀江町誌』で紹介している。「チャワンのメゲ、カラのメゲ、メゲのメゲ、それを集めて宝物、これがまた淀江の名物のひとつ」と三味線の伴奏で歌われたという。考古学の調査研究、遺物の保存に尽力した足立正をこのように親しみを込めて歌ったのだった。

足立正の紹介が長くなったが、明治三七年少年たちが遊びながら楽しんだ回覧雑誌『天使』のなかで、「淀江古器物収集、石器時代の遺物観察をしよう。」という呼びかけは、このような淀江の風土があってこそのものだった。メゲのメゲに古代社会の生活の跡を見出し、文化の町の礎を築いた先人のいたことが、このような遠足の計画を思いつくことが出来たのである。

その後平成三年、古墳群の横の上淀廃寺跡（飛鳥時代一〇世紀末に建立、平安中期一一世紀に焼失）の発掘調査で、地方では最大級の寺院跡であることが確認された。そして国内最古級の仏教壁画が大量に出土した。淀江は古代においてロマンあふれる町であり、豊かな遺産を埋蔵している町だった。

『天使』第八号の「古器物採集、石器時代遺物観察」の一行から見えるのは、誰の指導を受けたわけでもない少年たちが、その町の風土、文化的遺産を生活の中で自然に身につけ、発露していることであった。

三　回覧雑誌『舐唱（ていせう）』第七号（明治四〇年九月）の梗概〔日本近代文学館蔵〕

明治三七年一一月、一二歳の春月は父左太郎、母いわ、姉たけの、末弟博孝、妹千代子とともに朝鮮釜山に渡った。

左太郎の渡航は朝鮮が日本の外地であることから酒造業に対して税金がないこと、あわせて破産後に押し寄せる借金取りから逃れるためであった。外地での酒づくりによって、一旗あげようと目論んだが、当時の朝鮮は日本からの敗残者が押し寄せ、家賃は高く六畳一間の生活であった。一軒の家に六〜七家族がそれぞれ一間で暮らした。生活は激変、どん底を味わうことになる。そのうえ窃盗の疑いで警察に一晩止めおかれた春月は、最底辺の社会の荒波のなかで否応なしに大人の入口に立つことになった。

翌三八年、一間の家賃も払えなくなった一家は、釜山の佐須土原の遊郭内に移り住み、細々とした商いで暮らした。春月も釜山日報の解版工、米屋の店員などで働いたが、釜山日報は倒産し、米屋では米一俵が担げなかった。

そのうち左太郎は脚気、春月は鳥目を患う。左太郎は春月を連れて大阪の知人宅に一時帰国するが、治療もできなかった。春月は就職に失敗、二人はまた釜山に帰るしかなかった。

この頃春月は以前から投稿していた『文庫』、『文章世界』、『新声』、『ハガキ文学』に度々入選した。それが縁で全国の投書仲間と文通するようになる。

明治三九年、釜山にいた春月は、太田の叔父のすすめで淀江町に帰り、酒造業の太田家から養良高等小学校農業補習科に通うが、肥担桶さえ担ぐことのできない者にとって農業では生きられないことを悟るだけに終わった。

そして半年もしない一二月、春月は朝鮮・密陽に居を移していた両親の元に帰っていった。この時五歳の妹・千代子は、貧窮のなか栄養失調のため亡くなる。春月はその枕辺で幾日か看病しているが、幼い妹を失った悲しみは後年いくつかの詩編に哀惜の情としてうたわれている。

このような生活の変転の末、明治四〇年、両親の元で家の雑貨商を手伝いながら、投書仲間と文通し回覧雑誌『低唱』の編集をするようになる。春月は全国の投稿仲間と切磋琢磨しながら、『低唱』では『天使』、『花籠』の時代から格段の進歩をみせている。

『低唱』に集う誌友は、全国誌の投稿欄に取り上げられたことがある青少年たちで、自分たちの雑誌を面白くするのは、作品の質の向上が不可欠ということを知っている者ばかりである。作品は推敲が重ねられ、丁寧な字で書かれ、絵画も余人の鑑賞に耐える作品が並ぶ。全般にちんまりと纏ってはいるが、表現者・創作者としての意欲がある。

さらにこの時代の春月をよく表しているのが、三河国・愛知県碧海郡矢作町大字新堀の深見機郎宛の書簡である。春月も深見からの書簡を受け取っているが、放浪生活が長く、少年期に受け取った書簡はまったく残っていない。

日本近代文学館には、この時期に春月から深見機郎宛の五通の書簡が収められているが、これによって、『低唱』発行前後の春月の文学活動の動向を知ることができる。深見機郎は文章から推して一四～一五歳の春月より少し年上と思われる。

五通の書簡は明治三九年から四〇年にかけてのもので、春月が深見への書簡の末尾に記している呼びかけの詞によって、春月と深見がしだいに懇意になっていくのがわかる。深見機郎はこの時期の号は「夕洋」と称している。一通目は明治三九年七月二六日、末尾の宛名は「深見夕洋兄　侍史」、二通目は同年九月三〇日で「恋しき　畏友　夕洋雅兄　侍史」、三通目は同年一二月末「三河　深見夕洋兄」、四通め明治四〇年六月二日の宛名はとくになく「少し早いけれど序文（詩歌）かいておくれ。」と書き、くだけたものになっている。

友人関係が深まるにつれて、文通を始めた頃の尊敬の念はしだいに薄れ、文章の内容も、末尾の宛名の詞も、同輩の友人の書き方に変わっていく。明治四〇年六月の四通目は「この詩も僕が今度出す者でいる詩霊「こひびと」中の一篇です。草稿を君に差上る、御参考になるでせう（略）ご批評下さい。」と二通目の「遠笛に君が御声もまじるらむ。□□としてわれにもくれば（夕洋兄に）」というお近づきになりたい一心とは違って態度が大きくなっている。

発送年が不明であった一通はその文末が「七月二十六日　春月道士侍史」となっており、明治三九年の同日に出した別便と思われる。

深見機郎宛の書簡が重要なのは、春月がどのようないきさつで日本全国の投書家と知りあい、朝鮮にいながら回覧雑誌『舐唱』を、編集・発行するようになったのか少し謎が解けて、新しい春月の一面が見えるからだ。深見への書簡ですべてわかるわけではないが、『文庫』、『文章世界』など多くの雑誌に投稿していた全国の青年たちが、自分たちの雑誌をつくりたいという熱い思いを結実させようとしているのである。文芸誌に投稿しても掲載されるのは一握りの人で、掲載組の常連といえどもすべてが載るわけではない。それでは自分たちの雑誌をつくろうではないか、そこで表現者として切磋琢磨したいという自然発生的な面がみえる。編集という大変な作業を引き受けてくれる者があれば、各人の原稿を編集人に送って、何とか雑誌を出し回覧することができたのである。

当時の春月は朝鮮と日本を行き来しながら、学校に行くこともできず、仕事にもなじめず、何事も定まらない生活であった。淀江・太田家にいる時は何人かと文通はしても、雑誌編集などの時間はとれない。明治三九年末に淀江から朝鮮密陽の両親のもとに帰り、米屋、雑貨商など家の手伝いをしながら、翌明治四〇年の初め頃から『舐唱』の編集ができるようになった。貧しくとも両親と共に安定した暮らしがあってこそできたことだった。

西條八十が「故生田春月に対する諸家の思ひ出を聴く」に寄せて記している。

私の中学時代でした。これも夭折した白石武志君と三富朽葉氏、それから増田篤夫氏等が『深夜』といふ雑誌を計画されて、私がはじめて詩といふものをその中にのせてもらひました。その雑誌のの題をつけた人がその頃朝鮮にゐられた春月氏でした。爾来、私は親しく往来する機会は持ちませんでしたが、氏の御仕事を遠くから、しかし恒に敬愛の念を以て眺め抱いてゐたこのすぐれた詩人を喪つた悲しみはいまも折々胸をいたくします。

（『生田春月全集月報』第四号　昭和六年四月二〇日より）

ここに回想されている『深夜』は、『低唱』と相前後して春月の朝鮮時代に編まれた回覧雑誌のようだ。春月は『深夜』という雑誌の名前の発案者であり、おそらくここにも作品を載せていたと思われる。白石武志や増田篤夫は『低唱』誌上でお互いに春月と歌のやりとりもあって親しい間柄である。春月は後に詩人として立ってからも、三富朽葉もふくめてこの三人の名前は随筆の中によく出てくるが、西條八十とこのような繋がりがあったことは初めて知った。

『低唱』の編集はいつ、どのようにして始まったのか、なぜ全国の投書家と春月が結びついたのか、これまでまったくわからなかった。春月は恥ずかしがり屋で、面識のない人と話すことがとても不得手である。だが文通や原稿のやり取りは、すべて活字によって行われ、時に大胆で何でも書くことができるという内弁慶の春月が活躍できる場である。朝鮮の家に居ながら全国の投書仲間の作品を自分なりの好みで編集できるのは、どんなに時間のかかる面倒な仕事であっても苦にならなかった。角盤校時代の回覧雑誌発行の一歩成長した姿である。

『低唱』第七号が発見されたことは貴重であった。春月は第七号以前にも編集を受け持っていることがわかる。後述するがその後大阪でも同名の『低唱』を編集しようとしていることが、投稿雑誌等の文中から確認できた。明治四一年七月一日、春月が東京に向けて出発した後は、もう回覧雑誌の編集はしていない。東京では本格的な文学修業の場が待っており、生田長江の主宰する雑誌『反響』の編集を手伝うことになる。実際に『反響』の編集兼発行人に春月の名前が出た号もある。

話を『低唱』にもどせば、日記（在大阪）に記している。

僕は孤独が実につらくて、今の生活を一言で言いつくせば単調である。早く学校へ行きて、其他例の研究をやろうと考えている。けれども、耳もいたいし、そわそわしてやっぱりこうしている。僕は親をいつわっているのだ。ああ。

『低唱』の方はどうかして資本家を求めねばならぬ。（略）

「資本家を求めねばならぬ」とは、一冊しかできない肉筆回覧雑誌ではなく、活字印刷にしたいという春月の、いや『低唱』同人全員の強い願望であった。

これまで『低唱』発行の流れをみてきたが、次に『低唱』第七号（明治四〇年）の内容を見ておきたい。

長月や
　磯に貝とる
　　わが足に
寒さ
　覚ゆる
　　昼の潮かぜ

これが『低唱』第七号　セイネンシシヤ（青年詩社）の表紙を飾った歌である。次の巻頭詩とともに春月の作のようだ。

初秋の空気は清新なり
　天高く　馬肥ゆ
白雲も束する秋の空　高く澄めり
　君よ
千草にすだく　虫の音をきゝ給へりや
　そは秋の譜なり
金風の白露　我等またたかく誦せむ
　秋の歌を　秋の曲を

回覧雑誌『低唱』第７号
（明治40年９月発行）

明治四〇年秋、春月一五歳の作である。秋を強調することに尽きるが、本人は何度も口ずさみながら、流麗な響きを愛し、自信作に酔ったかもしれない。

第七号には長詩六、短歌四、小説一、散文三、批評一、その他「硬軟」（会員同志の批評）や同人名簿、詩友近況、装画、絵画、広告など全紙四三葉・八六ページである。このうち春月一人で作品全体の三分の一以上の紙面を占め、独壇場の観がある。春月の百首に近い短歌を、筆者が主題別に題をつけて選んだ作は次のとおりである。

「ふるさと・家族」

秋たつ日さやけき風に青笹の　さゝなる音すふるさとの家

箒草さやけき母の国にして　朝露ふみし日を恋はしむれ

※箒草は母来・伯耆国で、春月の故郷の旧名

椎の杜生れし国の山の形　風にゆらめく花も白くて

淀江の町きりぎりすなくほそみちに　潮の香たかし海ちかくして

青あらし葉月の昼の海の香の　静かさ見する葉やなぎの街

※淀江は大川ぞいに柳の木が植えられていた

波よする千浦に白き月のぼり　太古の風す秋の出雲よ

出雲□□□□き宮建つ丘の上の　杉とむらだつ芒に風す

かんばしき酒精と杉の木香こむる　古酒あたたむる妻のやさ手よ

海の遠小さき島あり磯草を　うなじにかざる女等すむと　※春月
秋の雲しぐれすぎたる落葉松の　丘を覆へり繭のかたちに
人恋へど人に恋はるる幸もたぬ　我なりかなしさびしはかなし　※末弟博孝
弟の香をかぎ藥をさはり見る　伯母がもてきし近江の花よ　※妹千代子
初秋や病める妹の伽すると　ちさき兎のしのびてくる夜

「未だ見む『低唱』の友へ」

いちまつに白き帆かへる津の国の　磯見るごとし君を思へば
—清潮兄に—
君がすむ近江はうれし湖を　ふく風に育ちし少女の国よ
—しづをの君に—
うれしき日君が情のかほりとも　水をいでたる白蓮を見ぬ
—増田あつを—
あけの風まだ見ぬ君が面影を　ふきてこよかし楓のかげに
—増田あつを—
遠笛に君が御声もまじるらむ　玲瓏としてわれにもくれなば
—夕洋兄に—（深見白水・機郎）

白石武志へ
なつかしかりき。
君はしも　同年(おないどし)
これ奇しき　縁(えにし)よな
あゝもしも　同じ月
同じ日に　生(な)れもせば
そもいかに　うれしかるべき。（以下略）

「お互いに誌友が呼びかけた詩歌」

われに棲む名知らぬ鳥は狂ほひて　胸をかけりぬ射てぞ給へな
——春月兄に——　今村破琴

まいらする鏑矢一すぢ、口惜しや
片羽もがれたり、武者震雄々しく彩羽し
つくろひて、射返し給へかし
——春月兄に——　今村破琴

神木に鬼女が釘打つ音ぞ覚え
つく〴〵恋し故さとの母
喜びとなげきに心ふと惑ひ

桔梗路のうすむらさきのたそがれや
—春月が兄へ—　やれ琴姫（今村破琴）

うつら病みつゝわれ思ふ人
—白水兄へ—やれ琴姫　（深見白水へ　今村破琴）

あな心死の面影に捉はれて
水色のうすき衣して少女らは
袖ともして
ほほゑむ人よ
—武志兄へ—やれ琴姫　（白石武志へ　今村破琴）

等々、『低唱』は文芸に遊び、才あれば文学で生きたいと思っている早熟な青・少年たちの作品発表の場である。お互いに顔も知らないながら切磋琢磨した場であった。

作品を二～三あげると、野口雨情の長詩「角豆畑（ささげばたけ）」があるが、これは『太陽』誌上の転載だと思われる。詩・短歌・散文が多いなかにあって、「都の友へ、B生より」井上星蔭（義道・後の白井喬二）が唯一の小説と銘打っている。原稿用紙にすれば四枚弱の短いものである。

『都の友へ、B生より』は国木田独歩が明治四〇年七月に発表した作で、独歩が湯河原温泉に湯治に行ったおり、魚釣りでボズさんと気心を通わせる。今度久しぶりに来てみるとボズさんは亡くなっており、満眼の涙を落としたという短い作品である。

井上星影は創作にあたり、同名の表題でこれを踏んでいる。物語の精田は詩人で陰鬱な男。泰西の文学を論じ、陰影的な生活を経た悲観的な面があり、影の薄い存在である。その友人で語り手のB生が精田の恋を思い出すというものである。精田は両眼鏡で遠くから彼女を見ているだけの淡い恋をしていたのだった。その精田が死んだと聞き、B生は郷里に帰ったとき猛暑のなかを墓参りに行き、精田を偲ぶのであった。

これだけの物語であるが、精田という詩人はまるでその後の春月を言いあてているような作品である。この時春月は一五歳、詩人でもなければ泰西の文学もあまり知らない。はにかみ屋であっても、陰鬱ではない。

井上星影は角盤高等小学校で春月より二学年年長で、田中幸太郎とともに文章で交友があった。『低唱』での出会いは角盤校以来数年を経ているが、彼は文学に魅かれる春月を以前から遠く近くで興味を持って眺めていたのである。春月の二〇年後の姿を見通しているようで、さすが後に大衆文学作家として名を馳せることになる白井喬二である。この作は『低唱』青年詩社同人の評判も高かった。

深見白水は短歌「かすみの夜」、「偶感」は批評、「夏姿」は装画で多彩な活躍をしている。作風は、

青葉影涼しき夢のふと醒めて　朝の花のほのえみわれぬ

など。朝の花の微笑み開く様を青年の清しい心で歌っている。深見白水（機郎）は春月からの書簡五通を保存していた（前掲）。これが今に残ったということは誠実な人柄だったことがうかがえる。春

月のその後の文学活動にも注目し、受け取った書簡を大切にしていたと思われる。春月自筆日記には二ヶ所に彼の名前が見える（在大阪）。

春月が朝鮮から大阪に着いて一週間も経たない明治四〇年一〇月二七日（日）、

「（略）金一文もなく『葉書文学』等五冊、堂島の本屋へ持ちゆきし処五冊五銭なり。（略　この金で切手購入）手紙を家に、葉書を祖母、深見君に出す。深見君に無心は実に気の毒に絶えず。貧はつらきもの也（略）」。

その他別の日に下宿屋の主婦に金を借り、両親、祖母、太田、深見、今村、井上、有本、前川、松室、中村などに手紙、ハガキを出している。家族の他に『低唱』の同人や郷土の友、投稿仲間である。

春月が深見君に金の無心のハガキを出したということは、彼は当時学業を終えて仕事についている人のようだ。

さて『低唱』全般に話を戻したい。米子での回覧雑誌『天使』の明治三七年と、明治四〇年の『低唱』第七号を比較すると、春月は一二歳から一五歳になっており、文芸については三年間で長足の進歩を遂げている。この間の春月の苦闘は、文芸において子どもの作文から一歩前進している。全国の投稿仲間が集まって発行する回覧雑誌で、同人は少なくとも中央の投稿雑誌に掲載された経歴があり、皆が一定の力を持っている。そのうえで回覧雑誌や『文庫』、『文章世界』、『ハガキ文学』などに掲載されたことから、誌上の友として文通している友人たちが関西に何人かいたことがあげられる。

『低唱』第七号にみえる同人の氏名と雅号、出身は以下のとおりである。

『低唱』青年詩社同人

氏名	所在地
足立園守	
足立亀水（亀市）	鳥取県上道村
足立孝次	鳥取県
足立長市	
生田春月（清平）	在朝鮮
井上かつら	鳥取県鳥取市
井上星蔭（義道）	鳥取県米子町西町
今村破琴（□夫）	滋賀県
大森天浪（天浪）	石川県
尾崎久□	愛知県
熊田敏夫	東京市
佐伯櫓香	鳥取県倉吉町
白石武志	東京市
端山□紅（鶯郎）	東京市
深見白水（機郎）	愛知県
不破清俊（清俊）	東京市
人見直善	横須賀市

前田千帆　京都市
増田潦々、紅風（篤夫）　東京市
松村美鳥（一雄）　神戸市
三富義臣（朽葉）　東京市
村沢七星（紀度）　東京市
守友紫浪　石川県

次に『文庫』（内外出版協会）第三六巻第三号に、「文庫記者先生」へ宛て、春月と西村菜葩と連名で次の文章が掲載されている。

（略）私等は詩文（尤も長詩を主とさせるもの）研究のために皐月詩社をおこし、「低唱」を来る一月から発行いたします。記事編纂等は凡て研究的態度を失せざらん事を期して居ります。些細な物乍ら、沈滞せる関西詩壇をいさゝか覚醒しむるに足るものと自信してゐます。

（明治四十年十二月初起稿）

明治四〇年一〇月朝鮮を出発、淀江に帰って田中幸太郎と同じく教員になることを両親に約束していながら、予定を変えて大阪に上陸した春月は、この年の終りに散文研究機関誌『低唱』を、春月と西村菜葩の二人の結社・皐月詩社で出そうというのである。『低唱』という名前は同じでも、朝鮮で編集していた青年詩社発行の回覧雑誌とは異なる雑誌である。

およそ半年ごとに住まいを移して居の定まらない春月は、少し落ち着くと雑誌の編集を始めようとする。苦しい生活に追いやられるごとに、春月は文学に救いを求めている。文学は否応なしに春月の生きる支えになっていった。春月の文学的行跡をみるとき、人生で最も苦しかったという朝鮮での生活にあっても、詩と恋とふるさとは常にうたわれるものであった。そして『低唱』の編集は春月の文学を支える柱だったのである。

四 短編集「戦慄」（明治三九～四一年）の梗概（肉筆）〔日本近代文学館蔵〕

此の哀れなるひと巻を生田長江先生に献ず

短編集「戦慄」は、生田長江先生に捧げる献詞から始まる。作品の内容については後に述べるとして、これがどのような時に編まれたのか、その背景を見ておきたい。

作品集には目次に七六点が書き出されているが、実際に本文があるのは、未完のものも含めてその半数の四〇点である。一四一丁・二四二頁あるが、ページは打っていない。手書きのため文字の集密度にかなりのバラつきがあり、二段書きのものもある。つまり清書したものはほんの一部で、あとは以前に書き溜めたものをそのまま綴った急ごしらえのものである。訂正箇所も多い。

長江への献詞の次に、この作品群に対する序文ともいえるごく簡単な注がある。それを要約する

と、

一　これらは七、八月中に書いた。極短いもので二〇篇程の旧作が入っている。

二　作品は読み返すさえ苦痛だが、焼き捨てるには未練があり、先生に差し上げるが、下書きのままなので近日には推敲し書き直したい。

三　「昼と夜」など三篇はや丶長いので除いた。収録作品には未完のものもあり、添削など汚いところはお許し下さい、等々。

九月九日

作品は約半分の二〇点が朝鮮時代のもので、これが旧作とおもわれる。

末尾の「九月九日」には年号がない。作品の中から創作年月を拾い出してみると、「妹」の作に「彼女の死せしは一昨年なり」とある。妹千代子は明治三九年一二月末に五歳で亡くなっているので、明治四一年に書いた作であることがわかる。また「少年時代を葬るの記」に、「私はいつの間にか十七歳になつてしまつた」とある。数え年なので満一六歳、明治四一年である。また「少年のわかれ」の末尾に（明治三九年十月寄稿）とあるので、これらの作品は明治三九年頃から四一年に書かれ、春月が主に朝鮮にいたとき書いたものと、その後大阪での文学修業時代の作を合せたものである。これに献詞や目次をつけて、明治四一年九月九日に一冊に纏めたと考えてほぼ間違いない。

明治四一年七月一日、春月は約九ヶ月いた大阪から上京したが、生田長江宅に九月の名月の頃来訪の許しを得ているので、七・八月の二ヶ月をかけて柏木の下宿で「戦慄」を編集したと考えられる。

詞書に「読みかえすさへ、苦痛です。焼き捨てやうとも思ひましたが、さすがに未練があつて、先生に差しあげます。」とある。これから初めて会っていただき書生にしてもらいたいと願っている春月少年は、焼き捨てたいと思っているつまらない作品を、すでに新進評論家として著名な生田長江先生に差し上げるのは礼を失っていることに気付いていない。あるいは極度の謙遜のなせる技なのかもしれない。

以上のことを総合すると、この「戦慄」の原本を直接生田長江に渡したとは考えにくい。渡したとすればこれを清書したものであろう。それにこの原本が春月の手元にあってこそ、一二年後にこれ等の一部を元にして春月は初めての小説小品集『漂白と夢想』（新潮社　一九二〇）を作品化することができたのだから。

その他にも上京してすぐにアポイントメントもとらず、突然坪内博士（逍遥）や小杉天外他著名人を何人か訪ねている。盲蛇に怖じず、物事をよく知らないために何事も躊躇せず行動している。勿論、結果は体よく断られた。後年詩人になってからの春月は、「詩話会」の役員会合に出かけても一人で会場に入ることができず、誰か知った詩人が来るのを待って一緒になってからでなければ、会場に入ることができなかったというエピソードがある。この頃は後年の内気な春月からは考えられない蛮勇があり、文学への道に燃えていたのだった。

また「戦慄」は現在からみると古文書のような手書きの作品集である。春月一四～一六歳の散文作品で、原稿用紙一枚にも満たないものから二〇枚くらいのものまで様々だ。大正九年（一九二〇）、新潮社から出版された『漂白と夢想』の原作となったものも多い。作品を比較すると、表題が変わり、内容にもかなり手が入っているが、「戦慄」の作品群をもとにしたものが幾つかある。春月はこのとき二八歳になっており、幸いにも若い人に人気のある詩人・翻訳家として文壇に立っている。一二年以上も経ってから、これらの作品を元に、短編小説を書いたことになる。

『漂白と夢想』(新潮社)の序に言う。

これは私の散文の謂はば小さな序曲(プレリュード)である。一人の作家として新しい生涯を踏み出すに当つて、漂白と夢想とに費された私の寂しい青春の記念を茲に集めた。(略)
私は曽つて野辺の小鳥の歌ふやうに、河辺の葦のそよぐやうに、誰のためでもなく、ただ自分自身のために、止むに止まれぬ内心の衝動からして、ひとりで寂しく歌つて来た。そしてまた、それと丁度同じやうに、今日、散文の作家としてここに立つ時に於ても、私はそれと同じ態度を続けて行きたいと切望してゐる。

ここに春月の散文作家宣言がある。

春月は大正三年(一九一四)に初めての翻訳書を出し、大正六年(一九一七)に第一詩集『霊魂の秋』を出版して文壇にくい込んでいったが、この度、散文作家を目指すことにしたという。

何故か。

春月は若い人から多くの支持を得て詩人として人気があった。だが詩壇からは小曲詩人と揶揄され、詩壇に失望していた。また当時の文壇において、詩や翻訳は文芸の傍流とみられていた。詩の原稿一枚と小説のそれは原稿料が同じだったのである。三〇〇枚の小説に対して、同じ枚数の詩編を創作することなどとてもできない。また当時七歳下の島田清次郎が、生田長江の推薦で自伝的長編小説『地上』を刊行、堺利彦や徳富蘇峰らに激賞されて大ベストセラーになっていた。同じく詩人から出発し交友のあった室生犀星、佐藤春夫らも散文作家に転じている。春月はそれに刺激された面がある。彼は詩歌とともに、少年時代から散文も書いていたのだから。

続いて『漂白と夢想』の序文に言う。

私は少年時代の数年を朝鮮にさすらい過した。その日の記憶は今私には極めて尊いものとなっている。私はいつも夢見て過した。（略）

あやしき運命の糸は私を此の寂しい人々と結びつけた。その人々の洩らし難い嘆息を織りなして、小さな『猟人日記』を編することは、やがて私の生涯の任務の一つとなるであろう。

朝鮮時代は自分の人生で最も苦しい時代であったと、春月は様々なところに書いているが、「その日の記憶は今私には極めて尊いものとなっている。」という。家業の破産、流浪、極貧の生活、少年期のあがきを、二八歳の春月はこの時代の経験が尊いものになり精神的に昇華されて、作品化する時を迎えていたといえる。ツルゲーネフの短編小説集『猟人日記』にならって、帝政ロシアの農奴の生活ならぬ朝鮮の下層民の日常を描こうとしたのが、春月の創作の動機のひとつであったというのである。ともあれ春月一六歳前後の短編集「戦慄」は、本格的な短編に再構成して散文作家への道を拓くきっかけになった。

「戦慄」の中で朝鮮時代の作は約半分あり、他は自伝的な短編である。主な作品を三点紹介しておきたい。

最初の「枯木」という作品は、『漂白と夢想』では「都の白粉」と題名を変えている。春月一五歳の作で原稿の右上に〝密〟と朱書きしてあり、一家が朝鮮・密陽で雑貨商を営んでいるときのことである。

物語は「都の白粉」と呼ばれる日本から流れて来た厚化粧の娼婦が、血気盛んな若い男の多い田舎町にやって来た。多くの男たちが「都の白粉」の宿に出かけて行き、町は色っぽい噂で賑わうことになった。その「都の白粉」が、いつの頃から父母の営む雑貨店にやってきて話し込むようになる。ある日、本を読んでいる僕のところに来ると、「小説には私のような女も出てまゐりまして……」と、絶望を享楽しているような目をして言った。以前よりやつれて、精も根も尽きたようにぐったりしている。がさがさと皮膚が荒れて化粧は落ち、魂の抜けたような女になっていた。突然のことに吃驚している僕に一方的に話した後、「坊ちゃん、さやうなら」と言って帰っていった。「都の白粉」は間もなく北韓の方へ行ったという噂である。彼女は今何をしているのだろう、僕は悲しく淋しい夢をみるような気持ちになるのだった。

春月一家は釜山で家賃の安い遊郭の一角に住んでいたことがある。少年期に遊郭に身を置いて男女の遊楽を目のあたりにし、さまざまな女たちが何処までも流れ流れて落ちていく様を見たことは、時に自らの生活と重ねて冥い空想に誘われたに違いない。これが朝鮮における春月の「漂泊と夢想」なのである。

次に紹介する「秋本と竹友」は、大阪での作である。明治四一年四月、『文庫』（内外出版協会）に投稿して入賞した。明治四〇年一〇月、春月は朝鮮・密陽から大阪に向かい、ここで九ヶ月を過ごした。大阪での生活は自らが望んだ文学への一里塚とはいえ、孤独と貧困の中で文学修業に励んだ時であった。人前ではまともに話せない内気な春月が、文学仲間には積極的に交友を求めている。

「秋本と竹友」の竹友は後の著名な英文学者・詩人で、慶応大学、大阪大学教授などを務めた竹友藻風である。春月が竹友と知りあったのは『文章世界』（博文館）の読者通信欄に、

「大阪の諸君はお遊びに入らつしやい。文芸に関するお話を交換しませう」

という春月の投書が載り、竹友や他の文学仲間が北福島の二階の二畳の下宿に訪ねて来たことから始まった。意気投合した二人はお互いに交友を深め、春月は竹友藻風の家を訪ねることになった。しかしいくら探しても竹友の家がわからず帰ってしまった。後で竹友の父は著名な保険会社の取締役であり、彼の家は想像を絶する豪邸だった。そのため春月は竹友の家の前を何度も行き来しながら気が付かなかったのだ。

以後春月は裕福な竹友の何気ない言葉に反発し、あまりの境遇の違いに自らが傷つき我慢できなくなっていく。そして春月は「秋本と竹友」を書いた。自らは匿名にし、竹友は実名にして『文庫』（明治四一年四月号）に掲載された。クリスチャンで善良な竹友を、秋本（春月）が貶しめたのである。「基督教に囚られた芸術はよからう。宗教を信じる者は幸福だ。天国は即彼のものなれば也。アーメン」と。

そのため竹友は激怒し、絶交を言い渡され、『文庫』で作品を読んだ投書家からも春月は反感をもたれることになる。

後に春月は若き日のこの過ちを深く反省し、第一詩集『霊魂の秋』（大正六）に五行七連からなる詩を発表した。

「罪人の群れより　――詩人竹友藻風に――」

我はわが愆をしる、わが罪はつねにわが前にあり。
（詩篇第五十一章）

かつて我れなほ子供なりしとき、
我が道に美しき子あらはれぬ、
素直なる顔付と、親しき眼付とをもて。
我等は楽しく戯れぬ、
あるは地にものを書きて、あるは歌ひて。

そはリンデンの霊場にして
老いたる巡礼の連れてきし輝かしき子、
イエスの子供に似たりしが、
我は罪に於て孕まれ、悩みに於て生れ、
貧しき心もて土を掘るモルモットなりき。

我が心は腐れたる塵よりなれり、
やさしき愛の一言も我れには蔑りと思はる。
かくて戯れのなかばに、我いたくその子を打ちぬ、
我れは嘆きつつ、悔つつ、罪の家へ帰れり。
人よ、この子を咎むるな、そは自ら余りに罪せらるればなり。

かかることあらじとは知れど
もし美しき愛の心に、憎しみを植ゑつけしならんには、
我が罪は二倍に罰せらるべきなり。
少なくとも、軽蔑の眼はいと高き人にふさはしからず、
そを求めしならんには、我が罪は軽蔑せらるるのみにては足らざるなり。

我れ悲しみをもて思ひ出づ、
我が齢(よはひ)の君に等しかりしを。
されども今は等しからじ、
我れは生長することを偽さざればなり。
また生長せざりしを信ぜんとする程に我れはあはれなる者なり。

されどかのうるはしきやさしき子は生ひ立ちぬ、
しかして立琴をかなづるいみじき詩人とはなりぬ。
人を厭ふ心にたえず追はれて、
我れは死の陰の谷にも似たる沼辺にすわり
草笛につきぬ嘆きをこめてぞ吹く。

我れは敗れき、よし君我れを敗らずとも。

されどこれ我が罪の為め、我が喜ばしき慰めなれ。

清き若者、少女(をとめ)の口は君が聖き歌もて充たさる。

我が歌は牢獄の夕の窓を洩るるのみ、
されば我れ、彼等罪人(つみびと)と共に、今日この歌をぞうたふ。

(大正二年、竹友藻風が歌の多く世にもてはやされし時、彼を苦しめし過去の罪を嘆き、ひそかに作りて筐底に蔵せしもの)

大正二年、竹友藻風は第一詩集『祈祷』(昴発行所)を発表する。春月はそれを手にして先にあげた詩篇「罪人の群れより」をつくり、その第六連で
されどかのうるはしきやさしき子は生ひ立ちぬ、
しかして立琴をかなづるいみじき詩人とはなりぬ。

と歌ってその喜びを表した。それを大正六年、春月は四年の間筐底にあった「罪人の群れより」を第一詩集『霊魂の秋』に採録し、竹友藻風にかつて少年だった日の罪深き過ちを侘びた。春月と竹友はその後親しく往来するようになる。

昨年末だつたらうか、詩人協会の発起人会が終つて、北原白秋氏はじめ、十名ほどの詩人が、銀座裏のカフエエ・ゴンドラといふところへ行つた折り、自分は竹友藻風君と並んでかけた。我々が古い友達であつた事を、詩人の誰も知つてゐるものはなかつた。そのとき、竹友君は、英文学の中で、君に一番よく似てゐるのは、ジョオジ・ギッシングだと云つてくれた。それは大阪時代の貧困な少年、ひねくれた暗い少年としての自分を知つてゐる竹友君にして、はじめて云へる言葉であつたかも知れない。が、ギッシングの「ライクロフト」を愛好して、わが身さながらの声を聴く思ひのする自分は、英文学者として聞えてゐる竹友君から、こんなに云はれた事をうれしいと思つた。

春月は不遇な文学者であったギッシングに共感するものがあり、すでに『ヘンリイ・ライクロフトの私記』を原語で読了していた。それはドイツ語に次いで英語も独学で習得するためこれをテキストに選び精読していた。竹友から春月がギッシングと似ていると言われたことは、竹友が自分を深く理解してくれていると思い、とても嬉しかったのである。

次に「友とわかる」は、比較的長いものである。春月が明治四一年七月一日、大阪から東京に出て柏木に下宿したとき、その半年前に東京に出ていた竹馬の友・田中幸太郎は随分と力になってくれた。しかし上京して九ヶ月ばかりで田中は故郷に帰ることになった。親友といえば田中しかいない春月にとって、別れはつらいものだった。

下宿でしばらく話した後、これで失礼するという田中を途中まで送っていく。道々自分（春月）は懐から『明治詩集』をとり出し、岩野泡鳴の「無言の石」を誦した。もの言わぬ石を抱いてこの世のさびしさに泣くのである。別れ際の印象を泡鳴の痛切な詩句で訴えたのだった。

田中は道々、自分の周りの死や、自殺した人の例をあげて死を考えるようになったという。自分は即座に答える。

「自殺、実にいいね、僕も自殺したい。」

「どうせ仕様がない。我々は自殺した気で生活するまでだよ。」と、田中はしんみりと言った。

一ヶ月後、故郷の田中から返信が届いた。

「君よ、到る処人間は小にて候、

君の手紙は小生をして大なる崇敬の念を起さしめ候、」

これが一六歳の少年、いや田中はすでに二年前の一四歳から準教員になっているので、青年の会話である。春月は『漂白と夢想』では、この作品を「クロオヴアの花咲く頃」と改題して視点を大きく広げ、当初の四倍以上の長いものにして作品化した。

紹介した三点の作品は、『戦慄』に収録された作品である。一作目は朝鮮において娼婦が最底辺の社会に流されていく様を一四歳の視点で描いた。二作目は大阪で孤独、貧困の生活が春月を蝕み、ひがみ根性に陥れて罪人の群れに落ちた苦い経験の責めを明かす。三作目は東京に出てきたばかりの頃、手助けしてくれた友の帰郷を扱う。田中は故郷と東京で教員をしながら自らの道を求めて様々に渡り歩き、その後朝日新聞大阪本社に入社し活躍している。後に四国新聞や山陰日日新聞の社長を歴任した。春月とは若き日に喧嘩もしたが、かけがえのない終生の友であった。

これらの作品は春月が詩人としての地位を確立した後、散文作家に転じようとしたときに、自らの来し方を振り返ったものである。少年の日に見た世界の幼い白昼夢、甘やかな抒情の喜び、極貧の苦しみは、春月にとって新生面を切り開く序曲となった。

五　終わりに

少年期に春月が編集した回覧雑誌や、短編集を日本近代文学館から新出資料として閲覧することができた。すべて肉筆資料で一点ものであることから、閲覧には多くの制約があり、手続きには多大な時間を要した。ようやく手にしたこれらの資料は、明治二〇年代半ばに生まれた少年たちが、自分たちの創作発表の場として回覧雑誌を作ったもので、時代の熱気にあふれていた。一一～一四歳頃の少年たちのものであり文学的な価値はないが、それが当時の米子地方の文化的背景のなかで、どのような位置をしめているのか、少しく明らかにすることができた。

明治期米子地方で文化的な活動はあったが、そのなかで文芸的な活動が行われていた具体的な記録はほとんど見当たらない。残っていないか、埋もれたままなのではないかと思う。

ところが二〇一八年二月、「鹿島家和歌資料の語るもの――米子城下の幕末ルネッサンス」と題して、ノートルダム清心女子大学准教授　原豊二、米子工業高等専門学校准教授　渡邊健、同助教　辻本桜介によるシンポジウムが米子市立図書館で開催された。

同じく二〇一八年二月、『米子工業高等専門学校研究報告』第五三号に、「影印、翻刻、嘉永六年十一月十日鹿島家歌合」渡邊健、米子高専古文書の会編が載っていた。これによると幕末に鹿島家を中心に、商人・医師・僧・神職ら町人階級の歌人達が参加していた歌会の具体的な記録が新出資料として活字化されていた。

この二点の資料から、幕末から明治の初めにかけて米子の和歌文化が、鹿島家資料の翻刻をとおして明らかにされており、地方歌壇の活動の一端を知ることができた。発表者からこのシンポジウム及び米子高専の報告書の掲載許可を得たので、ここに当日のレジュメの一部を引用（要約）させていただいた。


米子の豪商鹿島本・分家（下鹿島）の当主らは、全国的な歌集黒沢翁満編『類題採風集』に和歌を投稿するなど、盛んに和歌を詠み、商人、町民が頻繁に歌会を開いていた。そのうえで当時の米子の歌壇は、広く京都・紀州等とネットワークが形成されていたのである。

まとめとして、
（1）鹿島家を中心に幕末の米子の歌壇は、活発に活動していた。
（2）出雲、因幡、京都、紀州等の地域とネットワークを形成し、和歌創作の基盤となっていた。

（３）米子は商人の町で文化はなかったと言われてきたが、鹿島家の資料群はそうではないことを示しており、今後の更なる調査研究が求められる。

一方で明治の半ばになるとこれまでの章でふれたとおり、学校令がしかれ国民の多くが学校教育を受けるようになり、教育の普及と底上げがなされた。そのことは文字を読む人、読むだけでなく表現する人が全国津々浦々にあらわれる基盤を作った。米子地方でもこれまで富裕層が中心であった文芸活動は、その裾野を大きく広げたのである。さらにこの時代のネットワークは、中央の文芸投稿雑誌を通して、個人が全国の友と繋がることができるようになった。

ここで時代を明治三〇年代の米子地方に移せば、明道尋常小学校二年の生田清平（春月）は由良孝先生に教えを受けることになった。由良孝先生は東京・新詩社の社員で、国学院の講習を受けるために上京し、与謝野寛宅の歌会に出席していた。そこで新派の歌人や新体詩人と交友をもち、歌人への道を模索していた。しかし由良は家庭の事情で帰郷を余儀なくされ、訓導として明道尋常小学校に赴任した。由良孝先生との出会いは、春月に短歌をはじめ文学へ向かう道を開いたといっても過言ではない。

由良孝は自宅で歌会を開いた。文学好きな大人に交って、小学生だった春月や田中幸太郎（雪兎）も連座の歌会に出席した。ここでは参加者が歌を作り、会の終りには互選で秀逸や一・二等が決められたが、大人に交って小学生の二人も度々上位の成績を修めていた。

そのうち角盤高等小学校に進んだ春月や田中幸太郎は、回覧雑誌『若草』、『花籠』、『天使』を発行するようになる。由良孝先生の歌会や文学的な気風が機縁であったことは間違いない。

このことは幕末から明治の初めにかけて、鹿島本・分家を中心に行われていた歌会と直接結びつくものではないが、歌会がこの地方に連綿と続いていたことは、底流としてその後の米子の歌壇に影響したとおもわれる。その一つの流れが短歌や詩の愛好家・由良孝主宰の歌会であり、その流れを受ける形で少年たちの回覧雑誌発行につながったといえる。

彼らの回覧雑誌発行はこの時代の少年の知的な遊びの一つに過ぎなかったとはいえ、太田六郎が回覧雑誌『天使』第七号の終わりに記しているように、この回覧雑誌は六郎自身の「昂熱時代記念」誌であり、「吾人が旧噴火口は即ち之なり」と記したように、当時の少年たちにとっては一部に娯楽を求めたが真剣なもので、未熟ではあっても文芸的な情熱発露の場となっていたのである。

少年たちの回覧雑誌発行は小さな活動だが、この地方の文化的な状況のなかで生まれたものといえる。一地方の細やかなことにみえるが視点を全国に広げると、やがて彼らは大正期の文芸の黄金期、そして大衆化を支える萌芽・担い手であり予備軍になるのである。一冊しかない回覧雑誌は、投稿者や愛読者の手元に置かれたまま、いつの間にか忘れられ消えていった。そのような情況にあって『天使』、『低唱』が探し出されたことは貴重なことであった。

少年たちの回覧雑誌の発行は、全国どこでもみられた当時の流行であったといえる。明治・大正時代に活躍した文学者の詳細な年表をみると、文芸にかかわる仕事をした作家の多くは、青少年期に回覧雑誌、回覧ノートをつくった経験をもっている。ほんの一例をあげれば正岡子規は「明治一三年、一三歳で回覧雑誌をつくる」とあり、最も早い例である。『桜亭雑誌』、『弁論雑誌』、『戯多々々珍誌』、

『五友雑誌』というふうに次から次へと出している。

志賀直哉は回覧雑誌『倹遊会雑誌』を有島壬生馬（生馬）ら学習院中等科時代の友人と編集している。明治三〇年二月一五日が第四号で一五歳のときであるが、創刊号がいつであるかは雑誌が残っていないのではっきりしない。

萩原朔太郎は回覧雑誌『野守』を編集しているが、その他に『共研文学』、『公孫樹』などの回覧雑誌をつくっている。

白井喬二は春月の角盤校時代合の上級生で、学校時代から文芸を通して交流があった。そして回覧雑誌『低唱』で再び春月と同じ文芸の場で切磋琢磨したことが確認できた。

少年・春月の編集した回覧雑誌『天使』を紐解くと、この地方ならではの歴史と文化が息づいていることに驚かされる。それは生田春月という詩人・文学者を育くむ機縁となった文芸創作の場であった。これらの資料が今に残り、そして発見されたことは少年の視点から地域の文化がみえたように思う。それは長い時間をかけて醸成された独特の地域文化の掘り起こしにつながるものだった。

この章は日本近代文学館に納められている回覧雑誌『天使』第七・八号、同『低唱』第七号、『戦慄』（生田春月自筆作品集）の四冊の閲覧ができたことによって成った。春月研究とその資料収集に尽力された故広野晴彦氏に深い感謝の意を表します。また日本近代文学館の閲覧に際して、西村洋子氏にご配慮いただきました。

第二章

自筆処女詩集「春月詩集」
一〇五年ぶりの帰郷への旅

第二章

自筆処女詩集「春月詩集」一〇五年ぶりの帰郷への旅

一　自筆処女詩集「春月詩集」とは

春月は文学を志し、一六歳で上京した。そして幸いにも日野郡根雨出身の新進評論家・生田長江の書生になることができた。同じ生田であるが親戚関係はない。家業倒産のため高等小学校中退の春月にとって、本格的な文学修業となった。そのうえ生田長江の評論家としての力の恩恵に浴し、出版社との繋がりを得るとともに、長江の東京帝大時代の友人で『帝国文学』の編集者小林愛雄を紹介された。『帝国文学』は一高・東大の教授、東大出身者、在学生等が執筆、愛読する日本で一流の文学啓蒙雑誌である。小林愛雄の計いで春月は『帝国文学』に詩を寄稿・掲載されるようになる。

春月はそれまで投稿文芸誌に度々入賞、一席、特等など、毎月のように入選したことが文学を志す自信の源になっていた。しかし長江のもとで本格的な文学修業を始めると、春月は文壇のまわりにいる人々の力の比ではなかった。今までは想念と同時に生まれていた作品が思うようにかけず、長江先生にも認めてもらえない。春月は東京に行けば文学者として生きることができると漠然とした考えを持っていた。しかしそれは現実を知らない者のたんなる望みに過ぎなかった。それでも春月は上京前に、自らが頼みとする詩の作品集を編んでいた。それがこの章の表題にあげた「春月詩集」（自筆処

女詩集　明治四一年六月編）である。

今回発見された「春月詩集」は生田春月の自筆処女詩集であり、春月が明治四一年（一九〇八）六月、大阪時代の最後の仕事としてそれまでの詩のなかから、自信作・五九編を選び、それに序詩をつけて六〇篇として纏めたものである。

明治四一年一二月一日、春月はついに我が懐刀である「春月詩集」を長江先生に見せて出版の相談をする。それは春月が書けども書けども認めてもらえない詩作に対して、長江がこの詩集を読めば改めて評価してくれるのではないかという密かな期待を込めたものであった。

結果はこの日の日記『自ら欺かざるの記　二』（自筆日記）に記しており、全文を見ておきたい。

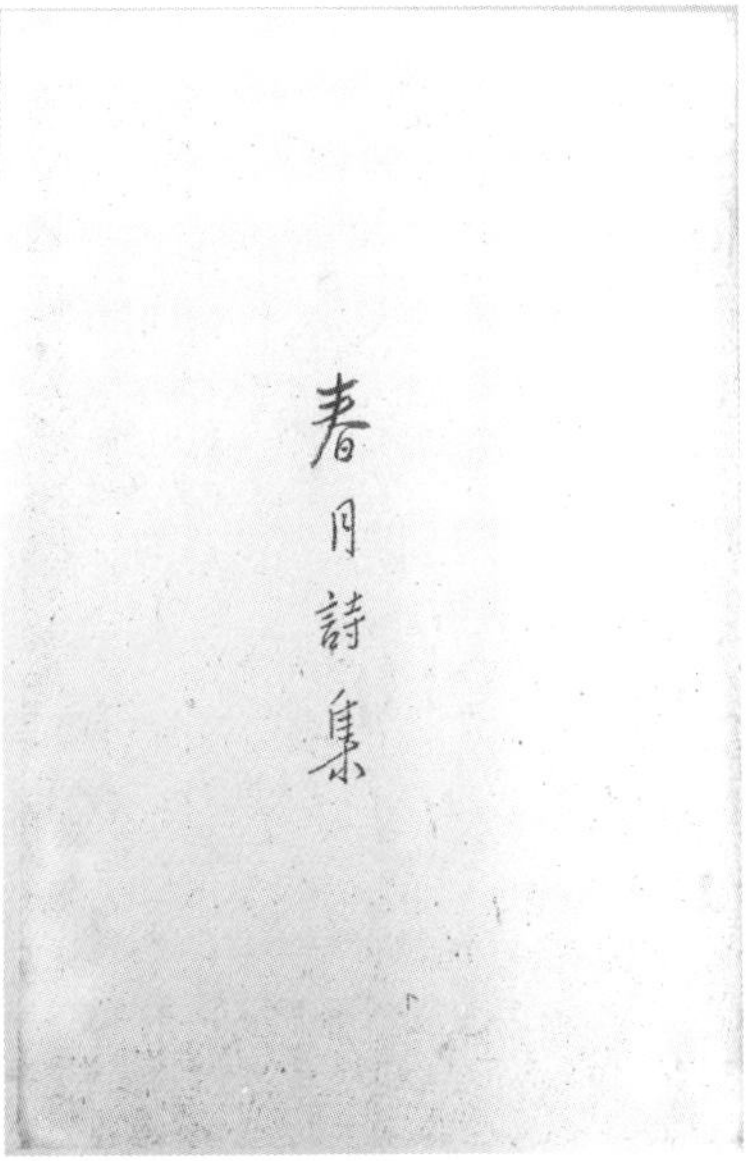

自筆処女詩集「春月詩集」
（明治41年６月編）

十二月一日　（明治四一年）

十二月一日——最う十二月！年はかくて逝くのである。古い葉が落ちる。やがて新しい葉がふきでる。……

霜白く屋上に、満地に光つてゐた。朝早く起きる。朝の色は何とも云へずいい。一つあの色をカンバスにうつしてみたい。

朝日新聞の八千一号。泣菫の京都文芸会と、大寺の医者か記者かを面白く読む。森田さんの

「煤煙」いよ〳〵来春、朝日に出ると云ふ。

今日は大掃除と。忌はしき哉。

今年は忘れがたい年である。と共に余り光栄ある年でもない。大阪の上福島の暗い二階――車でそこを離れ、東海道五三次、東京に出て柏木の住居、……種々の悲しい可責（ママ）……今の身になる迄、大なる苦悶と、やるせない涙と、半ば自暴自棄の熱きいたみと……されどああ年は逝く。永遠にゆく。人間は大河の水に浮沈む芥わらのみ。あゝ流るゝ大河「大江日夜流（たいこうにちやながる）」果てはどうなる事であらうやら。

夜、文集出版に付き先生と図る。止めたがよからうと、切に止められしに付き、大に自己の非を悟り、直にその言に従ふ。古いものは皆棄てて了ひ、我我はたゞ未来にのみ望をかけて行くべしである。僕は思ふ、我我は唯作るべし、悲しみも悦楽も、皆作中に吸はれぬる、書上げて一読すれば、他に比較すべきものもなき愉快を感ず。これ早旦的を達したる也、世に発表して、凡愚に見せるは、ひとへにこれ金のためにして、作を汚すにすぎず。一作を終へたらば更に他の一作を思ふべし。みすぼらしき過去に執着する勿れ。われ誤れる哉、我誤れる哉。

涙――地上の最も清きものよ。涙ありて、人はまさに神たるなれ。哀れなる、小さき人間より涙を奪はんか、□□正に獣に随すべき也。

忌はしいものは何であろうか。自らをわが手もて傷つけるも亦其一つ。されど他より嘲けらるゝは更に激怒の念と戦はざるをえず。

我はそも〳〵いかなる者か。我が頭は円し、わが胴は円し、人並也。而して何のために人間は神の形骸と等しく造られたるか。

泣く勿れ、ただ歌へ。

飲み、且つ歌へ、更に舞へ、なおもし海蛆（ふなむし）たれ、刹那の盲動に酔へ。

——ああ此頃へをいかにせむ。泣きたし、泣きたし、声を限りに泣いて、泣いて涙の泉をからさむ哉。


長い引用となったが春月が最後の切札として出した「春月詩集」は、評価どころか「止めたがよからう。」と長江に止められたため、「大に自己の非を悟り、直にその言に従ふ。古いものは皆棄てて了ひ、我我はただ未来にのみ望みをかけて行くべしである。」となった。

〝古いものは皆棄てて了ひ〟とあるので、私は以前「春月日記」に取り組んだとき、春月は少年期から青年に成長する我が魂の記録ともいえる作品を、この時点で処分したものとばかり思っていた。だが春月はこの時、良くも悪くも「春月詩集」を捨てることはできなかった。この日に続く春月の日記は自らの才能の無さを嘆きながら、いい詩を書きたいという純な心と、肉欲に走ろうとする心、死を求め病を求め、人生の意味に迷い、運命を呪い、泣きの涙にくれていく。それでもなお愛しい青春の記念として「春月詩集」は再び筐底に秘されたのであった。

二　「春月詩集」（自筆）の米子への里帰り

筆者は二〇一三年五月、生田春月生誕一二〇年の年に、春月の評伝を纏め『生田春月への旅』（今井出版）を出版した。この出版情報をインターネットで見られた三田裕一氏（石川県金沢市在住）は、今井出版に、現在自分が愛蔵している「春月詩集」（自筆　明治四一年）が出版の可能性があるかどうかを問い合わせてこられた。そこで今井出版は私に、三田氏から送られてきた「春月詩集」（複写）が本物かどうか見てほしいといわれた。私はその筆跡を見て、すでに知っている春月の作品もあり、本物だということが一目でわかった。「春月詩集」は、この章の一で記した長江とのやりとりで「文集の出版は止めたがよかろう」と言われた作品集であることを、その後の調査によって確認した。

私は春月研究を始めて久しいが、この間、関係資料を捜して尋ねて行っても空振りのことが多かった。資料の読み込みをしても目指す記述に出合うことは少なかった。それでも思わぬことが発見できることもあり、尋ね歩く、読み込むことはそういう面白さに出合うことでもあった。しかしこの度のように貴重な資料が向こうから飛び込んできたのは初めてのことである。それも筆者の本の出版が機縁であったことは嬉しさを増した。そして今井出版の尽力もあり、紆余曲折を経て最終的に三田裕一氏は「春月詩集」を米子市立図書館の生田春月文庫に寄贈された。改めて厚くお礼申し上げたい。

折りしも米子市立図書館はリニューアルオープンしたばかりであった。生田春月文庫は小さくはあるが、人目につきやすく、より利用しやすい場所に所を得て、生田春月に興味を持っておられた前田演子氏の寄贈で新しい書架に納まった。ささやかながら生田春月研究の拠点が一歩前進した。

米子市立図書館にとっても、生田春月文庫の発足から三〇年目にあたる節目の年である。「春月詩集」の六〇篇の詩は未だ幼さは残るとしても、すでに詩人としての片鱗をみせている。それが計らずも長い旅を経て故郷の米子に帰り着いた。春月がこの詩集を纏めた明治四一年からみれば、平成二五年は一〇五年の歳月を経ての帰還であった。

三　「春月詩集」（自筆）一〇五年のたどった道

金沢市の三田裕一氏が寄贈された「春月詩集」（自筆）には、この詩集がどのように人から人の手に渡り、なぜ金沢の地にあったのかを知る覚え書きや、それらを補強する資料が残されていた。勿論空白の部分は今では事実と推測でつなぐことになるが、それを調査によって何とか繋いでみたい。まず「春月詩集」が発見された経緯を順を追って述べたい。

(一)　「春月詩集」の発見

昭和一四年（一九三九）、金沢市尾張町通りの小谷書店経営者・柳川昇爾氏が、富山市内で買った古書の中から「春月詩集」（自筆）を発見するという新聞記事がある。

これについてはまず『石川讀賣』昭和一四年八月一七日の記事（写真入り六段抜き）を紹介しておく。しかし調査の結果、実際には昭和一四年は「春月詩集」再発見のときであった。それについては後で詳述するが、ここでは『石川讀賣』を原文のまま載せておく（引用文は旧かなづかいのままとし、漢字は当用漢字に改めた）。

春月逝いて十年

奇しくも遺稿発見

百篇に上る未発表の詩

情熱の詩人生田春月が晩春の夜半瀬戸内海に投身海底の藻屑と消えてから今年は足かけ十年目に当るが、珍らしくも春月若かりし少年時代の遺稿百篇近い未発表作品が巷から発見されて話題となつてゐる、発見者は金沢市尾張町通り小谷書店の経営者柳川昇爾（三六）氏である、このほど富山市内で買ひ集めた古本整理を行なつてゐる、うちに偶然にも「春月詩集」と肉筆で表題した古ぼけた中折に書いた原稿綴りが一冊交つているのを発見、熱烈な春月ファンだつた柳川さんは踊る胸をおさへて内容を改めると明治四十一年六月編とあり克明に肉筆で書き連れた詩篇は何れも珠玉の如き春月調にあふれ、花世未亡人に筆蹟を鑑定して貰つたところ疑ふ余地もない春月の遺稿と判明したので柳川さんは踊り上がつて喜んだ、そして年代を調べてみると若き春月が未だ白面の文学少年としてわき出づる詩情の奔流に筆を走らせた十七歳の頃の作品で、内容は「生死集」と「白楊集」の二部に分れ盛られた詩篇はおよそ百篇にも上り殆どが未発表物、しかも「生死集」には「海の家」と題して

『さなり深海に

しづみ果て
鱶の餌食と
ならむかな
さすれば人眼に
ふるゝまじ』

と死の理想を歌つた句章も見へ、後年瀬戸内海に消へて屍体も発見されなかつた春月の最後と想ひ合せてみると興味深々たるものがあり、春月研究家にとつても貴重な資料となるだらう、そして多感な彼の少年時代がこの遺稿一綴りの中に五彩の夢を秘め、元々からの春月びいきの柳川さんは生命よりも大切にと末代にまで保存することになつた（写真は発見された春月の詩集）

柳川昇爾氏

(二) 「柳川昇爾氏覚書」（仮題）

これは柳川氏が「春月詩集」を入手した経緯が書かれており、これを全文掲げておきたい。柳川昇爾氏が晩年に書いたと思われ、年月を経ているため、明らかな記憶違いは筆者が訂正した。

柳川昇爾氏覚書（仮題）

私は私の最も尊敬する生田春月氏の詩稿を手

に入れし事を喜ぶ
本書は春月氏が明治四十一年六月に自らの作品を集められたものである。新潮社発行、生田春月全集第十巻の春月年譜に依れば四十一年は丁度十七才にて朝鮮より上京、貧に苦しみながら一人やるせない詩心を歌ひし最も意味多い作品である　けい歴もなく師もなく一人まづしく　下宿の窓に依つて原稿紙を買う金もなく半紙を小よりに綴つて記されたものと思へば一入のなつかしみを感ずるなり
昭和五年五月　量らづも瀬戸内海に別府連絡船すみれ丸上より投身自殺されし春月氏を思ふ　この詩集の如何に春月氏に宿命的な関係をもたらしたるかは又　切に胸をうつものがある
今や此の稿を雅兄眞川氏をわづらわして故春月先生夫人の花世様の裏書を得て永く記念として氏の最も愛する海のふる里にかへつて行つたのであらふ
本書は市内（注：富山市）中野、松浦氏なる人　小竹竹波（注：尾竹竹坡）画伯の門下ならん保存するものなり　原型のまま手を加えずして我には小より一つもなつかしき
か　書籍の整理の際入手以後　私の手に入りしもあやまつて東京支店にて店員村井君が発見入手せるを更に又ゆへあつて再び我が手に入りしものにして　断ちがたき運命の糸のつながりありしかと一入思出多し

㈢　柳川昇爾氏

『北国新聞』昭和五三年一一月二四日によれば、柳川昇爾氏は昭和五三年一一月二四日に七四歳で

亡くなった。富山県婦中町（現富山市婦中町）に生まれ、本屋に奉公に出た後に独立し、金沢市に古書店南陽堂を開いた。柳川氏は金沢市の名物古書店主として知られ金沢の四高生、金沢大生等には、あそこに行けばなんとかなると言われるほど資料面から多くの人の面倒を見られた。著名な作家や学者も南陽堂を利用し、学都金沢を市井から盛り上げた人であったと紹介している。

同日の『北国新聞』に後の直木賞作家・高橋治（旧制第四高から東大）が柳川氏の死を悼んで記事を寄せている。長文のため、表題と内容の一部を引用する。

古書の鬼に限りない賛辞

柳川昇爾氏の死を悼む

「古書の鬼であったあなたよ、私はどれだけあなたにものを教えられたか、今、しみじみと思い返しています。そして他者の数々の業績の陰で、力強い支柱となりながら、決して表面に出ようとはしなかったあなたのゆかしい生き方に限りない賛辞を送ります。」

「「鬼」と書いたが、ある道を行く時、この人間の存在だけはどうしても避けて通れない、そうした人間が「鬼」なのだと思う。その意味で、柳川氏は確かに鬼の一人だった。」

「竹久夢二の熱狂的ファンで、年月かけて集めたコレクションは大変なものだった。談、夢二に及ぶと、初恋の乙女に会った少年のような表情が顔に浮かんだ。」

高橋治は四高生の時にお世話になり、作家生活の現在に至るまで資料集めにお世話になった。「金沢の一角に名物の古書店主として生きぬいた」柳川氏に対して尽きることのない賛辞を送っている。

柳川氏亡き後、ご子息（次男）が古書店を継がれたがその方も亡くなった。古書店の隣でギャラリー三田を経営していた三田裕一氏は、柳川氏やご家族と交流があったことから、残された数万冊にも及ぶ古書や資料の整理にあたられた一人である。その中から「春月詩集」（自筆）ほか関係資料（柳川昇爾氏覚書（仮題）、『石川讀賣』昭和一四年八月一七日、その他柳川氏に関する新聞記事、春月に寄せる西村喜美子（色波にお江の随筆など））の入っている包みを発見する。三田氏は生田春月についてはその名前を聞いたことがある程度であったが、何よりもギャラリーを経営する者の直感で肉筆の詩集の価値を認め、これを大切に保管してきた。先に作家の高橋治が柳川氏は竹久夢二の熱狂的なファンだったと書いているが、資料整理のとき三田氏は竹久夢二の肉筆の掛軸ほかも発見する。現在では竹久夢二の絵は高額な価格で取引されているというが、大学教授であった柳川氏のご長男はあっさりと金沢市にそれらを寄贈されたという。この仲介の労をとったのが三田氏であった。

金沢市は市内に湯涌温泉街がある。夢二は一時湯涌温泉に恋人の笠井彦乃の保養もかねて滞在していたことがあり、「金沢湯涌夢二館」が二〇〇一年にオープンした。柳川氏が寄贈された夢二関係の資料は最終的にここに納められたという。

ここで一つ正しておきたいのは、この「春月詩集」は昭和一四年に初めて発見されたように『石川讀賣』は書いているが、発見時期はもっと早く、昭和五〜六年のことと推定される。それについては別章で述べたい。

四　「春月詩集」（自筆）の梗概〔米子市立図書館蔵〕

構成――序詩をふくめて全六〇編の詩が納められている。ただしハイネの訳詩三篇、ロバート・ブラウニングの訳詩一篇が入っており、春月自身の詩は五六編となる。ハイネ、ブラウニングなどいかに春月が早くから外国の詩に親しんでいたかを物語っている。春月は後年、日本で初めてハイネ詩の全集を出すなど活躍するが、処女詩集にすでにその萌芽を見出すことができる。

この六〇編の詩の内訳は春月が年に一冊その年の自分の詩集を編んでいたことを示してる。ここには明治三八年、春月一三歳のときから、四一年・一六歳まで毎年一冊ずつ四つの詩集から選ばれている。それを「春月詩集」の配列順に紹介する。

「生死集」（明治四一年七月編）

これは一六歳の少年の生と死がテーマである。三三編（うちハイネ、ブラウニングの四編含）の中で代表的な作の一つが次の詩である。

海の家

死にゆく人を
弔ふは、
生きてうごめく

いつはりの、
はかなきものの
ほこりなり。

ああ、ああ、されど
われのみは
死にゆく人を
弔はじ、
ただ悲しみて
泣かむかな。

死になば王も、
百姓も
ともに土なり、
百年（ももとせ）の
のちにはいかに
そのふたり。

死は人間の
つとめなり、
われも死なまし
さはあれど
この死骸(なきがら)を
いかにせむ。

さなり深海(ふかみ)に
しづみ果て
鱶の餌食と
ならむかな、
されば人眼に
ふるるまじ。

ああ死はわれの
故郷なり、
遠くのぞめば
ただこひし、

されども近く
見ばいかに。

ただ死にかへる
一ときを
大加藍の
わだつみに
うきしづみせむ、
ふるさとの家。

一六歳の少年がいつも身の内に死を抱きしめている。逃避的な弱さが見え隠れしないわけでもない。しかし同年代の春月の日記に頻繁に出てくる〝死〟は、〝詩人になることができないのであれば〟という強烈な生の希求である。真の詩人になれないときはいつでも迎えてくれる死に場所〝海〟があるという背水の陣をうたったものだといえる。春月は自分にとって最後の寄りどころである〝海〟があれば、今の苦しみに耐えることができると思っていた。この想いは後の自伝的小説『相寄る魂』のテーマの一つであり、そしてまた春月の人生と重なる重要なモチーフとなっている。

一方でロバート・ブラウニングの「静」は、上田敏訳『海潮音』（明治三八年）所収「春の朝」と同一の作品である。

春の朝

時は春、
日は朝、
朝は七時、
片岡に露みちて、
揚雲雀なのりいで、
蝸牛枝に這ひ、
神、そらに知ろしめす。
すべて世は事も無し。

静

春の朝（あした）の時は七時
丘の草には露滋くて、
雲雀は早も空になけり、
枝（え）を蝸牛這ひゆくとき、
神はみそらに守り給ふ、
世はいま静かにこともあらず。

※下段が春月の写していた詩

後に春月は上田敏の尊崇者になるが、この時は上田敏訳をまだ知らなかったのであろう、他の訳者の作品になっている。

「白揚集」（明治三九年一二月以後）

一二編。この中で「離別（朝鮮国に）」（『文章世界』明治四一年八月号入選）、「冬の風」（『文章世界』明治四〇年一二月号入選）、「女」（『文庫』明治四一年二月号入選）を確認した。恐らく題名や内容を変えてこの中の多くの作品が選に入っていたと思うが、この調査もここまでで限界がある。入選して掲載された「離別」と「春月詩集」(自筆)の同作品を比べると、全体の調べはほとんど変わらないが、何箇所にもわたって推敲の跡がみえ、春月の若き日の代表作の一つになっている。

「葉桜集」(明治四〇年のうち)

一三編。「遠き音」(『文庫』明治四一年二月号)が選に入っている。ここには「小曲十章」がある。わずかにユーモアを含んだものは「狐狸」、「盗人」の二篇であるが、少年のときから小曲に親しんでいたことがわかる。

「海潮集」(明治三八年の頃)

一篇。この頃のものは多くが散逸したと記している。「春月詩集」の最後の作品「妖魔」は『文章世界』(明治三九年八月号)で賞を得ており、次の年に発表された。想像力逞しく、というより空想を楽しみ背伸びした一三歳の春月が、一篇の物語でも書くように言葉を連ねている。

妖魔

青柳の葉がくれ、
のぞき行く息もなけれど、
衣ずれのなよかに、

紺青ぞ夜をこむる。

みやしろの夜更けは、
ざれ唄の人もすきゆき、
寂寥のみてるよ、
葉がくれの衣ずれの音。

肩なづる夜風は、
灯をふきぬ、けしぬ、魔の如、
おそろしきうしみつ、
白衣の灯をいただきて、

あらはれし妖魔や、
藁の人いたましけれ、
枝しげる常盤樹、
頬の色ほのめく女。

丁丁の高音に、

あら釘は幹に痛みぬ、
しめりたる虫の音、
白露の草かげにして。

人の世の乱れた、
恋の子のねたみあらそひ、
その末の呪詛ぞ、
哀れにも忌はしきかな。

葉の風におどろき、
ふりかえる瞳のさえよ、
美しきわかき女、
この罪をなれに泣きたき。

おそろしき妖魔は、
よろこびを胸にかくして
更くる夜にかくれぬ、
青柳の枝ぞゆらゆら。

この稿に引用した詩文は結果として「春月詩集」の本章の初めと最後の作品となった。どちらの作品も一六歳と一三歳の未熟な面をもつとはいえ、後に詩人となり活躍していく春月の片鱗がみえる。だが何よりも当時の春月の真摯な面を最もよく表しているのは、この詩集の冒頭におかれた次の序詩であろう。表題なし。

たとへつたなき
うたなりとも
まことだにあらば
ひとはうごく
いつはるものは
ぐとやいはん
われはこのをもひ
しるすばかり

激しい言葉もなく、人をゆさぶる華麗な言葉もない。若者特有の感情の昂りもない。そのうえ全文ひらがな書きの短い詩なので、視覚的に詩が幼いという印象を与えるかもしれない。しかし少年期から青年期に移る純なうえにも純粋な時代の春月が、その時にしか書けない決意の気持ちをそのままうたった佳作である。我は詩人になるのだと春月の決意を述べている。

最後に春月の妻・生田花世が「春月詩集」の最後に認めた裏書は以下のとおりである。

本書一見是を故生田春月の詩稿ノート
と対照いたしました。なほ筆蹟の点にお
きましても眞筆に相違ないことを認め
ました。このことを裏書いたしておきます。
昭和六年十一月二十九日
生田花世　花世㊞

五　「春月詩集」（自筆）はなぜ金沢にあったのだろうか

推測と交友関係めぐって

「春月詩集」（自筆）は、富山市内中野の尾竹竹坡画伯の門下・松浦氏の資料整理をしていた古書店主・柳川昇爾氏が発見した。柳沢氏が初めて発見したのは、花世の裏書きが「昭和六年十一月二十九日」になっていることから、昭和五年五月の春月自死後、一～二年の間のことである。この章の三で掲げた昭和一四年八月『石川讀賣』の記事は、柳川氏が一度入手した「春月詩集」を誤って東京本店に流した後、奇しくも再び「春月詩集」を入手した時のことであった。残る疑問は、尾竹竹坡の弟子なる人がなぜ「春月詩集」を持っていたのかということである。これは生田春月をめぐる人脈として、今まで考えてもみなかった人たちが浮かび上る可能性もある。だが活字としてそれを解きほぐしてくれる資料は残っていないと思っていたが、ある資料から推測のヒントがあった。

話が少し逸れるが私は全国（鳥取県を除く）の地方出版活動を顕彰する「ブックインとっとり実行委員会」の実行委員をしている。これは全国の地方出版物を一堂に集めて展示した会場（県内図書館）で、来場者の投票やブックインとっとり地方出版文化功労賞の選考委員が、その年の最も優れた作品を選び賞を贈るものである。私は選考委員でもあり、毎年最終選考に残った一〇数冊の本を読んでいる。第二七回（二〇一四年）の奨励賞に『伊藤野枝と代準介』矢野寛治著（弦書房　福岡市）が選ばれた。私がこの本を読んだのは「春月詩集」が一〇五年ぶりに郷土米子に帰着し、米子市立図書館に寄贈された時だった。そして尾竹竹坡門下の松浦氏とはどんな人であるか調査をしているときであり、様々なつながりを示唆された。地方出版であるため全国に流通することが難しい中で、出合い頭にこの本を手にして調査のヒントを得たのだった。

『伊藤野枝と代準介』を簡単に紹介しておきたい。

著者の矢野寛治は伊藤野枝（一八八五～一九二三）の従妹にあたる代千代子の孫の夫にあたる。代千代子は表題に名前のある代準介の娘であり、伊藤野枝は代準介の二度目の妻の姪になる。代家の一人娘千代子と、家の没落で苦労して育った野枝は同年で、良くも悪くもライバルであった。というより野枝が恵まれた環境で育った千代子を、貧しい自分の生い立ちの違いから一方的にライバル視したようである。

代準介は明治、大正、昭和を叩き上げの実業家として生きた。思想的には玄洋社・右翼の巨頭である頭山満に親炙し、二人は福岡県出身で様々な面で行動を共にしている。

代準介は国のありかたを考えるうえで思想上の違いを問題にするにしても、その人となりに魅力のある人物には思想の違いをこえて目をかける鷹揚な人物であったらしい。代準介は子孫のために自叙伝『牟田乃落穂』を残しており、これが矢野寛治の『伊藤野枝と代準介』の底本となっている。この自叙伝の存在は親族には知られていたが、公開されるのは初めてである。

『牟田乃落穂』は代準介が晩年に書いた自叙伝で、記憶違いやある種の身贔屓や美化があるという。それを著者の矢野寛治は当時の新聞や多くの関係者の資料、著作を引用し、歴史的事実とつき合せ、客観性をもたせている。

矢野寛治の目指したものは代準介とその一族が、伊藤野枝との関係について世間に流布している誤解を解くことにある。姪の伊藤野枝は弱冠二〇歳で『青鞜』の編集（平塚らいてうに続く二代目編集人）に携わり、女性解放、社会主義運動家として新しい時代の女を生きた。関東大震災の混乱の中で無政府主義者の夫・大杉栄とその甥とともに憲兵隊に惨殺される。この伊藤野枝と代準介の関係を広い視野で描くことであった。

この代準介と伊藤野枝の関係はこれまで評伝、研究書、小説や映画のなかで誤って伝えられてきたと矢野は言う。その誤解のひとつが野枝の最初の夫・辻潤と代準介の一人娘・千代子の不倫問題を正すことである。辻潤は随想「ふもれすく」で〝僕とその従妹の間柄を野枝さんに感づかれて一悶着起こしたこともあった。野枝さんは早速それを小説に書いた。野枝さんは恐ろしいヤキモチ屋であった。〟と書いている。

野枝もまたこの件を「偶感」と題して『青鞜』一九一五年六月号に同じように従姉妹と辻の関係を不倫として小説に書き報復している。この二つの作品の従姉妹に名前はない。ところが瀬戸内晴美は野枝と大杉栄を主人公に『美は乱調にあり』を書いたが、そのなかでこの〝従姉妹〟を、根拠もなく千代子と実名にした。映画化されたときも実名が使われた。その当時千代子は夫とともに九州福岡・今宿にあって、二歳と乳のみ子の二人を育てながら幸せに暮らしていた。瀬戸内晴美の『美は乱調にあり』では、千代子は日常的に東京の辻のところにやってきて辻と深い仲になるが、著者の矢野寛治は状況からしてありえないことだと力説する。

ふたつめは代準介と野枝は思想的に対極的立場にあり、代準介は野枝に対して狡猾な面をもっていたと『美は乱調にあり』に描かれている。しかし親族の関係において、代準介は二度目の妻の姪である野枝の面倒をよくみていた。郷里を飛び出して上京してきた野枝を上野高女に通わせた。女学校卒業後、いつのまにか郷里では婚約が整っており仮祝言をあげておきながら、野枝はまたしても離婚して上京すると辻潤の元に駆け込んだ。郷里での結婚破棄の後始末をしてやったのも代準介であった。野枝と辻潤との間の二人の子ども、そして後に同棲する大杉栄との五人の子どもの出産の面倒をすべて代家で世話をしている。野枝の生活の行きづまりや、雑誌『青鞜』発行の資金難など、野枝の無心に対しても援助している。そして野枝・大杉栄亡き後、残された五人の子の養育にあたったのも代夫妻なのであった。

これらのことから思想的に二人は相入れないものがあったとしても、代準介は野枝が自らの力で因習を断ち切り、新しい思想を身につけ実践していくバイタリティーを認めていた。そのため代準介は資金面などで野枝を支えていたのである。

さて前置きが長くなったが、この章の目的は尾竹紅吉、伊藤野枝、生田花世、生田春月の糸を辿ると、そこから尾竹竹坡にも繋がることである。その端緒になったのが『伊藤野枝と代準介』第十八話の記述だった。

野枝と尾竹紅吉は二人が『青鞜』発行の明治四四年（一九一一）の翌年に青鞜社の社員になるが、それ以前から野枝は尾竹紅吉を知っていた。野枝の小説『雑音』（大阪毎日新聞社　一九一六）は青鞜社内部のことを題材にしており次のような記述がある。

「一昨年あたり根岸の叔父（代準介）の家から上野の図書館に、夏休みの間毎日のように通つた時いつも一緒になる紅吉と呼ばれている一枝と無言のままに両方とも意地をはつて歩きつこをした。その時分、あの厖大な体をもつた紅吉と今日のような親しい交渉が始まろうとは思わなかつた。二人は図書館以外でも、同じ根岸に住んでいたのでちよいちよい顔を合わせた。けれども、もちろん言葉をかわすことがあろうなどとは思いもよらなかつた」

「絵を書く方だということは図書館でわかりましたの。いつでもあの方は本を読まないでよくスケツチブックを拡げていましたもの。

あの方の叔父様（注・尾竹竹坡）やお父様（注・尾竹越堂）が画家として名高い方だということも、その頃から分つていました。あの方のお住居は以前私の叔父（注・代準介）の住居だつた事もあるのです」

　根岸時代に代準介が借りていた家に野枝も同居して養われ、上野高女に通っていた。後にその家に住んだのは、尾竹竹坡である。尾竹竹坡の家には姪の尾竹紅吉が居候していた。そして紅吉と自分（野枝）が「今日のような親しい交渉が始まろうとは思わなかった。」と平塚らいてうに述懐している。

　紅吉は『青鞜』に興味をもち、上京して入社すると、叔父・尾竹竹坡の家に居候し、らいてうと親しい仲になる。というよりらいてうに恋をしたのだという。らいてうもまた紅吉を可愛がった。紅吉も小品、随筆、編集後記など『青鞜』で活躍している。だが紅吉はまだ十代後半であり、一六四センチもある長身を時には着流しの男装で街を闊歩した。世間から非難を受ける言動が多く、青鞜社が誤解を受けるもとを次々と起こしている。

　このとき紅吉は女子美術学校で学んでいたが退学した。しかし一九歳で展覧会で入選するなど、芸術家の家で育った力を発揮している。明治四五年紅吉が青鞜社に入社。伊藤野枝が夫・辻潤にすすめられて入社。同じく長曽我部菊子（西崎花世、後に生田春月と結婚）などが、青鞜社に集まっていた。女性の自立した性、生を求めて明治四四年九月に『青鞜』が創刊されてから一年あまり、世間を賑わせながら社員は自らの独立した生き方と思想を求めた。東京はもち論、地方からも『青鞜』という雑誌が発する〝場〟に集っていた。

　尾竹竹坡（一八七八〜一九三六）は兄・尾竹越堂、弟・尾竹国観という画家・尾竹三兄弟の次弟である。明治二四年に三兄弟はともに富山市に移ると、そこで生活のため絵を描いた。この章の三、柳川昇爾氏の覚書きにあるように、「尾竹竹坡の弟子の松浦氏」つまり尾竹竹坡の弟子を名乗る人が富山市にいても不思議ではない。

その後、竹坡は川端玉章に入門し、上京すると多くの絵画展で受賞して人気が高まった。第一回文展から六回まで連続して賞に入るが、岡倉天心と衝突し弟・国観とともに文展を去った。

話がそれるが尾竹竹坡は、『青鞜』同人の悪名高き吉原登楼事件というスキャンダルとかかわりがある。吉原登楼は尾竹竹坡のお膳立てによるものであった。竹坡は姪の紅吉ほか平塚らいてう、中野初らに大文字楼という格式の高い妓楼を見学させてやろうとセッティングした。しかし当人はその席に現れず、登楼した三人は花魁と寿司や酒を飲みながら語り合い、その後別室に三人で泊まった。

これをまだ一九歳の紅吉が得意になって触れ回り、青鞜同人たちのスキャンダルとなったのだった。尾竹一族の自由奔放な芸術家の気風は紅吉の気質を養い、その叔父竹坡も時に『青鞜』にこのような形でかかわっていた。また根岸の尾竹家では、時に『青鞜』編集の場を提供した。紅吉は大正元年（一九一二）末に青鞜社から追放されるように退社したが、その後も社にはよく顔を出して社員と交流があった。

尾竹竹坡とその姪・尾竹紅吉をとおして、そこから多様な人間関係を繋いでいくと、回り回って生田春月にも行きつくのである。

明治四四年六月、生田長江は「超人社」と名付けた本郷根津西須賀町の家に、生田春月、佐藤春夫と共に移り住んだ。超人社はこのときまるで文学や芸術を志す若者の梁山泊であった。尾竹紅吉は青鞜社退社後のことであるが、超人社に部屋を借りている。紅吉はここで「枇杷の実」の大作を仕上げて入選した。春月は「佐藤春夫君の印象」(『片隅の幸福』)に、春夫が「浮華を去って質実な人格を築くようになった第一歩は、恐らくあの尾竹紅吉さんの妹(福美)さんを対照としたラヴ・アフェアであったかも知れない。」と記している。春月も尾竹姉妹をよく知っていたのである。

これまでのことを簡単にまとめてみたい。

「春月詩集」(自筆)が富山市の尾竹竹坡門下の松浦氏なる人のところになぜあったのか、おぼろげながら繋げてみたい。

青鞜社の社員として、尾竹紅吉、伊藤野枝、長曽我部菊子(西崎花世、後に生田春月と結婚)が入社したのは、『青鞜』創刊明治四四年(一九一一)の翌年である。彼女たちは雑誌『青鞜』は女性の自立した生き方を目指す仲間がいること、その時代が近づきつつあることに鼓舞され社員になった。とはいえ同じ青鞜社員でも創刊時の女子大出身のお嬢さま方と、『青鞜』という革新的な雑誌のもつ磁力に引き寄せられて集まってきた、女学校卒の地方出身者とは考えの異なる面があった。女性の自立にしても生き方の自由ばかりでなく、精神的自立と経済的自立のどちらに比重を置くかによって意見は異なる。そのことは当時多様な立場から女性の生き方を論戦した『青鞜』という「場」は貴重であり、今も評価されるゆえんである。

伊藤野枝と西崎花世は没落した家に生まれ、頭がよく文筆も実務もできた地方出身組である。後にらいてうから野枝が『青鞜』編集人を引き継いだとき、花世は野枝が出産のため福岡に帰ったときは編集人(代理)を務めている。つまり、尾竹竹坡と春月を結ぶのは、『青鞜』に集った尾竹紅吉、伊藤野枝、生田花世・後に花世と結婚した春月を通じてではなかったかと思われるのである。
二つめが長江の超人社で時期は重ならないが、生活したことのある春月と紅吉である。春月はその後も春夫を訪ねて超人社に顔を出しており、超人社に紅吉が住んでいることはよく知っていたのである。

これらのことは推測も含めた私のざっくりとした想像である。ここに導き出したことは「春月詩集」が流浪したルートを捜すこともさることながら、若き春月の一断面を様々な人の関係性の中に見ようとするものである。「春月詩集」は明治四一年に春月が文学の世界を目指した少年期から、青年期の入口に立ったときの作品を纏めたものである。詩集出版には未熟な作品として長江から評価されなかったとしても、若き日の才能の片鱗を見せている。一〇五年後に人から人の手を経て出身地の米子に帰り、春月研究の拠点である米子市立図書館の春月文庫に納まった。

「春月詩集」は半紙を紙縒締め（こよりじめ）にして綴り、それを二つ折りにしただけの粗末なものだったが、長大な時間と空間を流れていきながら、消滅することなく帰るべきところに帰ってきたことに大きな意味がある。それも人の手を経る度に表紙が付けられ、裏書きで内容を保証してもらっている。そのことは生田春月の作品が、生前日本の津々浦々にまで愛唱され、人々の心に慰めと喜びをもたらしていたことのひとつの証しである。この章は一世紀に及ぶ春月の小さな詩集の旅の物語である。

第三章

生田春月の書簡・日記・肉筆原稿等からみえるもの

第三章　生田春月の書簡・日記・肉筆原稿等からみえるもの

一　はじめに

これまで春月の書簡は『生田春月全集』第九巻「書翰」に一五人（竹内瑛二郎　一〇通、渡辺陸三　一二通、眞船正己　一通、麻生恒太郎　九通、大島庸夫　四通、正富汪洋　二通、高須芳次郎　二通、中西悟堂　一通、武野藤介　二通、坂本石創　二通、佐々木高明　一通、石川三四郎　三通、望月百合子　二通、西崎花世・生田花世各一通）計五三通のほかに、生田長江からの旅日記、萩原朔太郎、竹内瑛二郎『澹雲春月帖』などを確認していた。春月の死後、資料が散逸したことが彼の書簡類の少なさにつながっているが、終生の友人であった田中幸太郎はじめ交友関係にあった人たちが震災や空襲にあい、被災・消失したこともある。

ところが『広野晴彦収集生田春月コレクション』七四一点（日本近代文学館）には書簡が一〇一通あった。そのほか渡辺陸三、中村武羅夫、室生犀星、徳富蘇峰などに宛てた春月の書簡が、関係者によって寄贈・保存されていたことも新たにわかったのである。現時点で確認できる書簡、それに類する資料を中心に調査し、春月の交友関係を纏めたのが本章である。

二　生田長江・生田春月の書簡

若き日の生田春月から尊敬する師・生田長江に宛てた書簡が多数あることは、日記や感想集によってよく知られていた。春月が淀江の印南家の養子になっていた明治四二年六月から一一月初めにかけての約半年のことである。この書簡をもとに、大正八年感想集『片隅の幸福』生田春月著（越山堂）の中の一篇「裏日本のひと夏ひと秋――故郷からの手紙」が纏められた。感想集とあるが自伝的創作である。

「広野晴彦収集生田春月コレクション」には一〇一通の書簡があるが、そのうちの六八通が長江にあてたものである。その中の三〇通が「裏日本のひと夏ひと秋」に入っているが、当時の書簡を基にしながらも「相当の補筆・削除箇所がある」と翻刻者・西村洋子氏（日本近代文学館）は書いている。

そこで筆者は寄贈一覧をもとに「淀江日記」と「裏日本のひと夏ひと秋」、採用されなかった三八通の書簡、創作のために新たに書き加えられた部分を照合しながら検討した。作品のつなぎ合せの部分が目についた。以下にあげておく。

この感想集は師・生田長江に宛てた春月の書簡を基に、長江の教え子でよく長江の家に通ってきた藤岡伊和子に宛てた書簡形式になっている。ここには藤岡伊和子宛てとははっきり書いていないが、「藤と岡という字を見るだけで懐かしい」と作品にあることからも彼女宛であることがわかる。ところが伝えたい内容によって、その日その日の文章がコロコロと変わっている。

まず小引（小序）に、十七歳（以下数え年のまま、数字は作品に書かれている漢数字を引用）で東京に出て来てから、わずか一〇ヶ月ほどで故郷に帰ったいきさつや、伊和子と離れた寂しさが綴られ、藤岡伊和子に宛てた書簡として構成している。文体は「ですます体」で、語り手は「私」。

六月十一日が故郷からの第一報で、この日は「候文」で書かれ、語り手は「小生」。次の便りは六月十三日、文体は「です体」に変わり、語り手は「私」または「僕」が両用してある。次の六月二十五日は「候文」になり、語り手は「小生」である。次は「朝記す書」日付なし、一～三まであり長文。前の手紙の続きだと断っており、文章は前の便りと同じ。次の七月八日は「です体」になり、語り手は「僕」。

長々と文体と語り手を書き出したが、要するに以降も「候文」と「です体」が度々入れ変り、「小生」、「僕」、「私」と書き手の一人称も変わっていく。つまり実際に師・長江に出した書簡三〇通は「候文」、「小生」であり、作品にそのまま使用している。一方で、作品化するにあたっては藤岡伊和子あての物語風に書き加えた文章が挿入されている。文学への道を長江にむけて切々と訴え、一方で片思いであったとはいえ恋人の懐かしさを込めて伊和子に書いている。しかしこの作品は藤岡伊和子一人に宛てたものであるにもかかわらず、文体や一人称が絶えず変わるのである。そのことに作者の春月は気づいていない。

これは春月が詩作ばかりでなく、散文にも挑戦しようとした初めての作品であり、現実の書簡と創作のそれが混同してしまった。

藤岡伊和子に宛てた書簡の内容は、春月が淀江にいた約六ヶ月の日記「快心記」（明治四十二年七月五日～九月十五日)、通称「淀江日記」(明治四十二年九月二十二日～十月二十二日)、「木魚庵日記」(明治四十二年八月一日～八月七日)の三冊と大きな違いはない。淀江の質屋の若旦那の生活に堪えきれなくなった春月は、再び東京に行く準備を始める。九月七日の日記で次のように言う。

私は東京での自分がいやになり、ここでの自分が更にいやでたまりません。ただこの次の東京での新しい自分に僅かに望をかけてゐますばかり。哀れみぢめな心。(略)覚悟しなければならぬ。少しでも呑気な生活を欲する程、疲労した心身はもう何事もいふ元気もあるまい。邪魔ばかりされるゆゑ、これできりあげなければなりませぬ。

そして春月に優しかった質屋の大叔母の病気とそれに続く死、四十九日も済ませていないにもかかわらず、大叔母の八〇歳を過ぎた盲目の老女を一人残して、春月は一一月三日東京に出奔してしまう。残された親戚の者が春月に向ける怒りは凄まじいものであった。

それを承知しながら、なお春月を東京に向かわせたのは長江から届いた「紀州旅日記」(明治四十二年八月十日～二十九日まで与謝野寛、石井白亭と紀州に講演で訪れた時の旅日記)を受け取ったこと、何通かの春月あての書簡による励ましに大きな力を得てのことである。長江の八月十六日の手紙の一部をあげておく。(米子市立図書館蔵)

君の現在の煩悶は十二分に理解し得られる。しかしそれを解決することは僕の力にも及ばない。僕自らが今日尚ほ煩悶をくり返して居るのだ。同じ問題に苦しむで居るといふ此一事を切めてもの慰藉として貰ふより外はない。（略）

どのみち君も淀江で老いられる人でないことは知れて居る。僕のやうな人間とかゝり合になる丈けでも、君の運命の平和なるものでないことは予見し得られる。

お互いに畳の上で死ねる人間ではないのだ。

戦はう、矢種の尽きるまで戦つて見せう。

現在を守ると云ふことが、時には一の戦である。（略）

生田長江の戦いとは、彼の宿痾であったハンセン病の初期症状をすでに自覚し〝戦はう、矢種の尽きるまで戦つて見せう〟と自らに言い聞かせていることを指してはいないだろうか。師弟二人はお互いの絆を信頼のうちに深め、弱さをさらけ出し、それ故に反転した強い言葉で自らを励ましているのではないか。それが春月の出郷への道を決定的に固めさせたのだといえる。長江の手紙に力を得て、明治四二年一一月一七歳の春月は迷いの子から背水の陣で再び東京に向かったのである。

実際に春月が長江への書簡を基にして「裏日本のひと夏ひと秋　故郷からの手紙」を書いたのは大正七年から八年にかけてのことであり、一七歳の春月は二七歳になっていた。上京してより一〇年、多くのことがあった。独逸語専修学校の夜学に一年通いこれを習得し、あわせて英語も独学でものにした。新潮社の加藤武雄や中村武羅夫と知りあい、二年後にはツルゲエネフ『はつ恋』（新潮社）を訳出、出版した。前年に出した『霊魂の秋』、『感傷の春』は詩集として好調な売れゆきを見せ、詩人として若い人に人気があったが、文壇の評価は冷ややかなものだった。

二七歳（大正八年）で感想集『片隅の幸福』を出版すると、春月は創作を志すようになり、翌大正九年には『相寄る魂』の執筆にとりかかるのである。『片隅の幸福』は春月が詩作から散文、つまり小説を書こうとした橋渡しの役割を務めたことになる。その例を示すのが『片隅の幸福』に納められた「裏日本のひと夏ひと秋　故郷からの手紙」ということができる。これは実際に広野晴彦収集の長江あて書簡をみなければわからないことであった。

最後に本テーマの書簡ではないが、作品の扉に書かれる著者（春月）の献詞も個人にあてたものとして記しておきたい。

「広野晴彦収集生田春月コレクション」の中には「春月原稿集」が一二冊あり、その第一冊目に春月の未発表作品「戦慄」と題する墨書きの小説原稿がある。作品の巻頭に「此の哀れなるひと巻を生田長江先生に献ず」とある。

私はこれで年来の疑問が解けた。春月は第一詩集『霊魂の秋』の献詞は「小林愛雄氏に献ず　なつかしき山荘の記念のために　著者」、第二詩集『感傷の春』の献詞は「我をはじめて　詩歌の道に導きし友　田中幸太郎君にこの青春の記念を献ず　深き感謝の念もて　著者」、感想集『片隅の幸福』の献辞は「中村武羅夫兄にささぐ　著者」、長編小説『相寄る魂』の献詞は「この書の執筆中にみまかり給へる祖母上の霊前にささぐ」とある。詩集や小説の初期の作品にはこのように献詞がつけられているが、この四人しかなかった。

春月がまず第一に献ずるのは、文学への道を拓いてくれた生田長江ではないかと思っていた。活字にはなっていないが、春月が前四作の前に書いた「戦慄」の献詞は、師の長江であったことが確認できた。長江との師弟関係が深かったことを改めて知ることができた。

三　正富汪洋（一八八一〜一九六七）

勝承夫（一九〇二〜一九八一）

正富汪洋は岡山県邑久郡本庄村（現瀬戸内市）出身。詩人、歌人。哲学館大学（現東洋大学）を卒業。明治四四年尾上柴舟を中心に若山牧水、前田夕暮らと短歌雑誌『車前草』を創刊した。その後大正七年『新進詩人』（新進詩人社）を創刊、昭和九年まで続いている。戦後は日夏耿之介、西條八十らとともに日本詩人クラブを結成、その発展に尽した。

さて正富汪洋への春月の書簡は『生田春月全集』第九巻　書翰に二通、新たに広野氏収集資料に四通残されており、春月との交友を調べる手がかりとなった。

正富への最初の封書は大正九年（推定）六月二十八日のもので、長くなるが全文を載せおきたい。

（「日本近代文学館」第二一三号　二〇〇六年九月一五日より）

過日わざ〳〵狭くるしいところへ御訪ね下され且つ御新著を頂戴いたし殊には小生曲りなりにもゲエテの門に入らうといたしをり候ゆゑを以ていち早く御恵み下されたことかへす〴〵もかたじけなく有難く御礼申上候

全巻を拝読いたしさぞかし御骨折りの御事と拝察いたし候欲には折角あれまで御書きに相成候事なればなほ進んでゲエテの全生涯に亘つて御研究を御発表になりしならばと存候へどもあれだけにても小説を読むが如き興味を以て通読いたし申候
くれぐゝも御礼申上候　なほ小生も近日訳詩集刊行いたす筈にてまことにお恥きものには候へど御高覧に入れ申すべく候　ゲエテ詩集は小生として一向に自信なきものにして御高覧に供するに堪へさるものゆゑわざとお目には相懸け不申候しもそのうち改訳いたしディワンの詩をも加へて刊行いたす心組に候へばその節には御批評を仰ぎ度く存居候　御著中の御訳により啓発せられ候点も有之これまた感謝に不堪候
なほ益々詩壇のため御努力下されたく右とりあへず御礼まで匆々不一

六月二十八日
生田春月

正富汪洋詞兄
侍史

このとき正富汪洋が持参したのは、大正九年五月洛陽堂から出した『恋のゲエテ』であろう。春月は前年に『ゲーテ詩集』を出しており、正富との共通点がある。

正富汪洋は大正七年『新進詩人』を創刊・主宰し、ここに寄稿する人との交流は広いものであった。彼は『生田春月全集月報』第三号（昭和五年）で春月について「立志伝中の人、業績不滅」と題して次のように思い出を記している。

明治四十四年頃、井上哲次郎博士の『東亜之光』に春月君と僕とは殆んど同時に詩を発表したのでその頃から相見ない友人であった。面会したのはズット後、詩話会席上であった。(略) 室生君外我々数人は、昨年末、某所に介して、故人を思ふの会を催した。今年の春にもまた集る事になつてゐる。

先にあげた春月の汪洋への著書受贈の礼状は候文のとても丁寧なものであるが、汪洋に対して「希望を言えばもっとゲーテの全生涯の研究を書かれると面白いものになりますよ」という論評があり、詩人としては年齢差をこえて対等の交友があったようだ。

昭和四年には春月が「さて突然ですが、此度、大島庸夫と申す若き新進の詩人が『烈風々景』と申すを出版しました。詩風態度共に御共感をいただけると存じますので、著書をおくらせるやうに申しました。御一読の御感想を「新進詩人」におかかげ下さらば、小生感謝します。(略)」と書簡を送る。

『烈風々景』は春月が序文を書いていることもあるが、春月は門下生が詩集等を世に出したとき、このように主宰者、編集者に書評の依頼を厭わなかった。それが何通も残っている。

正富汪洋は昭和五年に五〇歳を迎えた。これを記念して四月一五日、「正富汪洋生誕第五十回記念祝賀会」が中央亭大社交室において開催された。春月も参加し、生前最後となる記念写真に納まっている。この会の世話役となって動いた一人が勝承夫であった。良き会にして欲しいと勝承夫にハガキを出している。

勝承夫は一九〇二年、東京出身。東洋大学の学生時代から正富汪洋主宰『新進詩人』に参加した。大正一二年に同大学出身の赤松月船、岡村二一、岡本潤らと『紀元』を創刊した。昭和二年報知新聞記者となる。後に退社し文筆活動に入る。勝承夫は児童文学作家・石森延男とともに『新進詩人』から出た両雄と言われた。戦後東洋大学理事長、日本音楽著作権協会会長等を務めている。

春月は勝承夫が報知新聞社にいた時、正富汪洋と同じように大島庸夫の名刺を添えて『烈風々景』の書評をお願いしている。また勝について『愛誦』（昭和四年十一月号）で「勝承夫氏の言」と題して論評している。

従来、詩壇には、個人的利害の打算によってのみ、詩と詩人に対する傾きが強かった。（略）勝承夫氏が『詩集』九月号に掲げた一文、その点に触れて、頗る我意を得た。勝氏は詩壇の正義派である。その言、個人的利害から出発しないだけに、特に爽快である。（略）氏が詩壇人の功利的打算を難じて、認むべきを認めないのを不可としたのは、人間の弱点をついた言で、皆人の心して聴くべきことである。

勝承夫は春月主宰『文芸通報』、『詩と人生』にも寄稿し、作品を載せている。春月会発足後は幹事を務め、近しい間柄でもあった。

長い間、春月と正富汪洋や勝承夫との関係が不明だった。この度、広野氏収集資料の書簡から、春月、正富、勝とのつながりがわかった。それぞれが主宰する文芸誌の寄稿者でもあった。正富については明治四四年の若き頃、ともに『東亜之光』に数年間詩を発表し、直接顔は会わせていないが詩友としては早い時期に相知っている仲であった。

四　中村武羅夫（一八八六〜一九四九）

作家、評論家。北海道岩見沢村（現岩見沢市）に生まれた。両親は鳥取県出身の旧士族で鳥取県人とも交わりがあった。小学校の代用教員時代から文芸投稿誌で頭角を現し、上京して小栗風葉門下に入る。新潮社の記者になり、後に雑誌『新潮』の編集長で活躍する。また同人誌『不同調』を主宰した。

中村武羅夫と春月の出会いは、武羅夫が新潮社の記者をしていたとき生田長江の紹介による。武羅夫は当初長江は春月をベタ誉めしていたと書いている。友人関係になると、大正三年から春月は武羅夫に毎日一時間独逸語を一年間教えている。春月が新潮社から詩集を出すことができたのは、武羅夫と同じく新潮社にいた加藤武雄とのつながりも大きかった。

武羅夫は大正一二年関東大震災で、当時住んでいた相州辻堂（現神奈川県藤沢市）の家が全壊し多くを失った。次にあげるのは一通だけ残っている春月の武羅夫宛て書簡である。

先日は御懇篤なおたより賜はりうれしく拝読いたしました。御作「定評」過日拝見いたしました。「釣られる」のかれた心境の中に或る澄んだ深いものを感じたのも喜んだ事でしたが、この作にはもつと力強いものが出てゐます。主人公の性格解剖は余程深く行つてゐます、人がさう見てゐると思ふと反射的にさうせずにゐられなくなつて、つひ道化者の赤い着物を着るといふ心理は、よく描かれてゐて、殊に結末と相応じて、

「定評といふものは、ちやうど難攻不落の城と同じことであつた、」といふ句が非常に利いてゐます。これは性格描写としても深いものです。が、又、そこに一種の人生哲学を感じさせます。（略）

この作はいかにも兄らしい独自の味ひの出てゐるものとして、力強くもあるし独特のチヤアムを感じさせる作です。殊に詩人としての兄の特質が大分現れて来てゐるのを何より喜ばずにはゐられません。今度の二作の傾向はそれぐ〵に私には肯定できました、この道をもつと勇敢に（定評はこの点で随分勇敢なところがありますが）お進みになつたら、これ迄何人も未踏の境地が現れるに違ひないと信じてゐます、（略）

二月二日（大正一四年）　　生田春月

中村武羅夫兄

これは春月が中村武羅夫から贈呈された『定評』のお礼と感想である。個人にあてた書簡なので感想の言葉が少し甘い。武羅夫が夫人の病気療養のため、辻堂海岸に転居してからは会うことが少なく

なっている。大正一四年といえば武羅夫三九歳、春月三三歳、友人になってから一〇年以上経っている。二人とも文芸誌を主宰（春月は前年に『詩と人生』を終刊）し、お互いの文芸誌にも顔を出しあっている。文芸投稿から文学を目指した二人は、文壇の評価はともかくそれぞれの活躍の場をもっている。

昭和三年『新潮』に発表した中村武羅夫「誰だ？花園を荒らす者は！」は、プロレタリア文学の足音が近づく昭和初期にあって、これを真正面から批判し、いわゆる文学の「芸術派」を主張した評論である。

五　室生犀星（一八八九～一九六二）

室生犀星については前作『生田春月への旅』で春月との交友関係を詳しくたどった。その後発見した資料「詩人の宣言と告白」（一九二八～一九三〇　春月死後発表）のなかに「詩は滅びず」がある。二人のやりとりは、春月が死を意識している時期である。改めて犀星との交友をみておきたい。

「詩は滅びず」（詩人の宣言と告白　一九二八～一九三〇）　生田春月より

北越の詩人室生犀星俗衆の好悪を睥睨し、冷水を破砕して、自己を掴まんとす。この安易なる俗曲演歌の時代、何等勇猛の精進ぞ。

彼れ室生犀星と自分とは、正反対の地点から出発した。彼は童真の感覚から出発し、自分は沈鬱の瞑想から出発した。我々の道は全く異つてゐた。然し、我等は今、殆んど同一の地点に達したのだ。少くとも、その詩以上の希求に於いて。

自分と室生君とは、相前後して、処女詩集を出した当時、室生君は『感情』誌上に、自分の『霊魂の秋』の批評を記して、十年共に詩に励んで来た二人が、今ここにその詩集を交換するを得た事について、詩人らしい愛と感慨に充ちた言葉を書いた。

爾後十年、我等は再び詩集を交換した。蓋し、最後の交換である。何となれば、自分は復た生前に詩集を出さぬからである。室生君はその贈るところの詩集『鶴』の巻首に、左の言を書して自分に与へた。（略）

春月詩集ヲ読ミ我マタ何ヲカ言ハンヤ。カクノ如キ詩人ノ詩ヲナスコト、モハヤ読むニ堪エズ、コノ心春月君知リタモウベシ、誠ニ我モマタコノ詩中ノ童子タルコトニ堪エズ、トモニ詩神ヲ射殺スベシ、詩人ノ詩ヲアツメルコト今日ニトリ誠ニ苦痛ナリト思ハザルヤ。

十月二十日　（昭和三年）　　金沢にて　犀　星

春月大兄叱正

長い引用になったが、昭和三年一〇月二〇日の犀星の書簡は〝トモニ詩神ヲ射殺スベシ、詩人ノ詩ヲアツメタルコト今日ニトリ誠ニ苦痛ナリト思ハザルヤ。〟という手厳しいものである。

春月が犀星に贈ったのは『春月詩集』（新潮社　一九二八）である。ここにはかつての作『霊魂の秋』、『感傷の春』、『慰めの国』、『澄める青空』、『自然の恵み』、『清平稿』の六作品が収まっている。多少の取捨選択はなされているが、以前とほぼ同じである。さすがに献詞は抜いてあるが、自序もすべて発刊当時のまま載っている。小曲『麻の葉』は除かれているが、春月はこれだけは何としても後世に残したいと思う自身の詩を、身を裂き、血を吐く思いで選び抜き、捨て去ることをしていない。春月は新作を少し加えたのみで、これまでの詩集を合本して再び世に送り出した。

犀星の手紙に対して春月はよくぞ言ってくれたと深く心を動かされ、次のように続けている。

室生犀星、詩神を射殺せよと云ふとき、自分はそれが詩の幽霊を射殺せよ之位にほかならぬと思ふ。詩は別処に存せず、わが肉の肉、わが血の血、身体を離れて文字に就くとき、我等すでに詩の幽霊の捕虜である。わが内奥の詩、わが肉体の氣息、わが霊魂の分泌物、わが血、わが肉、これを商品となすこと、多年、わがひそかなる痛苦であつた。今や、文学の滅亡期、詩の衰滅期、大衆物と流行節の時代、このとき眞の詩は生くべし。ただ一人の詩人あつて詩の幽霊をふり落し、市場に背面して、鮮血淋漓、自己の心肝をつかみ出すとき、詩は滅びず。

これは詩を愛するあまりの春月の悲痛な叫びに聞こえる。わが気息、霊魂の分泌物、血や肉によって書かれた〝わが内奥の詩〟を商品化しなければ詩人として生きていけないという矛盾の前に、詩人・春月はすでにある決断を下している。続いて

詩神につかへんと欲して、詩の幽霊に憑かれて、その使役に労す。心動かずして言葉踊る。何等の悲しみぞ

と発するとき、もはや春月に残された「生」は詩神のなかに埋没している。犀星は詩人が詩集を編むことの覚悟を問うているが、春月はいま一度我を呼ぶものに会わしめ、我が詩に滅びゆく美を与えよ、と答えている。死を覚悟した春月がこれまでの我が詩を残そうとしている者と、詩を捨て散文・小説を目指そうとする犀星の違いが表れている。

次に室生犀星宛春月の書簡　（昭和四年三月三日）

その後は御無沙汰してゐます。先般は参上、いろ〳〵御もてなしにあづかり、久しぶりに調子の高い清談を拝聴、最近とかく銷沈しやすい心も、強い励ましを受けた思ひして、もつと度々おたづねしたい気持が抑へられませんでした。絶望からやるとの兄の言葉は、僕の衷心から共感したところです。僕も去年、絶望的勇気といふ事について一寸書いた事もあつた位で、実際、その外に生きるみちはないやうな気さへするのです。（略）。

大森の方へ住みたい気持がしきりに起ります。あの友情の波の中に浸つたならば、自分も幸福だといふ気がするのです。（略）　萩原兄も来てくれるようなので、もしそのとき一緒にとも思ひます。（略）

春月生

室生犀星兄

これは広野晴彦収集の書簡を日本近代文学館の西村洋子氏が翻刻した一部である。犀星と春月は熱く、しかし冷静な交わりをもった。相手を認めながらも時に大叱正し、ときには心に沁みる酒を飲み、萩原朔太郎を交えて三人で詩論や人生を語った。真情が吐露できる間柄を〝あの友情の波の中に浸つたならば、自分も幸福だ〟という春月の言葉には、動かしがたい自身の「死」への傾斜を振り払って「生」への執着が見て取れるのである。

六　徳富蘇峰（一八六三〜一九五七）

徳富蘇峰は熊本県出身のジャーナリスト、思想家、歴史家、評論家。『国民新聞』を主宰した。大著『近世日本国民史』ほか多数の著作がある。

徳富蘇峰は時代の移り変わりとともに、多様な思想を生きた人物である。ここでは書簡についてのみ述べていく。

「ある意味において書簡は人の自伝なり。特に第三者に披露する作為なくして、只だ有りのままに書きながしたる書簡は、某人の最も信憑すべき自伝なり。」と言っているとおり、徳富蘇峰記念館には蘇峰にあてた四万六〇〇〇通余の書簡が保管してあり、一万二〇〇〇人にわたる厖大なものである。

生田春月は昭和二年八月、『山家文学論集』（新潮社）を刊行、これを徳富蘇峰に贈呈した。蘇峰は『山家文学論集』の書評、感想を彼の発行する「国民新聞」に載せた（昭和二年一〇月一日）。

山家文学論集

徳富蘇峰

山家文学論集とは、生田春月君の近業にかゝる雑纂だ。現代批評の意味もて、文学を論じたのである乎。文学を論じて、現代批評に及びたるのである乎。何れにしても文学者と称する階級以外、一般の素人が読んでも面白い好著だ。（略）

・　・　・

然も予が著者に最も感服するは、我々はかの所謂る文士気質なるものを、敢然として振棄てなければならぬ。芸術家的特権意識を、全く脱却しなければならぬ。芸術至上的英雄主義の壇を下つて、一個の人間、一個の社会人として、その一票に甘ずると共に、その一票の行使に於ては、十分自己を主張すべきである。の一節だ。此れは何れの方向から見ても、言者罪なく、聞者戒むるに足る言葉であらう。

・　・　・

著者は又た『忘却来時道』に就て、種々の註解を下してゐる。その一句に曰く、思ふに、忘却の術が、新生の秘密ではあるまいか。然し、その術の難さよ。如何にも尤の言だ。予も『忘却来時道』の句を愛し、之を印に刻みて、随時使用してゐる。されど必らずしも一切を忘却せよと云ふのではない。唯だ忘却せざる可らざるものを忘却せよと云ふのみ。

蘇峰の感想を見た春月は喜び、すぐに礼状を書いている。一〇月一日掲載の日刊新聞に、九月三〇日の日付の礼状はありえないが、その前に蘇峰から封書を受け取っていたと思われる。

謹啓
時下秋冷之候益々御清祥奉賀候
扨今回は小著山家文学論御閑暇の際御披見の栄をも得なば望外の喜びと存じ拝呈いたし候ところ
思ひがけなく御閲読の幸をになひ得たる事すでに多大の満悦に候上に今夕国民新聞十月一日夕刊
紙上御懇篤なる御言葉をたまはり候は平素御著作に親炙仕居候
後輩として光栄身にあまる次第に御座候
過日来上洲方面に旅行罷在昨夕帰郷御来書拝受　御礼申述度と存じ候処へ早々今夕の御文章に接
し不肖浅学の身をかへりみなほ一層の勉励の念痛切なるもの有之候次第に御座候
後日御謦欬に接し得べき機会も有之候節は万々御礼申述度と存候も急遽満腔の謝意披攊支度此の
如くに御座候
　恐惶謹言
丁卯九月三十日
生田春月

徳富　蘇峯先生
　　　御侍史

このとき六四歳の大御所・蘇峰に、三四歳の春月は最上級の敬語で論評に対する御礼の言葉を連ね、文面には評価を得た喜びがあふれている。付記すればこの年に蘇峰は弟徳富蘆花を亡くしている。

春月は大正一四年から昭和四年にかけて『国民新聞』に四回作品の短評を載せている。「随筆文学小見」（『万朝報』大正一五年二月一九～二四日）のなかで日本の随筆について概観し、明治の随筆家（随筆家と呼ぶべき人ではないと断り）は、幸田露伴、徳富蘇峰、内田魯庵、戸川秋骨等をあげている。徳富蘇峰については、興味の多方面である事、何事に対しても中正妥当の見を揚げて後進を教え、文章は暢達で座談平語、滋味溢れている。そして西欧の文化を敢えて斥けず、しかも東洋的、日本的の教養の真髄に我等を導き、なお一念篤き老修史家の中に一個の詩人が隠れているのは喜ばしく、春月にとって愛読措くあたわぬものだと述べている。

七　中西悟堂（一八九五～一九八四）

中西悟堂は野鳥研究家、詩人、歌人。石川県金沢市に生まれる。幼くして両親が亡くなり、叔父の養子になると僧籍についた。短歌、詩歌に親しみ、赤松月船、松村泰淳は僧籍の親友だった。大学時代に詩集『東京市』（抒情詩社　一九二二）その後詩集『花巡礼』（新作社　一九二四）等を出版、日本詩人会にも参加している。昭和二年、詩壇と決別して田園生活に入り、尾崎喜八や石川三四郎らと交友した。

その後「野鳥の父」といわれるほど鳥や虫を観察・研究した。家のなかで鳥を放し飼いし、鳥たちと共生した。晩年、彼は裸で生活、「彼は人類にして鳥類だ」といわれたほどである。日本野鳥の会を立ち上げ、野鳥保護に努めたが、奇人変人ぶりは群を抜いていた。

萩原朔太郎は「電気花火の如く、阿片食いの夢のごとく奇異なる幻燈をみさせる」、辻潤は「君は馬鹿馬鹿しくも驚嘆に値する都会のエンサイクロペディヤを書きとばしたのか。生れながらのタダイストだ」、柳田国男は悟堂の鳥との共生生活は「自然民俗学」だと言っている。

中西悟堂は春月と交友のあった人たちとかなり重なるところがある。悟堂が春月に作品の感想を送ったことから、春月が返信を認めた一通がある。昭和四年九月のもので、このとき中西悟堂はすでに詩壇から離れている。（『生田春月全集』第九巻）

中西悟堂様

思ひがけなく御懇篤な御手紙たまはり、殊に、私にとつては、宿命的な意味をもつ、拙作についての強い感動と御表白、まつたく、青年のやうな感激を、潮のやうに湧きたせつつ、拝読いたしました。いつも孤独な私にとつて、実に力強い激励でもあり、慰籍でもありました。あの作は必ずしも純然たる自伝的作品ではなく、半ばは創作であり、想像の産物ですが、心の眞實は十分に出しえたと思つてゐます。ジャンジャクは最も強い影響を受けた人で、私はヴォルテエルよりも、ルツソオの方が好きです。故芥川氏などと私のちがふところは、そこだと思ひます。最近のお心持は、とくに意味深く拝読、調和ある人間生活への綜合、もつとも感ずるところ多く、これまた、私の問題です、文学時代に発表した作の時分は、私の心のもつともラヂカルになり、闘争的になつてゐたときですが、私にはその時もどうも唯物的になりえなかつたのです。マルキシズムとは、つひに一致しえない事が、愈々明白になりました。今私の心に、最も近い人は、石川三四郎です。然し、いづれにしても、我々の道は険しいのです。今の時代は全く適帰するところを失つた時代で、その訳で、あなたの悩みは、また、私の悩みでもあります。（略）

昭和四年　九月七日

生田春月

『ディナミック』を通じて春月は石川三四郎だけでなく、中西悟堂、小川未明らと親しかった。中西悟堂は詩作に励んでいた大学時代、詩人会の会員だったこともあり、西條八十、同じ金沢出身の室生犀星と知りあい、萩原朔太郎、辻潤とも交友を結んでいる。このころ春月と知りあったようだ。郊外に住んでいたときは、石川三四郎と親しく往き来している。

また日本野鳥の会の立ち上げのきっかけをつくったのは、悟堂の近くに住んでいた春月の友人・竹友藻風が柳田国男に鳥の専門家がいることを伝え、つながりをもつ仲介役を務めたいきさつもある。悟堂は春月亡き後に発足した春月会にも特別会員になっている。こうしてみると、春月の交友の輪の広がりを見るようだ。

八　石川三四郎（一八七八〜一九五六）

石川三四郎は春月にとって良き理解者であった。というより春月最晩年の指導者であった。今、石川三四郎と聞いても知らない人がほとんどであろう。石川は東京法学院に在学中キリスト教に入信した。卒業後『万朝報』、『平民新聞』記者となり、堺利彦や幸徳秋水と出合い、社会主義の影響を受けた。しかし新聞は発売禁止、罰金のうえ、彼らは投獄が繰り返された。『平民新聞』廃刊後は、木下尚江のキリスト教社会主義の立場をとる『新紀元』を創刊している。また石川は田中正造とも行動を共にして足尾銅山鉱毒事件にも取り組んだ。

明治四五年『鉄人カーペンター』（東雲堂書店）を出版。この序文は徳富蘆花である。大正二年には『西洋社会運動史』が出版禁止になる。また石川は当時日本の婦人解放運動の先覚者のひとり福田英子と同棲しており、複雑な関係にあった。これら諸々の行きづまりを打破し、あわせて石川が尊敬していたカーペンター（一八四四〜一九二九）、そしてアナーキズムの大成者であるエリゼ・ルクリュの甥の援助が期待できるところから、八方塞がりであった石川は日本から逃亡する道を選ぶことになる。

大正二年から八年にも及ぶ石川のヨーロッパでの亡命生活は、フランスに六年、その他イギリス、ベルギーほかモロッコにも足をのばしている。フランスではエリゼ・ルクリュの家族と百姓生活をし、後に石川のいう土民生活をしながら、堺利彦の『新世界』、片山潜の『平民』、その他『太陽』などに通信や論稿などを送っている。その間に第一次世界大戦が起こるが、一九一八年（大正七年）終結、その後石川も帰国した。旧友の橋浦泰雄らが出迎えている。

だが主にフランスでの晴耕雨読の土民生活は、石川の社会主義革命家としての考えを大きく変えた。石川はエドワード・カーペンターを尋ねたとき、デモクラシーの「デモス」は「土地につける民衆」の意で、デモクラシーはアメリカ由来の用語だと教えられる。そこで石川は「デモス」を「土民」と訳し、「土民生活」、「土民思想」を主張するようになる。大地に根ざし、農民や協同組合による自治の生活や社会を理想としたのである。いわゆる権力と一線を画し、民衆の自治を重んじたことにおいて、農本主義とは異なっている。石川がヨーロッパから帰った大正九年末の日本の社会運動にとっては、この土民生活の考え方はまったく異質なものであった。

これについて中村尚美は「ヨーロッパへの亡命は、結果的に石川氏の社会主義思想を大きく転換せしめ、社会主義運動家としての生命を失わせ、以後彼の活動はほとんど見るべきものがなかった」という。

一方で鶴見俊輔は「石川氏は、歴史に残っている二十代の革命家としての活動よりも、その後五十年の歩みによって、さらに偉大であった」（『自叙伝』石川三四郎著　一九五六）の解説にいう。このように石川について二つの評価がある。

石川三四郎は帰国後「古事記神話の地理的研究」（『解放』大正一〇年一月号）、「仏国社会運動の人々」（『改造』同一月号）をはじめ、「土民生活」（『社会主義』同三月号）、『カーペンターおよびその哲学』（三徳社刊　同年）など発表する。そして在欧中に知りあった徳川義親の依頼により、ブリュッセルのポール・ルクリュの蔵書を日本に輸入するため再渡欧している。また大正一二年関東大震災で大杉栄・伊藤野枝夫妻の虐殺事件後、石川も警察に連行されたが、これを徳川義親が救出している。

翌一三年石川は安倍磯雄や山崎今朝弥らと「日本フェビアン協会」を結成した。これは一九世紀末バーナード・ショーやシドニー・ウェッブらが設立した社会主義団体で、暴力革命によるものではなく、議会主義により漸進的に社会主義をめざすものである。石川は主義主張を越えて、日本の社会主義復活のため大同団結に努めようとしたのである。参加メンバーは島中雄三、岩佐作太郎、新居格、秋田雨雀、小川未明らがいた。マルクス主義者、無政府主義者、学者、作家等多様な顔ぶれだった。そのため機関誌『社会主義研究』編集をめぐって意見がまとまらず、一年ほどで解散、見るべきものはなかった。この顔ぶれの小川未明は詩人会ですでに春月と親しくなっていたし、秋田雨雀は春月がまだ朝鮮にいた一四歳のとき雨雀（当時は大学生）の「羊角社」会員になって投稿している。そのとき雨雀が親切な手紙をくれたと、春月は「文壇に出るまで」に記しているように以前から繋がりがあった。

昭和二年、石川は多摩郡千歳村八幡村に転居する。この前後に福田英子が六三歳で死去している。石川にとって福田英子はすでに遠い人であったが、新居移転とともに石川の思想・生活は名実ともに新しいスタートになった。新居といっても田や林のなかにあるバラック同様の建物であったが、ここには社会運動、農民運動、芸術を志す者など様々な人が出入りした。その当時画家志望の森脇ふじ子が石川の追悼文集『不尽』に回想を書いている。

「先生のお宅の玄関には、「共学社」と書かれた、たしか先生の筆になる小さな看板が掲げられていました。若い同志の方がよく尋ねてこられた。（略）クリスマスのとき、生田春月御夫妻がお見えになり、ダンスをして楽しそうでした」と。

この時の春月の礼状が『生田春月全集』第九巻　書翰にある。


昨夜はおそくまで失礼いたしました。

拍子の合はないダンスの相手でさぞお疲れになつたのではあるまいかと、大いに恐縮してをります。ネツトラウを見付けましたからお届けいたします。ピエール・ラムスの無政府主義宣言は私の持つてゐる本の中に入つてゐるのかと思つてゐましたら入つてゐませんでした。マラテスタ伝か、どちらかいい方をさきに訳してみたいと思つてゐますが、いづれお目にかかりましたせつに、善き新年をお祈りします。

百合子さまによろしくおつたへ下さい、クリスマスの夜の楽しさの御礼をも。

生田　春月

昭和三年十二月三十日

石川三四郎様

侍　史

次に『生田春月全集』九巻の三通目をあげておく。

昨年からのいろ〳〵の激動のあとで、はからずお目にかかれて、御指導を受けるやうになつたのは、私の幸福だつたとつく〴〵有難いと思ひました。（略）

私の詩に書きました山本飼山のこと、私自身の悩みについてのよき御言葉、感深く肝銘したところですが、私自身はとにかく、山本飼山の悩みは、正しいところはよく知りませんけれど、今でも青年にとつては、避けえられない危険な暗礁のやうに思はれます。その暗礁にふれて難破した青年のいくたりかを私も知つてゐます。時代の激瀾はあまりに一本気な弱く傷つきやすい心にとつては、おそろしいものです。（略）

昭和四年八月十六日

石　川　先　生

ここに春月は石川三四郎に対して、〝ご指導を受ける〟、〝石川先生〟と書いている。一七歳で生田長江に師事し、長江のもとを離れてからは師をもたず、一党一派に属することのなかった春月が、文学と社会主義をひとつに結びつける師として石川三四郎の思想に共鳴していった跡がみえる。先生と書くのは春月の最晩年にあたるこの時期に、石川三四郎が長江に次いで二人目となる。長江の元を去ってからの春月は人生の師を書物のなかに求め、「片隅の幸福」のなかで自分と同質の思想家、作家をひたすら求めてきた。この最晩年の今、春月は石川三四郎の思想に師を見い出したのである。

石川三四郎は昭和四年一一月、『ディナミック』（共学社）を発行する。約千部、四ページ仕立ての小さな月報である。『ディナミック』はフランス語で力学という意味だが、石川は「社会主義革命の力学的理論、言いかえれば解放の哲学」だと解説している。石川が自身の思考を確かめ発展させていく「ノート代り」という出発であった。紙面の多くが石川の主張であるが、編集者の望月百合子が後記ほかを担当している。その他に春月、中西悟堂、西村陽吉、小川未明、岡本潤、尾崎喜八、逸見吉三、木村荻太、南條蘆夫、磯村利一、椎名其二らが寄稿している。

石川の『ディナミック』における解放の力学は、マルクス主義における唯物弁証法や史的唯物論など社会科学にも属すといわれ、社会変革や人類解放の道すじを主張するものであった。石川は『ディナミック』で独自のアナーキズムを展開したが、「創刊一年以上経っても、毎号同じような空漠とした原理があるのみ」という意見も寄せられている。当時はアナーキスト内部も二分されており、石川は「自由連合新聞」派からは理解されず、その紙上ではせいぜい「土を愛する会」にすぎないとして痛烈な批判を受けている。

一方で当局からは、昭和六年一二月号「満洲事変」の記事により、発禁による弾圧を受けたのを初めとして、二八号、三五号、三七号と度々発禁処分を受けることになる。当然のことながら『ディナミック』の経営は苦しかった。

それでも『ディナミック』に発表した石川の論文は、共学社から「無政府主義研究」などのパンフレット、『歴史哲学序論』（暁書院／一九三三、一九四九に弘文社から再版）されたが、暴力否定の主張は当時のアナーキストにとってはまどろっこしい主張にしかみえなかった。

『ディナミック』に春月は毎号のように詩を載せている。一九七五年、黒色戦線社（群馬県伊勢崎市　大島英三郎）が『ディナミック』を復刻したが、巻末に望月百合子（このとき七四歳）が、「ディナミック発行のあとさき」と題して当時を振り返っており、春月とかかわりのある項を引用する。

第一号から生田春月は闘いの詩を寄せた。夫人花世は『女人芸術』に私を誘つた縁故で、私は早くから春月と親んでいたが、春月がぜひパパに会いたいと云い出し、それからパパと春月は急速に親しいつきあいになった。春月はよく千歳村を訪れ、「たまたま若い人達が家いっぱい集っているような時、パパは喜んで大はしゃぎ、ポルカを踊り出したりした。春月もパパにひっぱり出されて、それこそ生れて初めておかしなかっこうで踊り人々を笑わせた。私がいっそ「ピエロになりなさい」と春月の顔に白粉と紅で彩りすると、みんなは一層笑いころげたが、春月は私のいたづらが悲しかったかもしれない。

春月と石川三四郎の出会いのきっかけは、花世が関係していたことがわかった。『女人芸術』は長谷川時雨主宰の文芸誌であるが、女性文学者の後進の育成という目的が、しだいに女性解放の理論誌的な色彩を濃くしていった。昭和三年七月の創刊時から、花世も印刷担当者として実務の中枢にいた。また望月百合子も当初から参画している。林芙美子、尾崎翠らも花世に声をかけられたと記している。

このように春月は時には花世と共に石川三四郎を尋ねるようになった。そして春月はその入口に

「共学社」の看板が架かっていることに驚き、かつて朝鮮にあったとき木下尚江の『良人の自白』を読み大感激したことを思い出している。石川が木下尚江と思想を同じくする友人であり、暴力否定のアナーキストとして春月自身に近い思想家であることに共鳴し、急速に近づいていったのだった。

石川が『ディナミック』を出した一九二九年一月号第一号から、春月の死で中断する一九三〇年六月まではぼ毎号、そして追加で一三号に詩が載っている。一九三〇年七月第九号は八ページの春月追悼号が出され、一年後の六月号にも追悼集が組まれている。

第八号春月作「カアペンタアを想ふ」(一部)を紹介する。

君は粗末な小舎に住んだ、
だが、それは
自由の小舎であつた、
宇宙的意識の小舎であつた。
木の葉の茂みに蜂はうなり
駒鳥の飛ぶところ、
君が詩は、露とかがやく。
君は知る、まことの知恵を、
希臘の美、希伯来の愛、

印度の知恵、ここに統べられ、
自由人、鳥の如く生き、
ただ見る四山黄また青の
悠久の生を君は歌つた。（略）

（一九三〇・五・一一）

次に第一〇号（一九三〇年九月）「千歳村通信」に石川三四郎が書いている。木下尚江の春月評にもふれているので引用しておきたい。

第二巻　七月號　第九號　（一）

LA DYNAMIQUE

ディナミック

Organe mensuel de Culture anarchiste
Rédaction: KIOGAKUSHA, Chitosemura, Tokio.

昭和五年七月一日發行
發行編輯印刷人　石川三四郎
印刷所　水野印刷所
發行所　共學社

死

巨匠春月

[illegible]

『ディナミック』第9号（特集号）
（1930年7月　共学社）

春月君の遺書『生命の道』と『象徴の烏賊』とを花世夫人から寄贈された。詩集『象徴の烏賊』を読んだ時の私の感激は形容の詞もないほどであつた。それは今までに読んだ春月の詩とは頗る趣きの変はつたものである。春月の詩生活の最高峰に於ける美の奥秘の扉がこゝに開かれてゐる。私は驚異的感激を以て之を讃迎してゐる。私は春月君が尊敬してゐた木下尚江兄に此書のことを告げると尚江兄も一本を求めて読んだとて「これは春月のアイヴォリイの様な魂そのものに彫刻したものだ」と評してゐた。

一九三九年一〇月、第五九号をもって『ディナミック』は休刊した。石川三四郎が多忙なうえに健康を害したこと、『ディナミック』の発禁が続き資金不足など立ちゆかなくなったためである。春月とかかわりがある記事を繋げながら石川三四郎や『ディナミック』を見てきたが、ここで時代を大きく進めて石川三四郎に関する記事を紹介する。

石川三四郎は非暴力による革命を主張したアナーキストだが、戦後すぐに著した「五十年後の日本」が雑誌『思想の科学』（思想の科学社　一九六六）に掲載された。つまり執筆から二〇年後にあたり、すでに石川は一九五六年に亡くなっている。内容は戦後五〇年、石川は一二〇歳だが元気に執筆活動を続けていて、石川の尊敬したポール・ルクリュの孫と、一九九〇年代の日本を語るという設定になっている。これが『思想の科学』に掲載されるのは、私には不思議なことにも思えるが、秋山清の解説に言う。

『五十年後の日本』はその深い東洋の研究と、日本への愛情に立って描かれたアナーキズム的ユートピアの世界である。そしてそこには権力と無関係な、民族的な愛の象徴としての天皇がある。そのことが、ふしぎと石川さんに久しぶりに逢ったような安堵を私に感じさせた。私たちはユートピアを常に自分の中部に失ってはならないと考えるものだが、敗戦のあの混乱の中にあって、このような日本の姿を描いた精神の豊かさに、改めて頭を下げるばかりである。

次に一九五六年石川三四郎は『自叙伝』（理論社）を出版したが、家永三郎は「石川翁は、まさに国宝的存在といってよく、その回想談は、生きた歴史の証言としてかけがえのない貴重な価値をもつ」と評した。鶴見俊輔の同書の解説（一部）をあげてこの章を終りにしたい。


私たち日本人は、村落社会の一つの原理として少数者となることに深い恐れをいだいている。（略）石川三四郎氏の『自叙伝』は、少数者となることを恐れず、仕事そのものの値うちを信じて生き続けてきた、一人の生涯の記録である。

石川三四郎氏は、日本の思想史の上では、安藤昌益直系の弟子である。石川氏がよき刺激をあたえた同時代人は、木下尚江、徳富蘆花、宮島資夫、生田春月、松木千鶴など、いずれも日本思想史上の傍流に属する人々である。これらの人々が、石川氏の中にかけがえのない支えを見いだしたのは、世に容れられざる者としてのきゅうくつな姿勢もなく、淡白な自足の感情をもって毎日の努力をやめぬ、この人がらにうたれたためであろう。

九　終わりに

これまで春月の書簡その他から、交友関係を追ってきた。強く結ばれた友人関係であっても、書簡や交友の跡が残っていない人はここに書くことはできなかった。

例えば田中幸太郎は春月の終生の友であり、春月が文壇に出るまでの苦しい時に、どれほど手を差しのべたことだろう。「田中から手紙」と春月の日記に何回も出てくる。しかし田中幸太郎は大阪で空襲にあい、家屋もろともすべてを消失し、書簡などもほとんどない。

書簡だけでお互いの関係がわかるわけではないが、思わぬ人とのつながりが見えた。門下生の出した詩集を、雑誌に紹介してほしいという何点かの依頼文、自分の著作の短評に喜び舞い上がる春月の礼状、それほど親しいと思わなかった文学者たちの間に行き来した真情の深さなど書簡が交友の一瞬を切りとってみせるのである。

この章で扱った書簡は、望月百合子以外は男性である。春月はこの何倍もの女性から書簡を受け取り、春月も返信したはずである。だが春月は死の旅に出る前に、自分の中にそれらをすべてたたみ込み、自身もろとも人目にふれることのないように消し去ってしまったと思われる。

第四章

翻訳と春月

第四章　翻訳と春月

一　春月にとっての翻訳

春月にとって翻訳とは何だったのだろうか。春月が文学者として生きていくために、翻訳に関わることはどのような意味をもつことなのか、これがこの章のテーマである。

時代は戦後六〇年代になるが、福永武彦は訳詩集『象牙集』（垂水書房）の新版で次のように記している。

> 訳詩といふものは原詩への、延いては原作者への、愛情と関心から始まるもので、勉強の手段としてはこれに勝るものはない。私の『象牙集』は、つまりは私が異邦の詩人たちに寄せた憧憬と理解の証しといふことが出来るだらうか。（略）
>
> 訳詩集といふのは外国にだって勿論ないわけではないが、我が国に於けるほど流行もし、また我が国に於けるほど文学史上の重要な意義を持つこともなかったのではあるまいか。殆ど創作の詩集と同格と言ってもいい。

春月の翻訳態度もこれと異なることはない。しかし翻訳における春月の動機を言えば、まず始めにあげなければならないのは、語学を修得し翻訳者として収入を確保し、文学者生活を支えることを期待したことである。資産を持たない者が詩作あるいは文学で生きていくことができるのは、一握りの人を除いてはほとんど不可能という時代であった。

二つめが、先に福永武彦が記しているように、異国の詩人や著作者たちに寄せる憧憬や愛や関心が、結果として春月の勉学の希求と一致していたことである。春月は自身の好きな内外の詩人の作品を、朝鮮で流浪の生活が始まったあたりからノートに書き留めていた。詩が好きでたまらなかった春月は、ここに書きつけた内外の詩編をときには声を出して読み、自らを慰めるだけでなく詩作の参考にした。ともすれば孤独に苛まれる己の魂を慰め、好きな作品や作者と一体になっていたときを、貧しかった少年期から持っていたのである。この時代に書きつけていた詩篇はその後加筆・精選されて『泰西名詩名訳集』（越山堂　一九一九）や『私の花環』（新潮社　一九二〇）の詞華集となって結実するが、これは章を改めて詳述したい。春月は欧米の詩や文学世界の作品に、原作から直かに味わいたいという願望を内なる声として持っていた。この熱情があった故に、田山花袋（語学）、師の生田長江（英語、独逸語）、小林愛雄（英文学）のすすめでドイツ語の勉強を始めたとき、わずか二年半で『新潮』にビョルンソンの「人生の謎」を訳出するまでになる。その努力たるや、春月の並々ならぬ才能もふくめて、師の長江をして語学の天才と言わしめたのであった。

春月の外国語習得は、二〇歳になった明治四五年一月、独逸語専修学校の夜学で一年間学び、以後は独学で自分のものとした。英語の力もほとんど独学であったが、感想集『影は夢みる』（新潮社　一九二八）所収の「自然と書物との愛」に次のような記述がある。

かの英吉利近代の作家ジョオジ・ギッシングの『ヘンリイ・ライクロフトの私記』の如きも、またその一つである。この書物は、それほどのものではないとの批評もあるけれど、私には或る個人的な理由から、人並みならず愛好されるのだ。

もう十年あまり前の事、友達に英語を教はつてゐたころ、その読本にこの本を選んで、夏の部を、一日に一章宛つあげて貰つた事がある。夏の部から始めたのは、春の部はそのころ既に戸川秋骨氏の訳が、『趣味』といふ雑誌に出てゐたので、それと対照して読むことが出來たからであつた。元来、この本を選んだのが、戸川氏の訳で、たまらなく好きになつて、それをしまひまで読みたいと思つたからであつた。ところが、今では完訳本が二種も出てゐて、誰れでも日本語ですぐ読むことが出来る。私も藤野滋氏の訳を持つてゐるので、それと青い表紙のちぎれかかつたシキスペニイ・シリイズとの原本とを取出して、この二三日、それを引つくり返して拾ひ読みをしながら、いろいろな事を思つて過した

（昭和二年一月）

昭和二年一月に書かれた文章の一〇年あまり前ということから、この時期は大正四年頃と思われる。友人とは中村祥一のことで正則英語学校の教師をしていた。二人は投書家時代からの友であった。

英語習得より少し前のことになるが、ドイツ語習得について、佐野晴夫「若き生田春月と独逸語」（山口大学教養学部紀要　第一六巻　一九八二）から引用しておきたい。

春月が中村武羅夫に独逸語を手ほどきする前に、漢学者天髄の弟、久保正夫と一緒に独逸語を勉強している。「彼が未だ一高にあった時に、私は偶然、一人の文学者の書斎で、彼と知合になった。ロマンティシズム――殊に独逸浪漫派に対する愛が同年配の二人を接近させた。」とりわけ2人の共通点は、純粋の抒情詩人であるばかりでなく、すぐれた哲学者でもあったノヴァリスの「青い花」と「断想」を愛好していたことで、フランツ・ブライの「ノヴァリス」などを、駒込の奥の久保正夫が兄と同居している家や春月の横寺町の「貧弱な屋根裏」で、2人だけで輪読した。彼等の交際は、大正2年頃に始まったが、春月が大正3年3月に世帯を持ち、久保正夫が大正4年に第一高等学校文科を卒業し、京都帝国大学哲学科へ進学したため、彼等はしばらく疎遠となった。

その後春月は久保正夫のために、彼が書きためていた『聖フランシス』をはじめとする著作が、新潮社から出版されるために尽力している。しかし久保正夫は病魔に襲われ二九歳で亡くなり、ノヴァリスと同じ運命をたどった。

英文と独文の作品をテキストにして、初心者の春月が二人の友人に教わるという得がたい体験をした。ドイツ語を習得して二年あまり、すでにビョルソンの訳詩を『新潮』誌上に発表する実力をつけ、あわせて英語の力も身につけようとしていた。そのことは英文作品も原語で読むことができるばかりでなく、一つの作品の翻訳にドイツ語と英語から対照し、より正確に訳すことができる力にもなったのである。

二　春月の翻訳書

語学習得後、春月が翻訳、重訳した作品は二六編あり、その一覧は次のとおりである。（全く同じ著作が出版社を変えて出されたものはこれを除いた）

大正三年（一九一四）　二二歳

九月　ツルゲエネフ『はつ恋』新潮社（新潮文庫第六編）

大正四年（一九一五）　二三歳

二月　ドストエフスキイ『罪と罰』植竹書院（植竹文庫第三編）

五月　ゴオリキイ『マルヴ』『強き恋』新潮社（新潮文庫第三五編）

大正六年（一九一七）　二五歳

五月　サン・ピエル『海の嘆き――ポオルとキルジニイ』（新潮社）

六月　ツルゲエネフ『散文詩』（新潮社）

大正七年（一九一八）　二六歳

六月　シャトオブリアン『少女の誓』（新潮社　エルテル叢書五）

一一月『はつ恋』改訂　新潮社（『ツルゲエネフ全集　三』に「ファウスト」「クララミリッチ」を追加）

大正八年（一九一九）　二七歳

二月　『ハイネ詩集』（新潮社　泰西名詩選集第一編）
四月　翻訳編詩集『泰西名詩名訳集』（越山堂　昭和二年二月同名のものが資文堂より発行）
五月　『ゲエテ詩集』（新潮社　泰西名詩選集第三編）
九月　プラトン『饗宴』（越山堂）

大正九年（一九二〇）　二八歳

六月　『ハイネ全集』第一巻（越山堂）
九月　翻訳詩集『私の花環』（新潮社）
一二月『ハイネ全集』第二巻（越山堂）

大正一〇年（一九二一）　二九歳

二月　『春の波』（『ツルゲエネフ全集　九』新潮社）

大正一二年（一九二三）　三一歳

一月　『ロングフエロオ詩集』（越山堂）
三月　『バーンス詩集』（聚英閣）
五月　『純愛詩集』（二元社）

大正一四年（一九二五）　三三歳

七月　『ハイネ全集　第一巻　詩の本』（春秋社）
九月　『ハイネ小曲集』（交蘭社）

大正一五年（一九二六）　三四歳

二月　『ハイネ全集　第二巻　新詩集』（春秋社）
一一月『ハイネ全集　第三巻　物語詩』（春秋社）

昭和三年（一九二八）　三六歳

九月　『北欧三人集』（『世界文学全集　第二七巻』新潮社）

昭和四年（一九二九）　三七歳

七月　『世界文学全集　第三六巻　近代短編小説集　ララビアタ』（新潮社）
七月　評伝『メルケとヘルデリン』（行人社）

昭和五年（一九三〇）　三八歳

五月　ズーデルマン『猫橋』（『第二期世界文学全集　第一〇巻』新潮社）

大正三年にツルゲエネフ『はつ恋』を出してから、昭和五年までの一七年間に二六冊の翻訳書を出している。そのほかにも詩集、小説、評論、感想集ほか四四冊があり、春月は翻訳書を合わせれば、二〇年に満たない文学者生活の間に、七〇を越える著作・翻訳書を出したことになる。

三　ハイネの訳詩にかける情熱

ハインリッヒ・ハイネの詩編は、森鷗外らの『於母影』のなかに一篇が採られたのを初めとして、数篇の訳詩としては、高山樗牛、登張竹風、上田敏、伊良子清白などがある。まとまった詩集としては尾上柴舟の『ハイネの詩』がある。しかし大正八年に出た春月の『ハイネ詩集』はその収録詩が群を抜いていた。ハイネの詩については一六歳の春月が、尾上柴舟訳『ハイネの詩』を愛誦したときから親しんできた詩人であった。

ハイネについて春月は「私の喜びと悲しみとを前以て予知してゐたかのやうにすら思はれた。そして私が初めて手にした独逸語の詩集は『小曲集』であつた。そしてまた、私が翻訳した欧羅巴の詩もまたハイネが始めであつた。」と述べているように、文学に関心を寄せた頃からの愛好の人であった。

春月はドイツ語が少しずつ読めるようになると、辞書を片手にハイネを愛誦し、詩を訳していた二〇歳の頃が最も幸福な夏だったと『ハイネ全集　第一巻　小曲集』の緒言で述べている。それは独逸語専修学校に通い始めて七ヶ月あまりの頃に、すでにハイネの詩の訳を始めており、ハイネを原語で読むことのできる感激を「生活が夢となり、夢が生活となった」と自身の最高の思い出として語っている。

それから八年後、春月は新潮社の『泰西名詩選集』の第一編として『ハイネ詩集』を出すことになる。それまでにすでに七冊の翻訳書を出していたが、念願の『ハイネ詩集』をようやく出すことができた。これらの翻訳書は本章の二で一覧をあげたが、当時の出版界は翻訳の中心は主に散文や小説が中心であった。詩集はツルゲエネフの『散文詩』に次いで二冊めとなる。翻訳者にとって原稿一枚にいくらという原稿料では、詩は枚数が少いうえに詩的感興が必要な仕事であり、敬遠されがちであった。翻訳について春月はドイツ語作品ばかりでなく、ロシア語、英語、フランス語、イタリア語などの作品をドイツ語から重訳した。

また大正三年頃、春月が無名であった時代にスティブンソン『宝島』を訳したが、押川春浪の代役となり、翻訳者・春月の名前が出ることはなかった。これは春月ばかりでなく、多くの翻訳者は自分が出したい作品を訳すというより、出版社の意向に添った仕事が中心であった。そのため春月は翻訳は生活のためという売文意識が頭から離れなかった。そのことを片田江全雄が「春月の追憶」(『海図』昭和五年)に書いている。

「お互いにやりませう、時代がどう変らうと移らうと、お互に自分自身の仕事を──」そして生活の為の翻訳の苦痛をこぼした。生活の為の翻訳、それは純情の詩人としての君には、求真一路の生活者の君には、重荷過ぎる重荷であつた。が、うら枯れた秋の静かな山路ででも君は「時代」と自分の仕事を忘れてはゐなかつた。

さて売文の仕事ではなく、春月自身が目指した『ハイネ詩集』が日の目を見たことから、それに、続くハイネのロマンツェロ、物語詩、最後の詩など、春月は全訳を志していくのである。『ハイネ全集』全二巻は大正九年越山堂、次に春秋社から大正一五年に出ている。春月は新しく『ハイネ全集』を出す度に出来る限り文語から口語訳に訂正していった。そのことを佐野晴夫は「ハインリッヒ・ハイネと生田春月」(『山口大学「独仏文学」第二号　一九八〇』)で次のように指摘する。

春月は着実で真摯なハイネ研究を続けるうちに、ハイネもまた日常の民衆語を使ことで、生々とした生活感情と結びつく近代抒情詩の道をきり開いたことを知った。「ざっくばらんな俗語までふくめた平易な日常語から」ハイネの詩がなりたっていることを明確に自覚した段階で、つまり大正九年越山堂版の二巻本の「ハイネ全集」を刊行する際に、かつて訳した文語調の韻律詩を口語自由詩へ移した。

もう一人春月の口語訳についてふれた人に富士川英郎（東京大学名誉教授）がいる。

富士川は「生田春月の訳詩」（『海』中央公論社　一九八二年一月号）に「春月の『ハイネ全集』は単にその中に収録された詩の数が多かったというばかりでなく、全篇平易な口語で訳されていることに、その著しい特色があった。ハイネの詩の口語訳は春月にはじまると言ってもよいだろう。」と上田敏訳の「花おとめ」と比較して次のように言う。まず春月訳、

おまへは花にもたとへたい、
ほんとに可愛くきれいでけがれてない、
わたしはおまへを見るたびに
かなしい思ひにたへかねる。

おぼえず両手をさしのばし
おまへの頭(かしら)へおしあてて、

いつまでも可愛くきれいでけがれずにと
　神に祈つてやりたくなる

これは嘗て上田敏が「花おとめ」と題して、

妙に清らの、ああ、わが児よ、
つくづくみれば、そぞろ、あはれ、
かしらや撫でて、花の身の
いつまでも、かくは清らなれと、
いつまでも、かくは妙にあれと、
いのらまし、花のわがめぐしご

と訳したのと同じ詩の翻訳であるが、典雅優麗な上田訳に比して、平凡で、なんの変哲もないような春月訳の方が却って親しみ易く、また、ハイネの原詩により近いと言うことができるだろう。春月のハイネ訳詩は必ずしも常にハイネを正しく伝えているとは言えないが、しかし一方で、春月の感傷とペシミズムになんとなくハイネのそれと通ずるところがあったのは事実であった。

『ハイネ詩集』生田春月訳
（春秋社）

春月の『ハイネ詩集』それに続く『ハイネ全集』はよく読まれた。そのことは筆者がよく例を出す「『文章倶楽部』青年文士録欄にみる私淑文士投票数一覧」にもよく表れている。ハイネは大正八年春月が『ハイネ詩集』を出版した年から突然この私淑文士一覧の上位に表れるようになる。ハイネはそれまで私淑した人の投票がほとんど無しであったのが、大正八年を境にして投票数が伸び時には三位に入っている。あきらかに春月の『ハイネ詩集』、『ハイネ全集』が多く読まれたことによる影響である。

春月のハイネ全集が出るまでは、先にあげた森鷗外、高山樗牛、登張竹風、上田敏、尾上柴舟らがあったが、ほとんど文語訳の典雅で優美、感傷的な恋愛詩が中心であった。そのため日本ではハイネの抒情的な一面のみが通俗的に愛好されてきた。しかし春月の二度に及ぶ『ハイネ全集』の出版は、ハイネの熱烈な反逆児、社会詩人、革命詩人をとらえ、愛と革命の詩人ハイネの全詩を日本で初めて訳し終えたのである。

> ハイネの紹介者として、自分は実に多くの非難を受けて来た。その中でも、ハイネを恋愛詩人として紹介し、ハイネの面目をあやまつたものが自分であつたかの如く書かれた事は、その皮肉な報酬の最たるものであつた。星と菫と薔薇と涙の詩人として、ハイネが愛誦されたのは、既に二十数年前、尾上柴舟氏の訳のはじめて現はれた時からである。(略)
>
> ハイネの政治詩、傾向詩、諷刺詩を最も尊重して、これを邦語に移したのは、自分が最初の、そして唯一の人間であつたのだ。自分は昔からハイネ、ビョルネらの青春ドイツ派の詩人、文学

者を最も愛した。

「嵐の中の蝶」（『或る叛逆者』昭和四年七月）

このことについて小松伸六（立教大学教授）は『美を見し人は―自殺作家の系譜』（講談社　一九八一）に外国作品を実に多くよみ、翻訳し、紹介もしているのは、野にあった多力者生田春月だ。とくにはハイネに関してはアカデミーのなかにいたハイネ・フォルシェア（研究家）にくらべて遜色はなく、むしろ当時は第一人者であったと、ドイツ文学者のはしくれである私は確信していると春月の実力を評価している。

また春月は「ハインリッヒ・ハイネ　一七九七～一八五六」（『世界文学講座』第七巻　昭和四年一二月）に次のように記している。

ハインリッヒ・ハイネほど、多く讃嘆され、多く非議された詩人は稀れだ。ハイネほど誰にも愛好される詩を書いた詩人も少いが、また、彼のやうにその本質の理解されにくい詩人も少いだらう。多くの批評家は、この猶太種の詩人の周囲に集つて、いたづらに一面的な毀誉褒貶を事とした。ウィクトル・ヘエンの如く模倣の才として貶黜するもの、バルテルスの如く極度の罵言を投げつけるもの、是等は論外であるとするも、ハイネの本質に浸透して、その独自性を開明し得た評論家は寧ろ少い。独逸人でハイネを最も尊重し、理解し得た人はニイチエであるが、これは両者の本質上の或る類似、その共感性の致すところに違ひない。ハイネとニイチエとは、かなり種類の異つた人物ではあるが、その多面性、その矛盾性、その思想的の流動性に於て、相通ずるものがあるのだ。両者が共に誤解せられやすく、理解せられにくい理由も、また茲にあつて存するのだ。

ハイネの特質は従来はユダヤ人としての民族性によって排斥され、また自由思想の革命家として、当時のドイツでは激烈な反対者を持っていた。しかし誤解される一面はハイネの性格にもあったという。ハイネには冗談と真剣さ、悪と聖、熱と冷、嫌悪と滑稽が奇妙に入り混じっていて、その言説に責任を持たないかのように見えるところが多かった。それが当時のドイツではいい加減ででたらめな人間とみられ、徹底的に嫌悪迫害されてきたのである。

ここで話を一八三〇年代、ハイネが生きたドイツに飛ぶ。この年フランス・パリで起きた七月革命は、中世的封建的なプロシャを憎悪していたハイネを、今まで以上にフランス贔屓にさせパリ移住（事実上の亡命）を決行させる。当時のパリはヨーロッパの革命的な巣窟であった。ハイネは以後パリに住み、ここで多くの人を知った。グッコー、ベルネ、マルクス、ラサール、ユーゴー、ボードレール、アンデルセンなどお互いに影響しあった。

七月革命から二月革命（一八四八年）の社会的激動に身をおいたハイネは、一八五六年、病と貧窮のうちにパリで客死した。

ここで一〇〇年後、ハイネの全詩を訳した春月の時代に返りたい。

日本の一九三〇年（昭和五）はその二〇年前の明治四三年（一九一〇）の大逆事件以来、社会主義運動は冬の時代が続いていた。そして第一次世界大戦（一九一四年）は日本の資本主義に急激な発展を促し、労働者層を増大させ、また一方で知識階級も拡大していた。思想的にも政治的にも民主主義への希求とその動きは、時代の中に醸成されていた。日本はちょうど一〇〇年前のパリ七月革命の時代の、ドイツ帝国・プロシャと似た状況にあった。

春月は「ハインリッヒ・ハイネ」に記している。

ハイネは一八三〇年代の詩人である。今、一九三〇年来つて、我等は七月革命の百年祭の記念を迎へようとしてゐる。此際にあたつて、社会詩人、革命詩人としてのハイネの真面目を語り得るのは、愉快な事である。七月革命は、ハイネを巴里に招き寄せた。（略）

「ラファイエット、三色旗、マルセイエーズ……我が安息の渇望は消えた。私は革命の子だ。花を、花を！私は死戦のために我が頭（かしら）を花環もて飾らう。戦ひの歌をうたふべき琴を与へよ……私は全身喜びだ、歌だ。全身剣だ、焔だ！」と彼は叫んだ。戦士としてのハイネの生活はその時からはじまつた、任意の流竄、祖国の保守主義との生涯の戦ひの幕は茲に切つて落されたのだ。

一八三〇年フランス・七月革命はハイネの生涯に転機をもたらした。この革命を契機にハイネは暗鬱な封建ドイツに決別し、自由な市民の国フランスに引き寄せられてパリに移り、革命詩人として生きることになる。ハイネはパリで多くの芸術家と交際した。音楽ではショパン、リスト、メンデルスゾーン、ワーグナーなどで、彼らはハイネの『歌の本』から、多くの詩に作曲している。

作家ではバルザック、ユーゴー、ジョルジュ・サンドなど。ドイツ人でハイネを最も尊重し、理解

ハイネ

した人はニーチェやマルクス、エンゲルスだといわれる。マルクスは祖国ドイツを革命で変えようとした。ハイネとマルクスの関係についてこれまでの研究では、ハイネに対しマルクスが一方的に影響を及ぼしたとされてきた。ハイネがマルクスに及ぼしたであろう影響についてはほとんど注目されてこなかったという。このことを『マルクスの構想力』岩佐茂編著（社会評論社　二〇一〇）の「ハイネとマルクス」（杉沼哲良）のコラムから一部引用する。

　ハイネはドイツ人はまず宗教改革から始めなければならず、その後に彼らは哲学を研究できるようになり、そうして哲学を完成した暁には政治革命を遂行するだろうと考えている。そして宗教については（『ルートヴッヒ・ベルネ回想録』）で「天国とは、この世では何一つ得ることのできない人間のために考案されたものである……病み苦しむ人類の苦杯の中へ甘き眠り薬を、精神の阿片を、愛と希望と信仰を数滴おとしいれた、かの宗教に栄えあれ！」（『ハイネ散文作品集』）という。

　ハイネと同様、マルクスの「ヘーゲル法哲学批判序説」は宗教批判を全ての批判の前提として位置付けることから始められている。そして、ハイネの「精神の阿片」を基にして、マルクスは

宗教を「民衆の阿片」と規定していく。（略）

　このようにマルクスは、宗教の否定が目的であったヘーゲル左派とは異なり、ハイネが文学で先行した、宗教が必要とされる社会を変革するという課題を思想的に深化させたのである。

　また一八四四年ハイネが、シレジア（シュレジエン）の窮乏した織物工の蜂起を題材にした時事詩「シュレジエンの織工」は、エンゲルスに激賞され、『新詩集』に収められた。

シュレジエンの織工

ハイネ　生田春月訳

しかめた眼（め）には涙も見せず
機（はた）にむかつて、歯をくひしばる、
独逸（ドイツ）よ、ここに織るのはおまへの経帷子（きょうかたびら）だ、
三重（みえ）の呪詛（のろひ）を織り込んでやる——
　織つてやる！織つてやる！

一つの呪詛（のろひ）は無慈悲な神にくれてやる、
飢（う）ゑと寒さに責められて縋（すが）りついたものを
待てどたのめどねがへど空（あだ）で、

さんざもてあそんで笑つたやつめ——
　織つてやる！織つてやる！

一つの呪詛は王にやる、国王にやる、
この苦痛を軽くしてくれようともせず
財布の底の金までしぼり取つて
その上犬のやうに射殺させやがる——
　織つてやる！織つてやる！

一つの呪詛は不実な祖国にくれてやる、
ただ恥辱と不面目とがますばかり
どんな花でもすぐ折れる、
腐敗が蛆虫をふとらせてゐる国め——
　織つてやる！織つてやる！

梭は飛んで行く、機台は裂ける、
日も夜もやすまず織りに織る——
古い独逸よ、ここに織るのはおまへの経帷子だ、

三重(みへ)の呪詛(のろひ)を織りこんでやる、
　織つてやる！織つてやる！

彼らのほかに社会思想家としてのハイネに影響を与えたのはサン・シモン（一七六〇～一八二五）であった。ハイネがパリに移った当時、サン・シモニズムは頂点に達していた。サン・シモンは生前には空想的社会主義などと揶揄され、その思想はほとんど認められることがなかった。後にサン・シモン主義と称されて高弟コントに受け継がれ、実証主義社会学として結実していく。

一八三〇年のハイネ、その百年後の一九三〇年の春月に関連して、ここで中野重治を取りあげたい。中野重治は「私とハイネ」（『新日本文学』一九五六年六月号）に記している。

高等学校へはいったころ、生田春月の詩の翻訳が出ていた。これは、すこし前から出ていたのだったかもしれない。その翻訳、それにつけた説明、そんなものから私ははじめてハイネを知った。

とあることから、中野重治にハイネの存在を知らせたきっかけは春月の著作であったことがわかる。その後中野重治は東京帝国大学に進み、卒論はハイネであった。中野に「ハインリッヒ・ハイネを断片する」（『若草』一九二八年三月号）、『ハイネ人生読本』（六芸社　一九三六）他がある。中野重治はハイネの全集さえも途中で打ち切られ、まとまった資料がない日本の現状を嘆きながらも、ハイネの生涯と彼の歩みを時代背景とともに原書から調べている。

たとえば、ハイネの抒情詩を日本語にすることが困難であるだけ、努力してそれをすることはいいことであり必要なことだ。（略）

われわれを刺激する根本の要因は、彼が負わなければならなかった運命とわれわれがいま負わねばならぬ運命との時と所をへだてた類似ということだ。（略）

われわれとハイネとの運命の類似は、われわれとハイネが苦痛をとおしてつながっていることであり、ハイネの時代を越えた今日の時代にわれわれがそうであることからして、世界的には古びた段階にわれわれがまだ縛られているということであり、この古びた段階が——われわれにとってはそれが今なのだが——おおまかにいってハイネの時代だといっていいということにもなるだろう。

そして私たちはハイネが負わなければならなかった運命を、真直ぐに歩いていった中野重治を知るのである。

春月と中野重治は一〇歳違いであるが、二人は出会ったことはない。春月はハイネの詩と散文の翻訳をとおして、抒情詩人から社会詩人ハイネと同じ歩みを目指した。それに対して中野重治は生涯をかけてドイツの民族的な愛国主義と戦い、同時にドイツを愛することを誇りにしたハイネの思想をとおして、尊敬と愛情を抱いて行動し闘った人である。ここに春月と中野重治の一面の共通点と明確な違いがある。

私は中野重治の著作の中から一八三〇年のドイツ、一〇〇年後の一九三〇年の日本を鍵として強引にハイネと春月と中野重治を結びつけた。三人を並べて記してこそ、春月の先見性と、しかしそれを生ききれなかった詩人・春月の苦悩を知るのである。この時代の一〇年の歩みの差は大きい。

中野重治は日本におけるハイネの理解は、段階的に受容されるのは止むを得ないとし、むしろその一歩一歩があればこそハイネの全体像に繋がっていくのだと言う。そのことを『ハイネ人生読本』のあとがきに書いている。

全体として見て、日本のハイネ研究者の半分以上はあまりハイネを読まずにハイネを書いている。彼らは西洋人の書いたハイネ伝、ハイネ研究を読んでそれをおもに伝えているようだ。これは近代日本文化の一つの特質であつて、とがめるべきでないどころか褒めるべきことだ。われわれは、そのことなしには何もできなかつたろう。そして私は、私のこの本も、そういう勧工場ものの一つとして見られることを辞しない。

と中野重治自身も、ハイネ研究のひとつの通過点に位置する者だと言うが、その思想の実現を確実に一歩進めた人である。

最後に春月とハイネについて触れているものを補遺の形でここに記しておきたい。

○『中原中也全集　第四巻　日記・書簡』（角川書店　一九六八）

一九二七年七月　春月訳の『ハイネ全集Ⅰ、Ⅱ』（越山堂、大正九年六月、同十二月）を読みはじめる。

一九二七年九月二三日（金）、「ハイネは素晴しい」

一九三〇年五月二一日　安藤喜弘宛書簡の中に、前後の脈絡もなく「生田春月が自殺した」という一行が入っている。

○武田寅雄「生田春月論」（『研究紀要』第五号　松蔭短期大学　一九六四）

彼のハイネ理解に関しては　矢野峰人氏が『日本現代詩人大系』第五巻の解説中で「彼（春月）が親炙せるハイネは、我国に移入されて以来伝統となれる感傷的半面に過ぎず、諷刺詩人としてのハイネに至っては、遂に彼の理解し得ざる所であった。」と述べているのはまったく理解に苦しむ暴言で「彼の詩が独自のスタイル」を持たなかったという見解とは別に、春月がハイネ詩に共感をもった第一はハイネの諷刺性にあったことは彼自身繰り返し述べている処である。『ハイネ全集』を二回まで翻訳した彼がハイネの重要な社会詩人としての一面を忘れてよいものであろうか。これについてはかつて詩誌『詩学』で広野晴彦氏が春月の遺稿詩『時代人の詩』の中のハイネを歌った第一編冒頭の詩を引用して論難しているが、これはまったく正しい見解であると思われる。しかも矢野氏は『時代人の詩』をおそらく一瞥もしていないのではあるまいか。

○加藤愛夫「生田春月とハイネ」から（佐々井秀緒著『生田春月の軌跡』補訂版収録）

「「ハイネは敵の多い人であった。人に憎まれ人に悪く言われるのは実力のある証拠だから、そんな事のある場合、私は愈々自重する」という堺枯川氏の言葉に、私もつくづく至言だと思っている。詩壇で私に感情的な悪罵を向ける人ある毎に、私はこの堺氏の言葉を想い出す。そしてハイネの戦いを思ふ」と春月は述べて中傷的な批評を一掃している。とともに、ハイネの考え方思想が、春月の思想に大きく響いていた。ハイネは悩み通した祖国ドイツへの愛情を抱いてフランスで客死している、あの情熱の詩人の最後を、春月は自分の心に照らして如何に生くべきか、日本の一詩人としてどうあるべきかに悩んだ。

四　生田春月編訳詩集『泰西名詩名訳集』

春月は『泰西名詩名訳集』の「訳詩について」のなかで次のように述べている。

詩の翻訳は既に創作の域に入つてゐる。私は會てヴェルレエヌのある詩（本集に収められた永井荷風氏の「ましろの月」）の二個の独逸訳、デエメルのとオトオ・ハウゼルのとを比較して、その相違の甚しいのに驚いたことがある。詩は既に原作者のものでなくして訳者自身のものである。（略）

詩の翻訳は不可能を可能にせんとする努力である。訳詩は畢竟創作に外ならない。（略）

自ら日本のハイネを以て任じ、人よりそんなに呼ばれる事を喜ぶだけそれだけ、ハイネとそのテムペラメントに於て相通する点あることを信じてゐる。(略)

春月はこの決意をもって欧米の幾多の名詩を編んでいった。まず『泰西名詩名訳集』の概略を見ておきたい。日本で初めての本格的な西欧詩のアンソロジーであり、詞華集である。これについては、富士川英郎「生田春月編『泰西名詩名訳集』」(『学鐙』一九七八年四月号)、佐野晴夫「生田春月編『泰西名詩名訳集』について　その歴史的意義と問題点(一)~(四)」(山口大学「独仏文学」第四~六号他　一九八二~一九八四)の詳細な研究がある。それらを参考に独自の調査を加えたのがこの項である。

春月は一三歳の頃から、朝鮮、大阪、東京、淀江、東京と居を移して流浪する生活が長かった。文学で生きるための修行時代といえるこの時期に、中学に行きたい気持ちはあっても叶うことではなかった。春月はひたすら書物に親しみ、本を友とし、そこから創作の源を得ていた。自分の書物、友人から借りた書物、また雑誌から、そして図書館からと様々な読みの場で気にいったものをノートに丹念に書き写した。それは内外、つまり日本のものだけでなく、外国の詩歌や、民謡、俗謡等多様なものを含んでいた。

未だ語学力を有しなかつた当時に於て、私の虎の巻であり、私の詩人としての修養の基礎を成している貴重なる文書である。而してまた私がいかばかり熱心な詩の使徒であつたかを最も雄弁に語る記録である。私はこれを居常座右より放さないで愛したものであつた。「編者序より」

春月の編著による『日本近代名詩集』（越山堂　大正八年三月）、『泰西名詩名訳集』（同　四月）はこのぎっしりと写しとられた多くの手書きのノートから、日本のものと外国の作に分けられ、これを精選し新たに加えた詩篇を纏めて姉妹編とし、二冊の詞華集となったのである。『泰西名詩名訳集』は「熱心な詩の使徒」であった若き日の春月が、何年にもわたってあらゆる表現者の作を書きためてきたものであったから、これまで日本で編まれたことのない内容の広がりを持っていた。

富士川英郎はひとりの若い詩人が並々ならぬ愛情を以って編んだ詞華集であったからこそ、六十年後のこんにちも、多少その色香はあせてしまったとはいえ、なおその魅力を失っていないのだと言うことができると、「生田春月編『泰西名詩名訳集』」について述べている。またその中で、

いつぞや河盛好蔵さんがこの詞華集をそのむかし愛読したと書いておられたが、河盛さんあたりから、下つて私などに至る世代の多くの者にとつて、この詞華集はいろいろなつかしい思い出のある詩集なのだと言えよう。

富士川少年は春月のこの詞華集によって「仏蘭西」の詩人ボードレールの永井荷風訳「死のよろこび」や「秋の歌」、ヴェルレーヌの荷風訳「ましろの月」や「ぴあの」、上田敏訳「落葉」などフランス象徴詩をはじめて知った。そして彼らの訳詩集を手に入れ、湛読するようになる。

後に東大教授になりドイツ文学、比較文学の研究者になった富士川英郎は、この詞華集の中に『鷗外全集』にもれていた森鷗外訳のゲーテとハイネの詩を一篇ずつ発見した。『鷗外全集』の全訳詩と『泰西名詩名訳集』の中の訳詩を、ある程度諳じていなければ決して発見できないことである。富士川英郎がどれほど春月の詞華集を繰り返し読んだのかという証でもある。富士川によって発見された『鷗外全集』に漏れていたハイネの詩をあげておきたい。

しづけきよはのちまたにはゆくひともなしこのいへぞわがこひびとのすみかなるそのこひびとのいにしよりつきひへぬれどかどばしらむかしながらにたてりけり

たぞやかなたのたかどのにふりさけみつつうちなきてたちわづらへるひとこそあれくもまもりくるつきかげにはつはつみればさながらに

むかしのわれのおもゐなり

あやしきものよなどてかは
すぎにしとしのよごとよごと
ここになげきしおもかげを
いまはたわれにみするなる

そしてこの二篇の訳詩は今日では、岩波書店版第三次『鷗外全集』第十九巻の「後記」のうちに収められていると付記している。

この詞華集には明治末期から大正中期までの一〇年間にあらわれた訳詩集からも精選されているが、訳詩集ばかりでなく、小説に挿入された詩からも採られている。そして書籍ばかりでなく『帝国文学』、『明星』、『白樺』、『早稲田文学』、『三田文学』などの文芸雑誌からもとられている。その意図は未だ詩集として纏められてはいないが、文芸誌に載った時点で春月が評価し、世にあまり知られていない詩人や新進の若い人たちを紹介する意図が示されている。春月がどれ程広い範囲にわたって資料を読み、気に入った詩歌に心躍らせていたのか分かるというものである。

目次には言語圏別、国別、作者別、訳者別、時代順にして訳詩の題がすべて並べられている。作者一覧ともいえるこの目次から様々なことがみえてくる。例えば「英吉利」の「シェエクスピア」の「オフィリヤの歌　その一」は森鷗外訳、「その二」坪内逍遥訳、「その三」同、「花くらべ」上田敏訳というふうである。その結果英吉利には七八篇の詩が二九人の作者から選ばれ、その一作品ごとに訳者がつけられている。それぞれの詩の翻訳はすでに創作の域に入っており、詩はすでに原作者のものではなく、訳者自身のものだという春月の自論が詞華編集にしっかりと活かされている。

『泰西名詩名訳集』に収められている国別一覧は次のとおり。

国別	選詩（篇）	詩人（数）	読み人知らず
独逸（ドイツ）	98	32	
英吉利（イギリス）	78	29	
仏蘭西（フランス）	72	21	あり
露西亜（ロシア）	18	8	あり
亜米利加（アメリカ）	18	6	
白耳義（ベルギー）	15	4	
伊太利（イタリア）	12	6	あり
希臘（ギリシア）	11	6	
墺太利（オーストリア）	10	6	
印度（インド）	6	3	
洪牙利（ハンガリー）	4	1	
諾威（ノルウェー）	3	2	
瑞典（スウェーデン）	2	2	

西班牙（スペイン）	2	2	
波斯（ペルシャ）	2	1	
丁抹（デンマーク）	1	1	
プロヴァンス（プロヴァンス）	1		

以上一七ヶ国を『泰西名詩名訳集』では英語圏、仏蘭西語圏、ラテン語圏、スラブ語圏、北欧語圏、西アジア圏の順で並べているが、言語圏別、国別などの分類は日本の著作では初めてのことである。詩の作者は一三四人、その他に〝読人不知〟の何人かが加わる。

これを訳した日本の翻訳者名は春月自身が六四篇と群を抜いているが、以下訳詩篇の多い順にあげておく。

生田春月　六四篇　山宮　允　八篇
上田　敏　三三篇　蒲原有明　七篇
森　鷗外　二二篇　内藤　濯　七篇
永井荷風　一六篇　中村祥一　六篇
堀口大学　一五篇　柳　宗悦　五篇
茅野蕭々　一一篇　松浦　一　五篇
与謝野寛　一〇篇　畔上賢造　五篇
秋元蘆風　八篇　浜田青陵　五篇

複数回の訳者は次のとおり。川路柳虹、高山樗牛、生田長江、尾上柴舟、厨川白村、西村酔夢、坪内逍遥、夏目漱石、児玉花外、有島武郎、土井晩翠、西條八十、三上於菟吉、岩野泡鳴、長谷川二葉亭、山本禿坪、橋本青雨、福士幸次郎、久保正夫、小泉徹、おぼろづきよ、松永信、増野三良、吉田玄二郎、片山伸らである。訳詩が一篇のみは六四人、失名氏訳を入れると総計で一〇〇人を超える。原詩の詩人の総数一三四人（作者不名含）、古代希臘、印度の詩人より現今の未来派、立体派、イマジスト等に至るまでを集めたものである。「編者序」に春月は記している。

実に世界文学史上の重要なる詩人は殆んど全部網羅したと言つても過言ではない。而して、其詩篇の総数に至つては約三百七十余篇に及んでゐる。其量に於て、本集は現在迄に現れた我国のいかなる詩集をもはるかに凌駕してゐる。（略）

終に各詩人に関する一般的知識を与へんがために簡単な評伝を附したが、その一個簡便なる文学史の体をなしてゐる事は編者自身の密かに誇とするところである。

巻末には「評伝」「訳詩について」「現行　名訳詩集書目」を付し、誰でもが欧米の詩に親しむことのできる配慮がなされている。「泰西の名詩を古今に亘つて普ねく蒐集して、一小冊子を以て西詩の真髄に悟入せしめるやうな詞華集」を完成させた自負と喜びを語っている。春月が自作をこれほど誇示するのは他の著作にはみられないことである。

大正八年二月に出した『ハイネ詩集』、同三月『日本近代名詩集』、『泰西名詩名訳集』はドイツ語と英語を習得して翻訳を始めた春月が、生活のための売文ではなく、自らが望んでいた翻訳書を出版できる場に立った観がある。矢継ぎ早に出される春月の訳詩集は、若い人によく読まれ多くの版を重ねている。若き日に好きな詩を愛誦した春月の感動が、そのまま読者に伝わってくる。それとともに抒情詩、散文詩ばかりでなく、民謡、聖歌、祝歌、鎮魂歌その他、人間的な感情が一冊の詩集に織り込まれ、そこには詩情に富んだオーケストラの趣を醸し出している。

この音楽性に富んだ詞華集を「玉石混淆」として批判する詩人があった。訳詩、評注を多く書き、自身も詩を書く学匠詩人・矢野峰人である。ことあるごとに「悪詩拙訳が大部分を占めて居り、その点些か羊頭狗肉の嫌ひがある」と終生にわたって書くことを止めなかった。春月詩作品についても然りである。春月がノートに書き写した原詩の句読点の脱落、何点かの訳者や詩の写し間違い、訳者書き写し忘れのため「失名者」（六人あり　筆者注）の作品を載せていることの指摘である。三七〇点余りある作品収録の数点の欠点を数えあげてすべてを断罪する。残念ながら粗さがしとしか思えない。批評・評論に遠く及ばない低次元の罵倒が、彼の最後の著作まで繰り返される。

自身は上田敏を師の一人とし、この名訳集の中に春月の次に最も多く収録されている上田敏もふくめて「悪詩拙訳」というのは、自身がどういう事を師に対して言っているのか考えたのだろうか。要するにこの評者は『泰西名詩名訳集』を罵倒するのが目的で、きっちりと読んだ批評ではない。アカデミックな学校教育を受けていない者に出来る仕事ではない、と言いたかったのだろうか。

この学匠詩人の作品は文語を多用し、叙情の純粋さにおいてその詩は清澄な響きをもっている。だが文語から口語自由詩に移ろうとする時代に、自らの作風にこだわり親しみやすく口誦され、若者に愛された詞華集を貶める理由にはならない。

佐野晴夫元山口大学教授は「生田春月編『泰西名詩名訳集』について　その歴史的意義と問題点」(山口大学『独仏文学』四～六号)において、表記の間違いなどその問題点を探していく。このような欠点は、長い年月をかけて手写された性格をもつため、原詩との比較ができないこともあり、これを認めながらも、大正八年という時点で、泰西の名詩を広く世に知らしめた功績を高く評価している。そして先の学匠詩人の不当な批判を数ページにわたって徹底して反論している。この学匠詩人は出発点において春月に意を含むところがあるらしいとあるが、ここまでとしておく。

また長谷川泉(国文学者)は「生田春月」(『現代詩鑑賞講座』第六巻　角川書店　一九六九)の中で、この学匠詩人を名指ししてやんわりと反論している。

最後に先の学匠詩人の著作を読んだ早稲田大学教授、仏蘭西文学者窪田般彌の感想「生田春月のこと」(『中央公論』一九七五年一〇月号)を引用してこの項を終わりたい。

生田春月は最近は殆んど詩集も刊行されず、新しい世代の人達が名前も忘れ去ろうとしているが、かつて大正年間は最も読まれた詩人のひとりであったと、前置して窪田般彌は言う。

　私は久々に本当に詩を愛する人たちに出会った思いがする。

　近頃は筆写とか暗誦といったことが不当に無視されているが、詩文に接する方法でこれに勝るものはない。詩の雑誌などを読むと、難解な哲学用語や晦渋な表現のみが目立つ文章や、一知半解の翻訳文にしばしば出くわすが、そうしたものは所詮詩とは何の関係もないものであろう。凡百の理屈をこねまわすより、詩は誦んじるほどに読めばよろしい。真のポエジイはそうしたところから生れる。春月は不遇な人間であったけれども、「数十冊のノート」や一巻の訳詩集ができるほど好きな詩を筆写したということを考えれば、彼は誰よりも詩を愛し、楽しむことができた幸福な詩人ではなかったか。

五　門下生へ外国語習得のすすめ

語学を習得した春月はそれによって生活基盤を得るとともに、精神的な支柱となり、多くの翻訳書を出した。英語の手ほどき、独語への導き、翻訳書出版の世話など師である生田長江の役割は大きかった。それに応えた春月に対して長江が「春月君は語学の天才である」と言ったのは、語学を習得するための刻苦勉励の超人的な努力をよく知っていたからであろう。

故郷での生活すべてを振り切って再上京した以上、語学習得は何よりも自活するための基本的な条件であった。その上に外国文学という広大な未知の世界を、自身の力で存分に探索することができるのだ。春月をして学ぶ喜びこそあれ苦痛ではなかったはずである。

春月は満を持していたように辞書を引き、夜学で習い始めて七ヶ月あまり、翻訳をしながら語学を習得していった。この二つが同時にできたのは、すでに日本文学の基礎を身につけ、外国文学も訳されたものを通じて多くの作品にふれていたこと、未知の世界文学の扉を開く期待に満ちていたことがあげられる。

その後一年の仕上げを独習し、翌年の大正二年から三年の初めにかけて、当時一高生の久保正夫と知り合い、お互いにノヴァリスを愛好していたことから、彼の作品をテキストにドイツ語を習っている。久保正夫は京都帝大に進学して東京を離れると、手紙のやりとりのみになる。

春月は大正三年三月に西崎花世と結婚したが、その翌月から新潮社の中村武羅夫にドイツ語を一年間教えている。同年九月にはツルゲーネフ『はつ恋』の翻訳を完成させ、新潮社から出版した。

そして大正四年、英語を習い始める。以前にも佐藤春夫や師の長江、与謝野寛・晶子夫妻の家で英語を学んだことはあるが、あまり得意ではなかった。そこで正則英語学校の教師であり、春月の投書家時代の友人であった中村詳一に教わる。ジョオジ・ギッシング『ヘンリ・ライクロフトの私記』をテキストに、夏の部を一日に一章ずつ読んだ。『ヘンリ・ライクロフトの私記』をいつ頃読了したのか記述はないが、この年の一〇月には植竹書店の依頼で、ドストエフスキイ『罪と罰』の翻訳を始めるので、このあたりまでと思われる。

繰り返しになるが、春月にとって翻訳とは何だったのだろうか。新潮社の文章学院の添削の仕事は続いていたが、翻訳によって生活の安定を得た。

二つめに重要なことは春月の詩作、評論に力を与えたことである。また広い意味で春月の芸術観を養った。何事も独学で習得した春月の学校は図書館である。語学力を駆使して欧米の新しい表現・思想を直接読み解くことは、春月を大いに刺激した。他人の解釈・翻訳を経ないで、直に作品を観賞することは春月の夢であった。

三つめに、春月が田山花袋、師の生田長江、小林愛雄から語学習得を勧められたように、門下生にも勧めたことである。

竹内瑛二郎の手紙（大正一〇年九月二八日）に「語学の方を留守にしないように……」と書き送っている。それに従って瑛二郎は神田正則英語学校の夜学に通うようになる。

渡辺陸三は春月を語学と文学の師として、度々生田家を訪れては教えを受けた。翻訳の勉学の方法について渡辺あての手紙が残っている。誰れか名家の訳と、自分の訳を比較してみること、名家としては二葉亭、鷗外、広津和郎などをあげている。

松尾啓吉は、春月と同じ独逸語専修学校で学んだ。彼はアカデミックな場にはまったく身をおかず、独自にハイデガーを研究し、日本で初めてハイデガー『存在と時間』上下巻（勁草書房　一九六〇、六六）を訳した市井の研究者である。語学・文学について師春月を慕った。

春月の妻・花世の末弟西崎満洲郎は、姉を頼って上京すると仏語の夜学に通った。春月は我が子のように愛し、満洲郎も春月の片腕となった。有能な青年であったが若くして亡くなっている。

門下生ではないが、春月は友人知人にドイツ語を教えた。新潮社の中村武羅夫であり、また布施延雄、奥栄一などの翻訳の仕事についても世話をしている。

春月の語学習得は世界の文学・思想、主に欧米諸国の作品を直かに読みとることができる夢の実現であった。これまでに記したように、その習得にあたっては刻苦勉励、超人的な努力をもってしたが、同時に大きな自信を得た。続く第一・第二詩集の刊行は、若い人に迎えられ、春月は以後旺盛な創作期に入っていくが、そのきっかけの一つが語学の習得にあったといえる。

六　「訳文　生田春月全集案」の計画

米子の広戸家には、春月ゆかりの遺品が大切に保存され、春月の次弟広戸節三の孫にあたる広戸克己氏が守っておられる。「訳文　生田春月全集案」は「澹雲春月帖」と表書きされた資料の中に入っていた手書きの草稿である。「澹雲春月帖」は昭和五年五月一九日、春月が自死した前後の新聞、雑誌の記事（中央・地方紙誌）その他の関係資料が保存されている。春月資料の新たな発見であった。

「澹雲春月帖」の名は春月の戒名からとられているが、奇しくも春月門下であった秋田市の竹内瑛二郎が大切にしていた春月の書簡及び瑛二郎の関係記録と同じ題名であった。このどちらもが春月をそれぞれの立場から追悼し、記録したものである。

さて「訳文　生田春月全集案」によれば、これは生田春月全集刊行米子後援会が、当時刊行配本中であった新潮社の『生田春月全集』全一〇巻に翻訳書が入っていないことから、第二期全集として事業に取り組もうと計画したものである。全集案をみると予約出版であり、巻数や段組み、価格まで設定してあり新潮社編集部との共同事業のようである。案が提案されたのは『生田春月全集』第四巻が配本された時期とあるので昭和六年四月である。当時の出版事情は厳しく「訳文生田春月全集」は刊行には至らなかった。だが春月の故郷でこのような計画が起っていたことは、春月追慕の念が強かったことを表している。未刊ではあったが、ひとつの記録として残しておきたい。

訳文・生田春月全集案

刊行趣旨　全集完結後出版さるる由のハイネ訳詩集の規模を大にして翻訳物の集大成及び断片物の集録をなす。

刊行巻数　約六巻。予約出版

幀　裁　四六判特製、約五百頁、一段組一冊一円以上一円廿銭位

発　行　昭和七年五月頃より昭和八年五月迄に予約募集開始

第壱巻　翻訳小説篇〔一〕

ビョルンソンに就いて（著作）

アルネ（ビョルンソン原著）（翻訳）

シンネェヴェ、ソルバッケン（ビョルンソン原著）

ズウデルマンに就いて（著作）

「猫橋」に就いて（著作）

猫橋（ズウデルマン原著）（翻訳）

「静かな水車場」に就いて（著作）

静かな水車場（ズウデルマン原著）（翻訳）

第弐巻　**翻訳小説篇〔二〕**
ラゲルレフに就いて（著作）
地主の家の物語（ラゲルレフ原著）（翻訳）
沼の家の娘（ラゲルレフ原著）（翻訳）
初恋（ツルゲエネフ原著）（翻訳）
春の波（ツルゲエネフ原著）（翻訳）

第参巻　**翻訳詩篇〔一〕**
ハイネ全集　詩の本
　　新詩集
　　物語詩
（附）ハイネに関する著作

第四巻　**翻訳詩篇〔三〕**
ハイネ詩集　ゲエテ詩集　泰西名詩選集（新潮社版）より
独逸詩篇　南北欧詩篇　世界文学全集第三七巻　近代詩人集より。
総論、各人小伝附但し「我の花環」より抄録せるものなり。
　その他翻訳詩全部

第五巻　**翻訳戯曲篇、翻訳小説篇〔三〕、評論篇**
手套（ビョルンソン原著）　翻訳戯曲

ララビアタ（ハイゼ原著）　翻訳小説
海の嘆き（サンピエル原著）　翻訳小説
少女の誓（シャトオブリアン原著）　翻訳小説
その他翻訳小説、戯曲全部
評　論
（附）翻訳年表

第六巻　雑文篇

「静夜詩話」「詩の作り方」
その他選後評、序文、講演、座談会等雑誌新聞等に発表された断片を集録する。
附　蔵書目録
再□此の外
書簡　篇
日記　篇
の希望あれど略す。（以下略）

そして生田春月全集刊行米子後援会事業についての報告の後に、生田春月（真蹟）原稿配布の記述がある。

七　終わりに

春月にとって翻訳とは何だったのだろうか。本編中何度もふれたが、改めて問うてみたい。

春月の訳詩集『私の花環』（新潮社　一九二〇）は五〇人の原作者の詩を集めたものである。「私の」と言っているように訳者は春月である。

「詩人は自ら訳することによって、その詩を自分のものにしたいのである。彼はそこに創作の喜びを味わいたいのである。」

春月は詩を訳すということをこのように考えていた。つまり原詩、あるいは原作者への愛情や憧憬がなければ、創造的な翻訳はできないと。単なる好奇心や詩の紹介といったところでは、原詩や作者と一体化し、自らの言葉の体系の中で表現することはできないからである。

春月の訳詩の原作者は、自身に気質や境遇の似た人、あるいは何よりも思想的に近い人、春月が多くの影響を受けた詩人である。ハイネ、ニイチェ、アイヘンドルフなど。その春月の想いを小松伸六（元立教大学教授）『美を見し人は』の「生田春月」の項から引用して終わりにしたい。

「生田春月全集」（全十巻）を通読して、小説は別として、かなりの文学者だと思った。とくに感想評論集四巻は、正宗白鳥の評論集と、ほぼひってきする面白さがある。忘れられた感傷詩人として、すてられていいものかどうかと思った。またその訳業のなかには、有名なハイネ、ゲーテ詩集は別として、昭和二年にトーマス・マンの「ゲーテとトルストイ」（「大調和」）を訳しているのには驚いた。もちろん本邦初訳であろう。ドイツ文学者としての春月の仕事は再検討されるべきだ。春月が、現在ほとんど文学史から抹殺されているのは、彼が、文壇外で生きていたこと、親しい文学者がいなかったこと、つまり〈片隅の幸福〉を説いただけの感傷詩人という文壇的定説がつよすぎたことだと思う。春月に翻訳が多いのは、〝随分沢山翻訳した。沢山仕事をしなければ食えないからだ〟（「片隅の幸福」）という理由だが、ハイネ、ゲーテ、メリメ、ヘルダーリン、レナウ、アイヘンドルフ、シュトルムなどドイツ・ローマン派の詩人を系統的に訳しているのは、彼の一つの見識を示すものである。私はこの詩人を見なおさなければならぬと思う。

第五章

春月の詩と音楽性「春月をうたう」

第五章

春月の詩と音楽性「春月をうたう」

一 春月の詩の曲

米子市立明道小学校が一九七三年、創立百周年を迎えたとき、記念事業として沿革の碑が建設された。寄贈者は生田春月の末弟・生田博孝である。碑には「明道校沿革ノ誌」の他に生田春月の事績や長編小説『相寄る魂』の冒頭の一節が刻まれている。沿革碑の除幕式の記念品には『相寄る魂』の抄本や、生田春月の色紙など七点が入っている。その中に『相寄る魂』の楽譜があり、これは米子市在住の音楽家・松田稔（一九〇二～不詳）の作曲であった。

生田博孝の努力もあって春月が明道校出身者というだけでなく、鳥取県の誇る人物として取り上げられていた。春月の最期は自死であり、そのことは小学校教育の中で教えることの難しい面があったと言われている。

しかし一九七〇年代も半ばになり、春月が亡くなってから四〇年以上経っている。春月の最期だけでその人を見るのではなく、生前の文学者としての活躍を評価し、学校教育の中で春月の事績を積極的に教えていこうという気運を高めるきっかけになった事業だと思われる。

学校ではよく浜灘へ遠足をした。夜見ヶ浜一帯の地はこう呼ばれているのである。

　その日生徒がいつより早く学校へ行くと、もう沢山集まっていて、学校の前の何々神社の境内や石段の上などでわいわい騒いでいる。

　そのうち先生たちも出て来て、校庭で整列して、愈々出発の命がくだる。

　校旗を先頭に揚げて、小さな子供たちは、めいめい萌黄の弁当袋を背中に斜に負うて、楽しげに町を繰り出す。

　沿道では家毎に人が出て見ている。自分の家の児を見出すと、声を掛けたり、急いで菓子を持たせたりする。


——相寄る魂——

文学碑『相寄る魂』
旧明道小学校　1973年

相寄る魂

生田春月詩
松田　稔曲

その他春月作品には本居長世が「夢は何とて」を作曲している。本居長世（一八八五〜一九四五）は音楽に関わる人にはよく知られた作曲家である。江戸時代の国学者・本居宣長六代目の子孫（大平系）にあたる。

本居長世は明治四一年（一九〇八）、東京音楽学校（現東京芸術大学）を首席で卒業した。母校の教育者となり助教授になった。しかし手に怪我を負ったことからピアノ演奏ができなくなり職を辞している。その後邦楽に興味を持ち、奥浄瑠璃、琉球音楽などにも関心を寄せて全国を回るようになる。

長世は邦楽と西洋音楽の調和をめざしたといわれる。このことが尺八の吉田晴風や箏の宮城道雄らと新日本音楽運動へと発展していくことになった。また大正から昭和にかけて多くの童謡作品を作曲し、「十五夜お月さん」、「七つの子」、「青い目の人形」、「赤い靴」、「汽車ポッポ」等がある。

春月の詩「夢は何とて」『春の序曲』（交蘭社　一九二三）に所収されている。本居長世の作曲は尺八助奏付、女声二部合唱曲である。一九二三年に出版された詩に本居長世がいつ作曲したのか、春月がその曲を聞いたことがあるのかはっきりしない。尺八（九寸竹）の助奏とあるが、その下に（またはFlute）とあり、助奏は尺八かフルートどちらでもよいということになる。Ｐｉａｎｏの伴奏とともに和洋どちらにも振れる曲である。米子市淀江町の足立史郎&春月プロジェクトからいただいたこの曲のＣＤを聞くと、抒情的であるが、メロディに東洋と西洋が交じっていると感じる。

二　岩上行忍作曲作品との出合い

二〇〇五年ある調査をしている時、偶然にも「鳥取音楽家クラブ　発表記念講演会」が一九五九年一一月一四日、旧鳥取県立鳥取図書館で開催した記述に出合った。「独唱歌曲「夕栄え」、「切られた髪」、生田春月作詞、岩上行忍作曲。ソプラノ独唱　掛森淑子　ピアノ伴奏　田村有子」というものであった。「夕栄え」、「切られた髪」ともに『侽草紙』に作品が載っており、『生田春月全集　第二巻』に収録されている。間違いなく春月の詩である。私はこの詩に曲があることを初めて知った。

調査の結果、岩上行忍はすでに亡くなられていたが、ご子息の奥様が倉吉出身ということもあり、親しくお話を聞くことができた。そのうえ現在残っている岩上行忍の作曲関係資料の大部分を、米子市立図書館に寄贈していただくことがとんとん拍子で決まった。信じられないほど幸運な出会いであった。

岩上行忍寄贈資料をもとに、氏の生田春月関係の事績を中心に年譜として拾い出しておきたい。

岩上行忍（一九九八年四月　七九歳）

一九〇九（明治四二）年二月一三日、東京生れ。

一九二九（昭和四）年　　三月　東京音楽学校（現東京芸術大学）卒業。作曲師事は宮原偵次、諸井三郎、基礎唱歌法は鳥取県出身・岡野貞一教授。

　　　　　　　　　　　四月　群馬県師範学校赴任
一九三〇（昭和五）年　四月　群馬県女子師範学校
一九四〇（昭和一五）年　四月　京都府立京都第一女学校。その後三年間召集。
一九四九（昭和二四）年　四月　京都市立堀川高等学校
一九五一（昭和二六）年　七月　群馬大学助教授
一九五八（昭和三三）年一一月　鳥取大学教授
田村虎蔵、岡野貞一他鳥取県出身音楽家の研究を開始。
一九五九（昭和三四）年　九月　鳥取音楽家クラブ結成、会長に就任。記念音楽会が一一月一四日、鳥取県立鳥取図書館で開催。ＮＨＫ鳥取放送合唱団〔指揮〕小幡義之、〔ピアノソロ〕西川妙子、鈴木恵一、〔独唱〕石田弥寿夫、掛森淑子〔ピアノ〕田村有子、岩上行忍。生田春月作詞、岩上行忍作曲「夕映え」、「切られた髪」を演奏。
一九六五（昭和四〇）年　田村虎蔵作曲、石原和三郎作詞の唱歌「大黒様」の楽譜を刻んだ顕彰碑建立。鳥取県音楽教育連盟会長　岩上行忍が代表して市へ寄贈。
一九七四（昭和四九）年　鳥取大学を定年退官
一九七五（昭和五〇）年　「岩上作品の夕べ」演奏会開催。
一九七七（昭和五二）年　横浜市に転居。作曲を続けながら写真技術を磨く。

一九七九（昭和五四）年　　　作曲サークルＧＴを発足。Ｇは群馬、Ｔは鳥取を指す。後ＧＫ
Ｔになるが Ｋは京都。

退官後も作曲を続けた岩上行忍は、生涯に校歌四〇曲、団体歌他一五曲、ピアノ曲三〇曲、ピアノ以外の器楽曲二〇曲、童謡二四曲、独唱歌曲五三曲、合唱曲四〇曲、他四曲の計二二六曲を作曲している。

自著『生きたしるし　流転の人生』に次のように記している。

作曲作品は作曲した個人が占有保存していても芸術の使命を果さない。公開し演奏されて評価を受けながら、作曲者個人から離れ多くの人が共有する音楽芸術となって生きることを願うのが、作曲の本質ではなかろうか。

これはいわゆる顕示欲とは違い、芸術は創られ展示されるのが本質である。作曲サークルＧＴは作曲作品を楽譜印刷して公開し、多くの人達が演奏をして評価し、一方では作品が楽譜として保存されることを期待して、自主・自費出版という仕事をすることになった。岩上のひそかな夢、自家編集の実現である。

岩上行忍について簡単に記したが、彼は生田春月の多くの詩に作曲してきた。それはどのようにして始まったのであろうか。

岩上は群馬県師範学校に新卒の音楽教師として赴任したばかりの一九二九年六月二五日、『詩集　抒情小曲集』生田春月著（新潮社　一九二九）を、前橋市の書店で買い求めた。春月の詩集が世に出てから一ヶ月後の新刊書である。教師になってまだ二ヶ月を過ぎたばかりの二〇歳で、作曲への情熱に燃えていた。岩上は生涯にわたり、折に触れこの詩集から作曲を試みている。そして春月は昭和五年に瀬戸内海に投身して世を去った孤独な詩人であること、その郷里が鳥取県米子市であることを知った。

岩上はこの詩集の序に、〝詩人・ポエトがあれば、茲には唱歌者（バアド）があるかもしれない……〟とあるのを見て、春月の詩は語句に自然な呟きがあり、真実な心を感じた。語句の呟きに歌の感覚が働いていて、哀愁を含んだロマン派の歌曲を生むのではないかと感じたのである。

甘美さや華美というのではなく、孤独であることがこの詩人の特徴である。それでいて自然の風物や人間の心を描く言葉そのものに明るさがあることを認めた。それは旋律をつけて歌謡されることを予想してつくられた詩ではないが、春月の詩に歌があることを岩上は感じたのである。

〝詩は音楽に恋をする〟といわれるが、まさに作曲者・岩上と詩人・春月の出会いであった。岩上はその後六〇年にわたって作曲活動を続けるが、作曲した後も改作手直しを繰り返して完成度を高めていった。

岩上行忍が春月の詩に出合った昭和四年（一九二九）は、春月の晩年にあたる時期である。春月は当時同時代の詩人では、萩原朔太郎と思想的に最も近い友人としてお互いに親愛の情を寄せていた。春月と朔太郎は虚無的な意識を共有し、それによっていっそう強くむすびついていた面がある。その頃朔太郎は離婚、そのうえ父が病気になったため、二人の子を連れて前橋の実家に身を寄せることになった。春月は東京を離れた朔太郎にとても会いたがっていた。すでに死を意識していた春月は、誰にも見せず二つの詩集を書きすすめていた。事実その一部を朔太郎に見せて評価を得、序文を書いてもらう約束をするなど意を強くしている。

春月が朔太郎に会いに前橋に行きたいと思いながら果せずにいたその頃、岩上行忍は東京音楽学校を卒業して前橋の群馬県師範学校に着任した。そこで作曲家として終生取り組むことになる春月の詩集に出合ったのである。勿論この時彼らはお互いに相まみえることはなかったが、このとき前橋における三者三様の思いが複雑に交差している。

その後岩上行忍は二度の群馬大学ほかの奉職の後、人生の後期を鳥取大学教授として音楽教育は勿論、鳥取の風土を主なテーマにした作曲、演奏活動を展開していった。岩上は鳥取に赴任して、春月の出身県に着任したことは奇縁であったと記している。

岩上行忍の音楽活動の一端に筆者が偶然行き当り、岩上の春月作品作曲の全容を知ることができた。そして彼の作曲関係の資料の多くが、米子市立図書館に納まったのである。

岩上行忍は春月ばかりでなく、多くの作品に作曲しているが、彼が目指したのは「日本歌曲」であった。西洋の独唱歌を源流とする歌曲である。シューベルト、シューマン、ブラームスなどに端を発した「ドイツ歌曲」、その他「フランス歌曲」、「イタリア歌曲」等は、それぞれ自国語の詩に曲がつけられたものである。つまり「日本語の詩に基づいた日本歌曲」を作曲するために、岩上は日本の詩人の抒情詩を捜していた。そして先に記したが「甘美や華美はなく、孤独だが、自然の風物や人の心を描く言葉に明るさがある」春月の詩に出合ったのだった。春月の詩による歌曲の場合は、「詩のもつ抒情性と感性とを言葉の発音と結びつけるように作曲した」と記している。

岩上行忍は『生きたしるし　流転の人生』に記している。「自然界にはいろいろな音があり、人間が生きる・生きているという営みにも音がある。それらを意識したと言っても、音楽としてはまだ素材の段階である。その意識を「音の造形」として捉えるとか、人間の営みとして演出することに音楽の片鱗がある。」と。

これは行忍の「ひとりごと」に出てくるが、「音」を「詩」に置きかえれば、まるで春月の詩論といかに呼応していることか。彼の日本歌曲によせる情熱が、春月の詩と響きあったのだといえる。

三　春月を語る会

前章で記したとおり岩上行忍の資料は、長男岩上敏行・慶子ご夫妻の好意により米子市立図書館に寄贈された。主な著作としては前章に引用した『生田春月の詩による作品集　独唱歌曲　合唱歌曲　全二十曲』（一九八三）、『流転の人生』（一九八八）、『ＧＫＴ作品集　あおぞら　声楽曲集』（一九八一）の三冊である。そのうち『生田春月の詩による作品集』は四〇冊近く複本があった。そこでこれらを図書館に受け入れた後に余部となった資料は、許可を得て春月関係者、音楽関係者に配布した。このことは更に他の作曲も含めて、春月の詩による作曲作品が集まるきっかけになった。

二〇一三年九月のことだった。春月と従妹（淀江・太田家）にあたる子孫の関係者は長きにわたり「春月を語る会」を開催していたが、私は招かれて春月を語ることになった。春月と従妹だった母を誇りにし、その子孫である自分達も春月に連なる者として男六人、女二人の兄妹、またその子どもたちも含めて大勢の縁者の方たちが、賑やかに春月を語り継ぎ、親睦を深めてこられたのだった。

この会は親族でなければ語れない出来事や、春月に寄せる想いがこもっていた。春月を語り継ぐ一筋の熱い流れがあることは嬉しいことであった。会の最後に以前春月会が開催した「春月ゆかりの現地めぐり」で配布した楽譜をもとに春月の「相寄る魂」が歌われた。それは本格的な演奏と歌唱力のある素晴らしいひとときだった。

私はこのときいたく心を揺さぶられた。春月の詩を読むだけでなく歌うことによって、その詩心を人の心に届けることができることを教えられた。歌唱指導を受けて松田稔作曲「相寄る魂」を全員で歌ったが、そこに集った人たちとの一体感があった。

四　春月の詩の作曲作品が集まる

春月作品を素材に、映像化、音声化（音楽化）、活字化、カレンダーの作成、物語の朗読・ＣＤ化と多彩な表現力・編集力を発揮して春月作品を楽しんでいるのは、米子市淀江町の「足立史郎＆生田春月プロジェクト」（史郎氏亡き後は「生田春月プロジェクト」）の人たちである。作品をアレンジ、編集しながら春月世界を現代風に甦えらせる仕事といえようか。

「足立史郎&生田春月プロジェクト」の多様性は、人的ネットワークの強さにある。筆者の場合春月の楽譜を入手すれば、それは新たな春月の活躍の広がりを伝えるものとして評価・記録することで満足する。私の調査は基本的にここで終わる。しかしこの集団は、徹底して春月の音楽作品がその他にもないか調査し、春月の詩につけられた曲を探していく。作曲作品が見付かれば次は国立国会図書館、東京芸大、東京文化会館他から楽譜や音源を探していく。楽譜が見付かれば、仲間の音大出身者に演奏してもらう。更に歌ってもらう。つまり春月の詩に曲があることを発見したならば、春月プロジェクトの面面はそれを徹底して楽譜の音楽世界をメロディや歌に再現する。春月の諸作品を活字の世界にとどめず、演奏や歌声にのせて聞くことにより〝音楽(おとをたのしむ)〟つまり〝音楽〟の世界に誘い、文学の世界とコラボレーションするのである。CD化することによって、誰でも日常的に春月の詩を口ずさみ、曲を楽しめるようにする。歌声に広がった世界を誰にもオープンにしている。

春月はあまり大きな声は出さず、低い声でボソボソと話したと室生犀星が春月の追憶に記している。自分の詩が日本歌曲を念頭に作曲され、ときにソプラノで高らかに歌われていると知ったら、春月はどんな顔をするだろう。春月プロジェクトの足立さんは「遊びですよ」と言われるが、楽譜を探し出して歌唱するにいたるプロセスは、著作権の壁を突破するなど並大抵のことではない。

レコード発掘など一例をあげれば、『昭和流行歌総覧（戦前・戦中編）』村越光男編（柘植書房新社　二〇〇六）によって、春月の「故郷の唄」がレコード化されていることを知るとレコード店に行き、アンティークに属するレコードを一枚一枚ひたすら探していく。こうして昭和六年に発売されたA面・蕗谷虹児「花嫁人形」、B面・生田春月「故郷の唄」が入っているコロムビアのレコード（ジャ

「故郷の唄」コロムビアレコード（ジャケット付）

ケット付）を発見した。

コロムビアの前身である日本蓄音器商会の創立は明治四三年（一九一〇）で、昭和二年（一九二七）コロムビアレコードとなる。昭和六年（一九三一）に米国コロムビアから譲り受け、すべてのレコードマークを統一した。それがレコードジャケットの写真の下にある音符のマークで、黒盤で七八回転SP盤、片面が四分三〇秒である。

昭和六年（一九三一）のレコード盤の年間発売タイトル数は不明だが、総生産数は一六、八九五枚。蓄音機そのものが珍しい時代なので、現在と比較できないほど貴重なものだったと思われる。ちなみに流行歌がレコードで売られるようになった最初の大ヒット作は、大正三年（一九一四）の芸術座公演『復活』トルストイ原作　島村抱月訳の劇中歌、松井須磨子の歌う「カチューシャの唄」で、約二万枚を売り上げたという。

レコードA面の蕗谷虹児は春月の詩集にさし絵を書き、『春の序曲』の表紙をデザインしている。彼自身も詩を書き九冊の詩画集がある。蕗谷虹児は自身の絵を抒情画と名付けていた。抒情画に定まった定義はないが、明治末期の竹久夢二に始まり、大正期の蕗谷虹児、加藤まさを、須藤しげる、高畠華宵で定型化した。そして昭和前期の中原淳一、松本かつぢに受け継がれた画風であり、近代日本美術の主に出版美術に属するものといわれる。

春月と虹児の直接の交友関係を示す活字資料は残っていないが、抒情詩、抒情画の世界でお互いの名前や活躍は知っていたと思われる。

生田春月の詩につけられた作曲作品一覧

足立史郎&生田春月プロジェクト及び筆者の調査による。曲名は原作詩に統一した。

	曲名	作曲者	詩の出典	楽譜ほか出典
1	故郷の唄	杉山長谷夫	『麻の葉』	コロムビアレコード　柴田秀子（歌）
1・2	故郷の唄	小梯泰明	『麻の葉』	馥郁譜
2	夢はなにとて	本居長世	『春の序曲』	
3	相寄る魂	松田　稔	『相寄る魂』	「明道校沿革の碑」除幕式記念品
4	落葉	山本喜三	『麻の葉』	テープ作品
5	思念	山本喜三	『麻の葉』	『声楽曲集あおぞら』
6	ひとすじ	山本喜三	『麻の葉』	テープ作品
7	諦観	山本喜三	『麻の葉』	〃

7・2	諦観	岩上行忍	『麻の葉』	「生田春月の詩による作品集」
8	母	岩上行忍	『春の序曲』	〃
8・2	母	小梯泰明	『春の序曲』	馥郁譜
9	故郷の唄	岩上行忍	『麻の葉』	「生田春月の詩による作品集」
10	きられた髪	岩上行忍	『俤草紙』	〃
11	新しい春の歌	岩上行忍	『春の序曲』	〃
12	夕栄え	岩上行忍	『俤草紙』	〃
13	六月の夢	岩上行忍	『麻の葉』	〃
14	夢を愛す	岩上行忍	『宣言』	〃
15	窓辺の春	岩上行忍	『俤草紙』	〃
16	風なきに花は	岩上行忍	『春の序曲』	〃
17	白インコと鶯	岩上行忍	『夢心地』	〃
18	深山桜	岩上行忍	『麻の葉』	〃
19	人魚	岩上行忍	『麻の葉』	〃
20	舟中	岩上行忍	『麻の葉』	〃
21	燕	岩上行忍	『麻の葉』	〃
22	憂き鴎	岩上行忍	『麻の葉』	〃
23	朝のさえずり	岩上行忍	『麻の葉』	〃

24　花暦　岩上行忍　『俤草子』
24・2　花暦　下総晥一　『俤草子』　東京芸術大学
25　水の上　岩上行忍　『俤草子』　『生田春月の詩による作品集』
26　林中小池　岩上行忍　『俤草子』　〃
27　帰郷記（仮題）　不明　『相寄る魂』採譜　佐野晴夫、佐野未来子
28　妻　小梯泰明　馥郁譜
29　寂しき心　小梯泰明　馥郁譜
30　秋風に寄す　草川　信　国立国会図書館
31　月に寄す　草川　信　日本近代文学館
32　わがねがひ　草川　信　国立国会図書館
33　感傷　江藤　輝　国立国会図書館
34　夜の思ひ　江藤　輝　国立国会図書館
35　旅寝　清瀬保二　『清瀬保二歌曲集１』
36　野辺の小唄　清瀬保二　『清瀬保二歌曲集１』
37　奴隷の歌　清瀬保二　『清瀬保二歌曲集１』
38　夕暮の祈祷　清瀬保二　『清瀬保二歌曲集１』
39　泉のほとり　清水　修　『歌曲集　十人集４』
40　秋の小唄　下総晥一　東京文化会館

41　秋の夜　　　　　　下総皖一　　　　　東京文化会館
42　水草　　　　　　　下総皖一　　　　　コロムビア
43　花あやめ　　　　　下総皖一　　　　　東京芸術大学
44　弁髪の時代から　山田一雄　　　　　東京芸術大学
　　※東洋の月　　　　服部　正　　　　　大島庸夫作（生田春月に捧げる歌『真珠頌』所収）

春月は詩と音楽の関係について、詩人は詩と同じように音楽をもっとも愛していると言う。しかし詩と音楽は同じではない。音楽にあるのはハアモニイやメロディであり、詩はリズムである。詩は音楽に近いけれど、音楽そのものではない。ある詩が作曲され、演奏される時、詩ははじめて音楽と融合するのである。このとき詩の本質と音楽の本質は共存するのだと『新らしき詩の作り方』で大意このように述べている。春月の詩をうたってこそ詩も生きるのだと思った。

五　「春月をうたう　詩の朗読とうたう会」開催

発見した春月の詩の曲（楽譜）は四四作品あり、作曲数としては四七曲が存在する。「故郷の唄」、「母」、「諦観」、「花暦」には二つの曲、つまり一つの詩に別の作曲家が曲をつけている。これ以外にも楽譜が確認できないいくつかの作品や、春月に捧げられた詩の曲がある。

また岩上行忍はこの一覧の他にも春月の詩に作曲をしているが、その多くを個別の楽譜のままで保存していたため散逸してしまった。春月詩の作品名がわかっていて楽譜のないものは、昭和四九年（一九七四）に「混成四部　合唱組曲　野ゆき山ゆき（生田春月詩）全七曲」がある。しかし岩上はこの中の「柳によせて」（アカペラ（無伴奏））、「初夏」（ピアノ伴奏付）、「花あやめ」（テノール独唱・ピアノ付）、「冬枯れ」（アカペラ）の四曲は、『生田春月の詩による作品集』に収録しなかった。一九七四年作曲当時の楽譜は存在したであろうが、いただいた岩上家からの資料にはなかった。一部資料を鳥取大学に寄贈したという記述があることから、鳥取大学附属図書館で所在調査をしたが、「きられた髪」以外は全く所蔵がなかった。

しかし「花あやめ」は、下総皖一が作曲している。これらのことから春月の詩につけられた作曲数としては五〇を超えることが確認できた。

歌曲を中心とした調査では、春月と同時代の多くの詩人の作品に曲がつけられていた。一例をあげれば、島崎藤村、三木露風、石川啄木、前田夕暮、山村暮鳥、北原白秋、与謝野晶子、萩原朔太郎、室生犀星、佐藤春夫、福田正夫、白鳥省吾、三好達治等で、主に小曲集から選ばれている。

岩上行忍によれば、東京音楽学校（現東京芸大）を卒業すると声楽家・演奏家としてプロを目指した人もいるが、多くは東京以外の地方の師範学校や旧制高校（現大学）に音楽科の教師として赴任した。地方の音楽教育と音楽レベルを向上させることが目的であり、そのための授業料免除であった。しかし多くの教員は音楽教育ばかりでなく、演奏家・声楽家・作曲家としてそれぞれの得意分野でも活動し、後進を育てながら地方の音楽文化向上に寄与したのであった。

岩上行忍は主に群馬、京都、鳥取で大学の教壇に立ったが、赴任地では自身の得意分野である作曲、演奏活動で活躍した。春月の詩ばかりでなく、島崎藤村、北原白秋、九条武子、前田夕暮、三木露風、深尾須磨子、三好達治、大木篤夫、伊東静雄等、多くの詩人・文人の詩に作曲している。

鳥取では鳥取音楽家クラブを結成、会長として個人の活動だけでなく地元音楽家と交流しながら、地域を啓発する音楽活動に力を注いだ。このような活動を知るにつけ、私は米子でも岩上行忍作曲の春月詩作品が歌われる機会をもちたいと思った。

その思いを形にしたのが二〇一五年一〇月三日、米子コンベンションセンター（小ホール）に於いて「春月をうたう」会の開催だった。当日はマスコミの後援が多かったことから、予想以上の観客を動員し、超満員の会場で盛会裡に終えることができた。事業の報告書の一部をもってここに記録しておきたい。


〈出演者〉

朗読	南家教子	米子朗読ボランティア火曜の会主宰
歌	白石由美子	鳥取短期大学教授
	雑賀尚枝	西伯小学校教諭
ピアノ	山城裕子	ピアニスト
	佐川節子	音楽教室主宰
解説	上田京子	春月会代表

「春月をうたう」会は生田春月の詩の朗読と歌、文学者春月の歩みと業績を解説、このコラボレーションで進行した。

「われは水草たよりはないが、風にゆらいでのびのびと」と歌っているように、春月久恋の地、思慕の国なる出雲の国を「自分がこんなにもふる里を思い、伸々とした心をみせた点で、とても好きな作品である」と春月は語る。長編『相寄る魂』を書き終え、一三年ぶりに帰省したときの土産となる作品が「出雲新唱」である。「出雲古謡」をふまえて作られたもので、これを出雲弁の朗読で聞くと、まさにふる里に帰っていく心地がする。春月は伯耆も出雲もふるさととして歌っている。

忘れられて遠いところにいた詩人・春月が、日常生活の中に口ずさめる人になったひと時であった。歌は人の心を揺さぶり結びつけたのだった。

これだけ纏まった春月の詩がステージで朗読され、歌われ、解説され、会場の展示も含めて春月の全体像のみえる催しは初めてのことである。「春月をうたう」会は四〇年ぶりに岩上作曲作品が歌われ、詩が朗読された画期的な催しとなった。

この三年後「春月をうたう」(春月会主催)第二弾で、「愛と望郷の旋律」をテーマに米子市淀江文化センターさなめホールにおいて開催した。

〈出演者〉

歌　白石由美子　鳥取短期大学名誉教授

渡邉寛智　島根県立大学短期大学部専任講師

朗読　矢末美智子　ＮＨＫ文化センター米子朗読教室
　　　野口愛子　ＮＨＫ文化センター米子朗読教室
ピアノ　渡邉芳恵　鳥取短期大学非常勤講師
解説　上田京子　春月会代表

第六章

社会主義へのかかわり

第六章　社会主義へのかかわり

一　社会の矛盾に目覚める

生田春月は一〇歳のとき家業の酒造業が破綻した。それを挽回すべく父の左太郎は株の投機に手を出し、また大根島で酒造りを企て、酒の販売先であった出雲地方に度々出かけ事業の再建に奔走したが、すべて失敗に終わった。親戚にも借金の肩代りで迷惑をかけ、ついに金策尽きて日露戦争下の朝鮮に渡った。

この時期の春月は角盤高等小学校二年で、詩歌に親しみその早熟さをまわりからも認められていた。県下でも有数の酒造家のお坊ちゃんであったが、破産とともに大きな屋敷は売られ、極貧の生活を送ることになる。このことは前作「二章　流浪の少年時代」で詳しくふれた。春月はみじめな零落と貧困を体験したことから、後年次のように回想する。

> 私は年少の頃より、あらゆる不平等といふことに本能的の憎悪を抱いてゐた。これが私をしてソシアリズムに熱烈なる同感を抱かしめるに至つた第一の原因である。私は幼い眼をもつて、周囲を眺めて彼処に宏壮な邸宅を構へて豪奢の足らざるをこれ恐れてゐるかのやうに見える富豪があり、此処に其日の食にも窮してゐる貧家のあることを不思議に思はずにはゐられなかつた。こ

れは勿論、私の家が破産し、零落して、私がいろいろな逆境に堪へなければならなかつたといふ不幸に基因してゐるかも知れない。

（『片隅の幸福』大正八年）

春月は朝鮮で暮らしはじめたとき、仕事もなく一家六人が六畳一間で暮らす家でゴロゴロと日を送っていた。その時近くに住む婦人から木下尚江の『良人の自白』を借りて読んだ。全四巻のこの長編を夢中になって読み、二日で読了した。

『良人の自白』は木下尚江の『火の柱』に次ぐ二作目の小説で、現在は岩波文庫に入っており、林広吉はその意義を「彼の作品は、今日みれば、決して充分なものであるというわけにはいかない。それにしても当時『火の柱』や『良人の自白』が世人に与えたはかりしれない感動と、それの演じた社会的・歴史的役割の大きかったことを思えば、そのような足りなさを補ってなお余りがあるといっていいであろう。」と解説している。

春月は主人公白井俊三の人生を通して、この時代の社会問題が多方面にわたって作品に盛り込まれているのを見る。そして自身の境遇と重ねながら全身でこれを受け止めたのであった。

当時、多くの文人がこの小説を読み感動したことを書き残している。

石川啄木の「明治三九年日記」の三月九日に、「『毎日』には社会主義者木下尚江が第三の小説『新曙光』が載つて居る」とあるが『新曙光』は『良人の自白』続編の原題である。啄木は木下尚江の小説はすべて読んでおり、大きな関心をもっていた。また後に春月の生涯の友になる加藤武雄は『文芸東西南北』に、木下尚江のこのような小説を自分も書きたいと願ったことを記している。

『良人の自白』は、作品の完成をみた四年後発禁となった。社会主義者でクリスチャンであった木下尚江は小説という形で当時の人たちを強く動かし、社会問題を意識させたのである。春月はキリスト教的社会主義という言葉は知らなくても、この作品の影響もありこの頃から聖書を手にとるようになる。その後東京に出てきた一六歳の春月は、再び木下尚江の作品に出合う。ソーシャリズムはさらに春月の中に深く根を下ろしていった。

二　時代の動き

春月が東京に出てきたのは一九〇八年（明治四一）七月であるが、この前後の世相、社会運動の動向を概観しておきたい。

明治の社会思想は藩閥政府に対する民主的自由の要求から生まれたものであった。自由民権運動はフランスやイギリスの自由思想を武器に専制思想や国権思想と戦った。そして資本主義の発達に応じて社会問題・労働問題が起こったが、国家権力の弾圧にたちまち解体せざるをえなかった。この明治期の先駆的な社会主義は全体として啓蒙宣伝の域にとどまり、知的階級の活動に限られたものであり、大衆運動との具体的な連帯をつくり出すには至らなかった。

一方で明治期の資本主義は日清・日露の大戦を経て、ようやく帝国主義の段階に達しようとしていた。政府は急激な膨張を続ける資本制の生産を擁護するため、国をあげてこれを推進した。そして様々な矛盾を抱えたまま、資本主義社会が生み出した労働者の民主的な要求を警戒し、国家権力による強圧が発動されたのである。天皇制が権力のいっさいの非合理性を正当化し、歪められた愛国心で大衆の階級的な思想を押し潰したのであった。

しかし資本主義社会が発展するとともに、中産階級・プチブルジョア・インテリ層が一つの社会層としてうまれた。彼らは近代精神や合理性をもち、民主化の動きを推進することになる。

一九一〇年の大逆事件を機に政府の激しい弾圧は、これまでの社会主義運動を潰滅させたが、民主的な潮流までも塞ぎ止めることはできなかった。その現れとして個性の尊重と創造力を重視する理想主義を揚げ人道主義の一分野を開いた白樺派が、大逆事件と同年に立ち上った。また女性達が評論・文芸作品を通して、婦人の解放を主張した。平塚らいてうらの青鞜社の結成（一九一一）はこの流れにあるといえる。

一方で当時の社会主義陣営は大逆事件の打撃から立ち直ることができず、大衆運動の指導など官憲の厳しい監視のもとではできることではなかった。この社会主義の「冬の時代」に片山潜、石川三四郎は海外に亡命し、堺利彦は売文社（一九一〇〜一九一九）を起こした。社会主義者の生き残りの同志の仕事をつくり、活動再開の時を待つことにしたのである。そのような中で大杉栄と荒畑寒村は文芸思想誌『近代思想』（一九一二年一〇月創刊）を出している。

春の来ることのなかった「冬の時代」と言われるが、それでも社会主義者たちは体制変革の意思を強固に持ち続けた。この時代は思想的にはいまだ体系化されていなかったが、反権力、戦争反対という点では堅固な思想性を備えていた。

一九一四年、第一次世界大戦が始まり、それに乗じて日本の産業は飛躍的に拡大した。資本の集中は独占資本主義の時代に入り、同時にそれは大量の労働者・無産階級を生み、彼らが近代的プロレタリアとして質的発展を遂げる時代になったことも意味した。

一九一六年、東京帝国大学教授・吉野作造の民本主義は、当時のジャーナリズムの論調に公共性を与えたといわれる。また同年の京都帝国大学教授・河上肇の「貧乏物語」（大阪朝日新聞連載）は、広範な読者をとらえ資本主義の発展にともなう貧富の拡大を世に知らせ、その解決策を説いた。

一九一八年の米騒動は、表面こそ主婦たちの街頭の民衆暴動の形をとったが、実際は民衆の専制政治に対する不満の爆発であったといわれる。

この民衆の声は大正デモクラシーが新段階に入ったことを意味した。そして明治四四年以来沈滞していた普通選挙権獲得運動は、市民結社が参加し大衆的な基盤をつくりあげ、労働組合や農民組合も加わった。婦人参政権運動も新婦人協会を中心に活動し、労働組合運動は一九一八年の一〇七団体から五年のうちに四三二の組合組織に達した。続く大正一一年の水平社の結成、日本農民組合も全国単一組織に向けた動きをみせるようになった。

社会主義者、無政府主義者もこの機運に乗じて活動を始め、大杉栄、荒畑寒村は第二次『近代思想』創刊、堺利彦は『新社会』を創刊した。ここに大正デモクラシーの昂揚がみられるようになった。

しかし一九二三年の関東大震災下の大混乱と、後の昭和天皇・裕仁を無政府主義者・難波大助が狙撃し失敗した虎の門事件は、権力の強圧を断行させることになる。そのため大衆的な基盤の弱い共産党は瓦解し、この大震災に乗じて多くの社会主義者が当局の手によって虐殺された。中心人物の大杉栄を失ったアナーキズム、サンジカリズム陣営も凋落させてしまった。

春月がいまだ思想の形はとらないまでも、社会主義的傾向を胸に秘め、師の長江の影響もあってそのまわりにいた社会主義者に近づいていったのはこのような時代であった。

三　社会主義とのかかわり

㈠　木下尚江（一八六九～一九三七）

生田春月は一家とともに朝鮮で極貧の生活を送っていた一五歳のとき、近所の婦人から木下尚江著『良人の自白』を借りて日に夜を継いで夢中になって読了した。小説という誰でも手にすることのできる物語から、春月は「社会主義」という思想を教えられた。というより社会主義という言葉も知らない一六歳の少年春月は、日頃自身が思っていたもやっとした気分に、明確な言葉・思想をもって示してくれたのである。

春月が直面していた疑問は、現在の社会制度のなかで富者と貧者があるのは何故かということであった。その答えは搾取する者とされる者の関係が存在することにあると。そこから見える貧困・差別・戦争はその根は一つにあることを、おぼろげながら知るのである。

小説『良人の自白』から受けた春月の覚醒は、いわゆる型にはまった学校教育から生れたものではない。生活の中から何故このような貧富の差があるのか、常に疑問に思っていた者に与えられた答であった。

この頃の春月について少しふれておきたい。

零落した生田左太郎一家が朝鮮に流れていった時、家賃の最も安い佐須土原の遊郭内に住んだことがある。少年の春月は、金で身を売る女たちの日常のすぐ隣で生活した。遊郭に身を沈めた女たちが、劣悪な環境の中で心身に不調をきたす者、あるいは置かれた状態に慣れきって自堕落になる悲惨な姿を目にした。春月といわなくても少年期の人間がこのようなありさまを見て、何も考えない者はいない。零落、貧乏、歓楽の巷の絶望の横にいる春月は、木下尚江に、当時の尚江の思想的な基盤であるキリスト教社会主義の影響を受けることになった。

その後の木下尚江は幸徳秋水、堺利彦、石川三四郎らとともに明治初期の社会主義者として、凄まじい気迫と闘志で生きた前半生がある。しかし日露戦争の勝利に酔う国民に絶望、社会主義運動内部の対立に煩悶を深め、母の死を契機に突然一切の社会主義運動から身を引き、以後故郷に引きこもってしまう。

政府の弾圧は厳しく社会主義の冬の時代に、突然運動から離れたことは多くの非難をあびた。しかし運動から離れた後半生においても、尚江は日本の近代化によって生まれた様々な矛盾に対して終生批判の目を向け、足尾銅山の田中正造の活動を助けている。

これまで春月が尚江から受けた影響を述べたが、当時の尚江の思想、つまりインテリゲンチャのキリスト教は明治時代にどのように受け入れられたのだろうか。結論からいえばキリスト教は純粋な宗教としての教えのほかに、まず倫理上の社会道徳、別の言葉で言えば欧米の新しい思想を知る一つの手段として受け入れられた面が大きい。

国をあげて欧米化政策が進められたことから、欧米の精神の根幹であるキリスト教に関心を持つものが増えていき、先にあげたように新しい社会道徳の思想として、多くの若者がキリスト教に近づいていった。なかでも明治初期のプロテスタントは教育関係者への活動が活発で、主に上・中流階級に伝導を行い、とくに知識階級・士族階級が伝道の中心であった。

この流れは明治初期の社会主義運動において、キリスト教社会主義が指導的役割を果たしたことと連動する。社会主義運動には、アメリカに留学したキリスト教徒と、一方に自由民権運動のフランス唯物論の流れをくむ一派があった。明治初期の社会主義理論を指導したのはキリスト教であったが、社会主義運動が理論的な研究段階から次第に実践運動に移ると、その指導的役割は唯物論の流れをくむフランス唯物論の一派に移っていき、キリスト教社会主義者は後退していった。明治中期以降、日本は富国強兵策をすすめ、近代国家への歩みを始めると国枠主義的思想が強くなり、キリスト教に対する考え方に変化がおこった。

一八八九年「大日本帝国憲法」が制定され、立憲民主制がしかれると、信仰の自由は限定されるようになる。さらに一八九〇年、天皇制に対する忠誠を説く「教育勅語」により、キリスト教への風あたりが強まっていく。

東京帝国大学教授・井上哲次郎は『教育と宗教の衝突』（敬業社　一八九三）を著し、キリスト教を攻撃する。曰く、教育勅語は国家主義を基本原理とし、忠実を中核とする。しかしキリスト教は世界主義で、愛に差別なしとするから、日本を愛しない。また天皇の上に神があり、キリスト教があるということは、天皇制に反し、教育勅語の精神に反すると主張した。

こうしてキリスト教社会主義は後退していったのである。木下尚江は母の死を契機として、突然一つの啓示を受け、自己の鋭い直観に従って一切の社会主義運動から身を引き、故郷に隠遁した。

(二) 石川三四郎（一八六七〜一九五六）

石川三四郎については第三章「生田春月の書簡・日記・肉筆原稿等から見えるもの」で、石川の紹介と春月との関係を記した。ここではキリスト教と社会主義、消費組合と郷土の結びつき、この二つの視点で述べたい。

石川三四郎

(1) キリスト教と社会主義

石川三四郎は社会主義者・革命家であるが、臼井吉見は石川から教えられたという「人生の二つの闘い」について次のように言う。「その一つは、己を取り巻いている外の非合理との闘い。二つめは己の内部に存在する無明、つまり私利、私欲、エゴイズムの闘いであると。この二つの闘いを同時に行うことが、人間の闘うことの道である」。まるで求道者のような言葉だ。

石川の二つの闘いで思い出すのは木下尚江である。尚江にとってキリスト教は、純粋な宗教としてより、まず倫理上の社会道徳として受け取っていた。キリスト教社会主義者の尚江は、革命を単に社会制度や組織の変革を目的とするだけでは完全ではないとして、社会を構成している一人ひとりの内的な革命によらないかぎり、本当の革命は実現しないと考えていた。尚江がキリスト教から社会主義運動に入った動機がここにある。石川と目ざす方向は同じである。

後年、春月は「或る叛逆者」に言う。

　人間の思想と実践——それは大きな問題だ。（略）主義や思想は借物でも間に合ふ。これを意義あらしめるものは、その人格であり、人格の必然的発現であるところのその行動でなければならぬ。主義、思想を問うて、その人を問はぬのは、従来、わが社会主義者の通弊であつた。

石川三四郎、木下尚江、春月の三者の社会と個人の二つの闘いに対する考えは基本的に同じだ。春月がその晩年に石川と出会い急速に彼に近づいていったのは、石川の内的革命に共鳴した面があるからだ。木下、石川、春月は年齢も生き方も異なるが、三人はともに唯心論から離れなかった。その精神の根底において共通したものがあったのである。

(2) 消費組合と郷土の結びつき

㋑鳥取無産県人会

石川三四郎の著書に『消費組合の話』(平民社 一九〇五)がある。これは社会主義的知識普及のため、『社会主義入門』、『地上の理想国スイス』、『社会民主党の建設者ラサー』などとともに、平民文庫のシリーズの一冊として出版された。日本で初めての消費組合に関するまとまった著作といわれる。その「序」を堺利彦が書いている。

消費組合は、今、日本の社会においては正に勃興の機運に向っているので、この際、石川君の諸述が世に出づるのは、まさにその時を得たものと言はねばならぬ。(略)

四月二十日。平民新聞の筆禍により、まさに入獄せんとする前日。 堺 枯川

石川は消費組合とは、「若干の人が団結して資本を出し合い、その金で卸売店から日用品を買入れ、それを通常の価格で組合員に売却し、その純益金を購買者の買高に応じて分配する。」

「この仕組から見ても、この事業が主として労働者諸君や、小農家、小作人諸君の様な、まとまった金がないためやむなく小売店の高い物品を買っている人たちには、はなはだ必要かつ有益」なものだと言う。続いて消費組合の発達史、状勢、組織、運営方法を具体的に説いていく。

消費組合の存在意義については、「社会の根治法は、これを社会主義的改革に待たねばなるまい。今は準備の時代である。準備の第一歩は貧しき労働者の団結を確立し、足元を固める以外にない。」

とある。

この石川理論や他の消費組合論に刺激され、消費組合は各地でかなり実践化された。その一つに東京・城西消費組合（一九二六〜一九四二）がある。

中心的な組合員には、橋浦泰雄（民族学者、画家）、新居格（評論家、戦後杉並区長）、奥むめお（婦人運動家）、橋浦時雄（日本共産党の創立者の一人）らがいる。創設当初、同組合は労働争議を支援し小作争議を行う小作人側から米・白菜を仕入れるなど、「革命」の「輜重隊」として機能した。また「家庭会」を組織して初めて家庭の主婦を婦人運動に取り込んだばかりでなく、ガス料金値上げ反対運動、米よこせ運動、東京魚市場単複問題にかかわって地域の住民運動を主導した。大正・昭和初期に、いわゆる大正デモクラシーの中で、都市部には社会運動を行う消費組合が数多くつくられたが、城西消費組合は最も熱心に社会の革新を目指した組合の一つである。

創設当初、同組合の急進的な姿勢は地域住民の支持を得、様々な運動に参加することが組合員の獲得にもつながっていた。ところが１９３０年代の後半になると組合活動は停滞し経営危機を迎えて、最後には、これまで批判してきた消費組合に吸収合併されることとなる。

「戦時下リベラリズムの軌跡　城西消費組合の活動を通じて」尾崎智子著（同志社大学人文科学研究所）

ここでは二つのことを取りあげておきたい。まず一点目はこの城西消費組合が停滞したのは、従来は国家の弾圧が原因だとされてきたが、これ以外にも中心的な組合員と一般的な組合員との考え方の乖離という別の要因があった。ここにあげた中心的な組合員の四人を限ってみても、いずれも名を知られた社会主義者や婦人運動家である。彼らにとって消費組合の設立は、労働組合の組織化や婦人解放運動が本来の目的であった。石川三四郎も記しているように消費組合運動はそのための地ならしと捉えていた面がある。このことは消費組合が軌道にのってくると、商品を安く買うのが主な目的の一般的な組合員と、労組の組織化や婦人解放運動を目指す中心的な組合員の目的がずれていくのは必然的なことであった。

二点目は中心的な組合員にあげられている橋浦泰雄（一八八八〜一九七九）、橋浦時雄（一八九一〜一九六九）は、鳥取県岩井郡大岩村（現岩美町）出身である。彼らが消費組合創設にかかわっていたことを私は初めて知った。彼らは石川の消費組合の主張を共有していたといえる。

兄泰雄は鳥取地方で初めて発行された第一期文芸誌『水脈』で中心的な存在だった。長くは続かなかったが、上京後は有島武郎に師事しプロレタリア芸術家として活動、全日本無産者芸術連盟中央委員長を務めた。また民俗研究も長く、柳田国男に師事している。

ここで注目したいのは橋浦兄弟と涌島義博が中心になって組織した東京在住鳥取出身文士（含関係者）の親睦会「鳥取無産県人会」である。右派も左派もイデオロギーも超え、個人的な葛藤もひとまずおいて、「同郷」、「鳥取」という枠組みだけでまとまりをつけた親睦会である。橋浦兄弟、涌島義博、白井喬二らが中心人物だった。春月・花世夫妻もこれに参加している。二〇名前後の参加者があったというが、具体的な親睦内容は今のところはっきりしない。

橋浦泰雄と春月は、泰雄が第二回メーデー（一九二一）に参加したことから投獄されたとき、春月はこの年四月に越山堂から出したばかりの自著『日本民謡集』を泰雄に差し入れしている。泰雄は彼の著『五塵録——民俗的自伝』（創樹社　一九八二）にこのことを感謝して次のように回想している。

深くも交わっていない彼が自著を差入れてくれたことは、明らかに慰問の好意からで胸が熱くなった。ことに民謡集はウィットに富んだ日本農民の思想感情を端的に表現したものが多く収録されていて、こうした編著であればこそ獄中の私に差し入れてくれたのだと思えてありがたかった。

続いてこれは貴重な好著であり今も愛蔵していると記している。このような県人会、郷土人会は全国的にどこでも見られ、当時の郷土意識の靭帯の強かったことがうかがえる。先にとりあげた木下尚江も「松本親睦会」に入っていた。これは明日の郷土のエリート集団で、卒業と同時に何者かになる人物として松本の社会に迎えられることが約束されている会だった。その点「鳥取無産県人会」は、思想的な縛りはなく広い意味での文士や関係者なら、誰でもお入りくださいという点は特色あるものといえる。

弟の橋浦時雄には、『橋浦時雄日記　第一巻　冬の時代から一九〇八～一九一八』（雁思社　一九八三）がある。六七〇頁に及ぶ厖大な日記で、詳細な編注が付され、佐藤清賢と山本博雄の解説が日記の背景を補っている。第一巻は時雄の鳥取中学校時代から早稲田、売文社に籍を置いた時代までが収録されている。

時雄は一生に四度、約六年を青年期、壮年期に下獄している。それ以外にも逮捕、留置、罰金刑は日常茶飯事であった。堺利彦が売文社を起したのは、このような若い社会主義者の出獄後の生活を支えるためであった。

時雄が初めて下獄したのは官憲に日記を押収され、内容が不敬罪にあたるとされたためである。外部に発表したわけでもない個人の私的な日記の内容が、どうして危険なものとされたのかと思うが、危険人物とされ常に官憲に尾行されている人物は、留守中に家の中まで踏み込まれ逮捕の証拠になるものを見張られていた。その逮捕の容疑とは、明治天皇の外形の表現が不敬罪にあたると判断されたためという。

時雄は日記を書くことがまるで仕事でもあるように熱心で、交遊関係は多彩である。この巻で取りあげている人物だけでも石川三四郎、木下尚江、堺利彦、幸徳秋水、管野スガ、福田英子、大杉栄、片山潜、荒畑寒村等々、社会主義者、アナーキストと多くの人と深く浅く交わっている。生田長江など郷土の人物の名前もある。

第一巻の分量は全体の三分の一というのだから大変な量である。この巻は売文社時代までで、消費組合の時代はまだ刊行されていない。全三巻が予定されていたが第一巻発行からすでに三五年以上経ち、以降の巻の出版は今のところ望めそうもない。その他時雄には刊行された纏まった著作はない。橋浦泰雄、時雄が大正末から約一六年間、消費組合に関わったのは生活のためもあったが、消費組合運動が平民文庫の一冊として出版されたように、社会主義的な知識の普及とその実践にあったのだった。

㈡鳥取県西部勤労者消費生活協同組合

米子でも戦後一九五〇年から鳥取県西部勤労者消費生活協同組合（通称西部生協）の設立が準備され動き出していた。これについて小泉順三は『米子北高論集北斗』第四集～第六集（一九七一～一九七三）に発表した論稿を、『日本消費組合運動小史』として一冊に纏めている。

明治初年から昭和まで日本は幾度も戦争を経験した。そのため消費組合活動を語る時、日本の政治、経済情勢そして多様な社会主義運動、労働組合運動を背景にその歩みを追っている。組合運動と消費組合運動はある意味で表裏一体をなすものである。双方の歩みを補完、協働しながら消費生活組合は発展し、国民の生活水準の向上に寄与してきたのである。

西部生協は借家ながら一九五〇年七月にオープンし、市民生活向上とともに店舗も大型化していった。以降は略すが小泉順三は一九六〇～一九六六年まで西部生協の理事長の職責を務めた。その他銀行勤務、小泉証券（株）の設立（社長）、米子北高等学校の創立（理事長・校長）、『サン・シモンの研究』著作など、そのほか多くの公職、委員を務めている。

小泉順三は『日本消費組合運動小史』のなかで、石川三四郎を平民社の社会活動家としてその著作とともに何回か取りあげている。石川はその意味で小泉の研究対象者の一人であった。石川について北沢文武著『石川三四郎の生涯と思想』（鳩の森書房　全三巻　一九七四～七六）には、石川と春月の関係が度々出てくることから、これを読んだ小泉は春月晩年の二人の関係に気付いたという。小泉は春月を米子の詩人として顕彰したい考えを持っており、新聞などで何度も取りあげている。小泉順三著『遺稿集　硯の海辺』には、石川と春月のこと、また春月追想にも何編かふれている。

石川三四郎の『消費組合の話』から「城西消費組合」へ、それにかかわった橋浦泰雄、時雄のこと、そしてこの二人は「鳥取無産県人会」で春月との結びつきがあった。小泉順三の郷土、米子の西部生協設立は、源流をたどれば石川にさかのぼる。まるで芋蔓式に話がつながっていった。無理に結び結びつけようとしたのではないが、東京から郷土鳥取県関係者まで時代を越えたネットワークのひとつがあったことを知るのである。

(三)　生田長江（一八八二〜一九三六）

生田長江は一九一二年六月二八日、堺利彦、高島米峰らが主催した「ルソー誕生二百年記念の会」に招かれて、「文明史上に於けるルソーの地位」と題して講演を行った。記録されたものを見る限り、これが社会主義の会で演説をした最も早い時期のことである。演説を依頼されるについて長江はこの頃から堺利彦と何らかの交わりがあったと思われる。あるいは堺利彦は一八九九年から「万朝報」の記者をしていたが、日露戦争に反対してここを去った。長江も一九〇八年に半年ほどであるが「万朝報」の記者をしていたことがある。時期は重ならないまでもこれが縁で相知るきっかけはあったかもしれない。

荒波力『知の巨人　評伝生田長江』（白水社　二〇一三）によれば、この会合のとき長江は堺利彦に、「「二六新報」の文士招待で会ったことがある」と話したという。いずれにしても二人はかなり前

生田長江と妻藤尾

から何らかの交わりがあったと思われる。
一九一三年一月四日、大杉栄と荒畑寒村らが主催した『近代思想』の会合に、長江は馬場孤蝶と共に招待されていることから、大杉らとも交流があった。同二月一五日、青鞜社第一回講演会で「新しい女性を論ず」と題して講演している。
翌一九一四年四月、長江は森田草平とともに『反響』（反響社）を創刊する。

これまでの長江は文芸評論を中心に活躍していた。主なものをあげると「小栗風葉論」（『芸苑』一九〇六年三月号）、夏目漱石、森鷗外、田山花袋、島崎藤村、泉鏡花、徳田秋声、真山青果等それまでの文芸評論がまとめられた『最近の小説家』（春陽堂　一九一二）、『最近の文芸及び思潮』（日月社　一九一五）には前著の藤村、花袋に加えて森田草平、正宗白鳥らが論じられている。
これら同時代の作家を正面から扱った作家論は、日本で初めての意欲的な文芸評論といわれる。当時長江は一高、帝大の師であり、またその後もニイチェ翻訳の仕事で重要な師であった漱石、漱石との間が気まずくなった後は森鷗外に指導を受けていた。この二人の偉大な師に対して多大な尊敬の念を持ちながらも、彼らの文学的な評論に関しては妥協をしなかった。その根底にあるものを「生田長江の生涯と思想」（『図書新聞』一九五五）で猪野謙二は次のように指摘する。

「漱石氏の思想には概念の改造がない。所謂価値の顚倒がない。習俗と歩調の合い易い人である」、「漱石氏の世界観人生観は、幕末志士の尊王論者の如く危険なるアイデアリズムでなく、馬琴の勧善懲悪の如く安全なるアイデアリズムである」というとき、その批判の根底にあるものが、ほかならぬニイチェであることは自明であろう。

そしてこの急進的な、同時にやはり空想的でも観念的でもあるニイチェ思想からの影響を媒介として、はじめてその頃以後における文明批評家ないしは社会批評家としてのかれの領域も、開かれてくるのであった。

その結果大正三年森田草平とともに『反響』（反響社）を出した頃から長江は社会批評家としての論評が多くなり、文芸批評は長江最晩年の「谷崎氏の現在及び将来」（『中央公論』一九三五年五月号）以外はその時々の雑誌の論評などが見られるだけとなる。

そのことを『反響』をとおして見ておきたい。

『反響』創刊号に創刊の辞はないが、長江が「消息」欄で発刊の意義にあたるものを書いている。

「私共が雑誌を出したのは、人真似をしよう為めでない。なるべく他の雑誌とちがつたところのあるものを拵へるつもりだ」

「私共は批評に重きを置くと云ふ事からして、つむじを曲げ始めるつもりである」

「どんな場合にも喧嘩両成敗にすることが『公平』と思はれてゐる今日では、『公平』な仲裁をするよりも『正直』な喧嘩をしたいと思ふ」

「私共は私共と近い人々にいよいよ近づいて行く。思想を、趣味を、もしくは肌合を同じうする限りに於て、何等かの党派らしいものが出来上がり、またそれに活気のある限り、だん〳〵と色彩を濃厚にして行くのは自然の勢である。」

「私共は批評に重きを置く」というとおり、長江は発表された作品や論文を批評するばかりでなく、現実の社会における問題を投げかけ、意識的に論争の仕かけ人になっていく。

大正期は個人の自由や解放、自我の確立は文壇においても顕著な問題であった。『青鞜』や『白樺』も同様な意識は強くもっていた。しかしそこに社会と個人の関係について深い認識はなかったといわれる。しかし長江は個人の自由や解放は、社会制度の改革を伴わなければ、限定されたものにならざるを得ないことを強く意識していた。

これについて先の猪野謙二の論文を再び引用する。

文芸から社会にまで拡大されたかの（長江の）批評的関心は、まず、言うべきを言わざる「不正直なる沈黙」の攻撃となり、「自分をより善くすることによつてのみ、社会をより善くすることが出来る（『堺利彦氏に答ふ』）」という、社会と個人との関係についての信条となってあらわれる。それはやがて、もっぱら自己完成を第一と説く『書斎と街頭と』の安倍能成や『三太郎の日記』の阿部次郎との論戦にまで発展した。大正五年には安成貞雄らとともに、代議士に立候補した馬場孤蝶の後援会を起し、応援演説も行ったが、その中でもかれは「個人的準備の完成をまつて、はじめて社会的活動に従ふと云ふやうな、横着な近代的口実」で自らを欺くことはできぬと述べ、あたかも第二次西園寺内閣の「二個師団増設」問題で湧き立つ当時の政治社会に対して、正面切った発言を行っているのである。

その後森田草平が編集から離れると（一九一四年一二月）、安倍能成、阿部次郎、和辻哲郎、小宮豊隆、鈴木三重吉、岡田耕三、万造寺斉等、東京帝大出身の漱石門下の人達は『反響』から離れていった。そのため『反響』執筆者は、社会主義者や青鞜関係者が増えていくことになった。一九一五年三月号『反響』に長江が「馬場孤蝶の立候補について」を書いている。それは同年三月二五日に実施される第一二回衆議院選挙に、長江は馬場孤蝶に出馬するように働きかけた。そこで長江は後援会をとりしきり、街頭演説を行い、作家たちに作品提供を働きかけて選挙資金調達に動いた。

孤蝶の応援者は長江が主宰する「反響社」と堺利彦の「売文社」をはじめとする社会主義者たちであった。その他にも孤蝶門下の安成貞雄らや、漱石をはじめとするその門下生、与謝野夫妻の「新詩社」や「青鞜社」の人たちが推薦者となり、これまでに長江とかかわりのあった人たちを巻きこんでいった。ここに八〇人以上の推薦者を集めたが、選挙の結果は二三票であった。納税額一〇円（直接税）以上の納税者に選挙資格があり、文士の中でこれに該当するものは何人いたであろう。惨敗であるが長江にとって得票数よりも、選挙権を持たざる人の意識を変えることが重要だったのである。

長江にとって個人革命も社会革命も同時に取り組まなければならない課題であった。そのことは言論による主張ばかりでなく、馬場孤蝶の選挙応援の組織作りや応援演説など、実践的な活動にも積極的な姿勢をみせたのである。大正六年衆議院議員選挙に立候補した堺利彦の応援演説も同様の考えから出ている。

紅野敏郎「生田長江・森田草平『反響』の位置づけ」によれば、長江は『反響』という自らの言論の主張の場をつくると同時に、広くその場を提供したのだという。それが実践的な活動を支えるとともに、行動の足がかりとなったのである。

『反響』編集に春月も関わっており、自身の作も載せている。全体に『反響』に寄せた春月の作品は、これまでの作品と異なり個人と社会の問題に目を向け、自らの考えを主張することも含めて言葉は勇ましい。しかし春月は気分ばかりが高揚し空まわりしているのは否めない。「言論の自由を出来る丈け拡大する為めには、政治論などもやれるやうにしなければならぬ。」という長江や時代の影響を受けて、個人としてこれまで抱いてきた現実の社会体制への怒りや抗議の感情に形を与えている。

第二号は春月が編集兼発行人になっているが、森田草平作「下画」により発禁処分を受けた。

第五号も長江が急に隠岐に行くことになり、春月が編集にあたったことが編集後記からうかがえる。

森田草平が編集を辞すと、漱石門下の人たちは『反響』から離れていったが、その人手不足を堺利彦らが補っている。堺は創刊号に「諸君と僕」を載せ、断続的に感想、批評を載せた。第七号からは編集後記（欄）に名前があり、かなり深くかかわっている。このように『反響』編集・発行の仕事から見ても、堺利彦と春月はこの頃から結びつきはあったようだ。

『反響』は大正三年四月に創刊、大正五年九月まで全一三冊を発行した。しかし長江の多忙に加え、何回かの発禁処分を受け、資金面のいきづまりが追い打ちをかけたことにより終刊となった。

㈣ 堺利彦（一八七一～一九三三）

前項㈢ではこの時期の生田長江の評論活動の変遷もふくめた社会主義とのかかわりを概略した。それは春月の社会主義、あるいは社会主義者とのかかわりを追っていくためには師である長江の活動、人脈をみておきたかったからである。

堺利彦、大杉栄、荒畑寒村、橋浦時雄、安成貞雄、荒川義英、その他多様な人々の名前が春月の感想集や作品の中に見える。あるいは『反響』の仕事を兼ねてのことであったかもしれない。春月とこれらの社会主義者たちとの具体的な交友を残された活字の中から拾い出しておきたい。

堺利彦については厖大な研究書があり、自らの著作、回想記、実践録、翻訳書も多い。堺利彦と長江との関係は、長江が社会評論や批評に取り組むようになると表面に出る交わりとなるが、春月は長江の後をついてまわっていただけであり、表面にはほとんど出てこない。わずかに黒岩比佐子『パンとペン　社会主義者・堺利彦と「売文社」の闘い』（講談社　二〇一一）に春月の名前がある。この作品は「日本社会主義運動の父」と呼ばれ、社会主義運動の先駆者、思想家であり、日露戦争の反戦運動で知られる堺利彦を中心に、その時代背景とともに冬の時代といわれた社会主義運動の全体像を、夥しい人々を登場させて描き出した秀作である。

「売文社」とは明治四三年（一九一〇）から大正八年（一九一九）まで堺利彦が経営した文章代理業で、「リテラリー・エージェンシー　Literary Agency」という英語の社名も持っていた。この仕事は堺利彦が収監中に構想し、実行に移したものである。

小生は稍上手に文章を書き得る男なり。いづれ文を売つて口を糊するに亦何の憚る所あらん。今回断然奮発して左の営業を開始す。既知未知の諸君子、続々御用命あらんことを希望す。

一、新聞、雑誌、書籍の原稿製作
二、英、仏、独、露等諸語の翻訳
三、意見書、報告書、趣意書、広告文、書簡文、其他一切文章の立案、代作、及添削

売文社々長　堺　利彦

ここに英、仏、独、露等諸語の翻訳とあるように、堺利彦は元高等小学校で英語の教師を務めていた。また入獄する度にドイツ語を独学で修得した。明治に生まれた人たちは、封建的な社会から抜けだすために欧米の知識や思想を懸命に学んだ。翻訳されるのを待っていることができないからである。新しい思想は自ら原書を読んで得る時代であり、語学修得は必須のことであった。

売文社にかかわった大杉栄は語学の天才であった。東京外国語学校の仏語科を出ているので仏語は当然のこと、入獄の度に「一犯一語」と称して英語、エスペラント語、スペイン語、イタリア語、ロシア語を独修してこれをものにした。吃音だった大杉栄はそれぞれの言葉で吃ったとは堺利彦の言であるが、売文社に集った人はそれほど外国語をよくしたのである。

『安成貞雄を祖先とす』伊多波英夫（無明舎出版　二〇〇五）によれば、売文社に籍を置いていた

社会主義者・安成貞雄（一八八五～一九二四　東京専門学校英文科出身）は、馬場孤蝶、堺利彦、高畠素之らと社員のために無料で英語塾を開き、木蘇穀、中西伊之助、茂木久平、北原竜雄、尾崎士郎らが一緒に勉強した。また高畠素之のマルクス『資本論』講義は話術も巧みで明解であったという。高畠は生田長江の『資本論』翻訳が半ばまで進んでいる時、誤訳の指摘や「らい病的資本論」など悪意を含んだ論争を仕掛け、長江は翻訳を途中で断念した経緯がある。その結果、高畠は日本初の『資本論』全訳者となった。高畠自身は後に売文社の経営権を堺利彦からゆずり受けたが、国家社会主義者に転じ旧同志とは別れていくことになる。

ちなみに売文社の顧客第一号は、創業の次の日、英文の倫理学書を持参して翻訳を依頼した東京帝大の学生であったという。

さて春月に話をもどしたい。

前記『パンとペン』黒岩比佐子には「さらに、外部には大勢の特約執筆家たちが存在していた。」とある。春月もこの「外部特約執筆家」の一人であったことが確認できた。

一体私ほど旅行好きな人間はいない。そして私ほど旅行をしない人間はいない。（略）曾て日本地図を展げて、時の移るのも忘れていたこともある。（略）それからこれは糊口上の止むを得ざる必要から出たことではあるが、堺利彦氏の売文社の仕事をしていた時分、旅行案内の編纂をしていたことがある。当人少しも旅行をしないでゐて、旅行案内をこしらえる――こんなユーモラスな話はない。

（「室内旅行」『片隅の幸福』一九一九）

当時は自分が社会主義者たらんか、文学者たらんかと迷つてゐた時期であつた。今は文学者が左傾を表明すれば、すぐ階級闘争の勇士になれる重宝な時代になつたが、当時は文学と社会運動とは、両立しない性質のものと信ぜられてゐた。そして、自分は今もその見解を正しいと信じてゐる。

この頃自分がにはかに左傾したかの如く伝へられるが、左傾するなら、既にあの時したのだ。堺利彦氏の庇護を受けて、売文社の一労働者であつた時に、然るに、自分は堺氏の恩に背いてしまつた。それは自分の本質が、唯心的であり、文学者的であり、個人主義的であり、アナキステイックであつたので、止むを得ぬ事であつた。

（「ある叛逆者」『生田春月全集』第八巻）

では売文社の仕事以外に堺利彦とどのような交わりがあったのだろうか。長江の『反響』とのかかわり以外に春月の感想集、長編詩『時代人の詩』その他などから見ておきたい。

堺利彦が春月について書いているのは、春月の死後に出版された『生田春月追悼詩集　海図』（交蘭社　一九三〇）である。

春月
秋水

これは春月の通夜に堺利彦がお参りに来た時、参会者に回された色紙の寄せ書きである。この原本は春月次弟の広戸家に保存されていた。ここには佐藤春夫、中村武羅夫、加藤武雄、長谷川時雨など一七名の名前がある。堺利彦は「春月　秋水」と書いているが、秋水とは幸徳秋水（本名・伝次郎）のことである。幸徳秋水は「万朝報」の記者であったとき、堺利彦とともに日露戦争に反対して「万朝報」を去った。（内村鑑三も非戦論で同時に退社）。幸徳秋水と堺利彦は平民社を設立、「平民新聞」を創刊した。幸徳秋水は平民社解散後アメリカに渡り、帰国後は無政府主義（アナーキズム）に転じている。そして彼は大逆事件の主謀者として他の一一名とともに一九一一年に処刑された。堺の怒りは暴発し、街中の街灯を壊してまわったという。幸徳秋水は堺の一歳年下であるが、堺の前半生の最も信頼した同志であり、親友であった。

堺利彦が春月と秋水を並べて書いたのは、どちらも自然死ではなく、自死と刑死だったからだろうか。あるいは春月はマルクス主義者・堺利彦や無政府主義者・幸徳秋水の跡をついていくことはなかったとしても、社会主義に寄せる心情は知っていたと思われる。

「詩人が本分である者は、いい詩を書けばそれでいいのだ」堺利彦は時に春月と出会うことがあればこう言って声をかけたはずである。堺利彦は春月が「不許他見」として書きすすめていた『時代人の詩』のことも、ましてその中に自身が春月にどのように慕われていたか、この時にはまだ公表もされていなかったため全く知ることはなかった。しかし春月が自らの道に迷い悩み、ニヒリズムに向かっていたことは知っていたと思われる。

次に春月が堺利彦について記しているものをあげておきたい。

『時代人の詩』は、「禁断の書、不許他見」として一九二八年四月一九日より書き始められ、春月の死の前日に最終章を書き終えた。ここには「罪も恥も、われに尊し。かくありき、かく生きたりと　あからさまに世に告り立てて、嗤ふとも、むちうちぬとも　昂然と面上げ云はむ、汝等のうち罪なき者我を打てと（略）」というとおり長編詩の形で赤裸々に恋と苦悩と自由と反逆の半生を綴っている。ここには一三、五〇五行、五四四編の厖大な作品の中に、幾多の人の名が表われる。堺利彦についで書かれた詩編が四つあり、それを長くなるが引用しておきたい。各詩編に表題はない。

十四五年のそのむかし、
何のみどころありとてか
われを救ひてはぐくみし
堺枯川の恩を棄て、
などその許を去りつるか。

若き心の熱をもて
わが求めしは愛なりき、
人間愛の信なりき、

よしなき空想的社会主義
それぞ若さの夢なりし。

木下尚江の「飢渇」もて
また「良人の自白」もて
養はれたる初一念、
基督教的社会主義
宗教の夢に惹かれしも
故なきことにはあらざりき。

科学的と聞けばうれしきも、
唯物史観の味無きを
花も飾りもなきを憂く、
忌みしはいかにやはらかく
弱き心にありつるか。

唯物主義に徹すべく
あまりに夢を食ふ男、

沙漠の如きむき出しの
かの理論こそ味気なく、
あまりに冷たく難かりし。

マルキシズムの世となりて、
時勢は古き闘士なる
堺枯川をも乗り越しぬ。
彼にそむきし身の、今は
この揺れ動く舟にして
岸辺も見えず、惑ふのみ。

（わが苦悶録「いかに時代苦に生くべき乎」『時代人の詩』第三巻）

ここには堺利彦に救われ、師であった長江とは異なった面で思想的に導かれた若き日の春月がいる。「われを救ひてはぐくみし」の「救ひて」とは、売文社の外部特約執筆家として仕事を回してもらい経済的な支援を受けたことであり、「はぐくみし」は社会主義への道であったろう。しかし春月は唯物史観にはなじめず、これを若き日の社会主義にあこがれた夢にとどめ、自らの本分は詩人なりとしてこの道から離れていった。

時しも、わが住むこの区内より、
わが年少の日に、われを導き
助けてくれたかの社会運動の老闘士、
無産候補として立候補して、
健康すぐれぬ六十歳の老躯をさげて
必死の戦さみるときは、
綿の如く疲れし身を演説場の
うしろの机の上に横へて
草稿を読む姿と思ひ合せば、
わが恋いとど恥かしく、
若い女と新生活のその愛の巣に
心傾けあこがれし事の恥かしく、
さらでも今は非常の時なるを、
恋に狂ひてあるべきか。（略）
十年長きわがなほざりは、
いつも嘆いてゐたやうに
恋にあらずて、この戦ひなりしを、
今ぞはじめて身に知りぬ。

さらば書かまし、今ぞ詩を、
ただこれのみぞ唯一の仕事。
行かず、手紙も出さないで、
社会的諷刺と憤怒の詩、
などかく雲と湧き出しか。(略)

(赤裸人の歌「自由人の歌」続篇『時代人の詩』第五巻)

第五巻の表題は「赤裸人の歌」であり、『赤裸乃人　ルソー自伝』堺利彦訳(丙午出版　一九一二)からとられている。ルソーの自伝にならって、春月は赤裸々に我はかく生きたりとあからさまに世に告げ、そしてまたこれを訳した堺利彦に彼なりのメッセージを送ったのである。

おもへばはやも十五年、
われを救ひて励ませし
かの堺氏の期待に背き、
など空しくもすごせしぞ。
背き離れで戦ひなば
わが生涯は異りけんを、
かかる無慚の難破せで

世に立つ甲斐もありけんを。

今は力も絶え果てぬ、
今起たむとも時遅し、
かしらも肉も傷つけば。
ただ、身は雪と消ゆるとも、
シェリイ、ハイネと相並ぶ
プロレタリアの詩人として、
血と反抗の詩を成さば、
われも空しく生きざらむ。（略）

十年空しく宗教の、
芸術の夢に酔ひしれて、
ブルジョアどもの豚飼ひし
放蕩息子も帰り来て、
最後の曲を世に吹かば、
いつも忘れず身を問ひくれし
かの老闘士も微笑まん、

わが眼たがはじ、よくぞ成せしと。

（赤裸人の歌「自由人の歌」続篇『時代人の詩』第五巻）

長い引用となったが、『時代人の詩』に言及された堺利彦像は、春月にとって何と大きな存在であったことだろう。同じく「赤裸人の歌」には堺利彦についてもう一ヶ所ふれている。

自然主義の世に出でたれど
われは社会主義の子であつた。
わが青春の夢をつちかうたのは
かの赤き表紙の国禁の書
十七歳の都会放浪の子が
かの麹町の小さな古本屋で
見付けたのは「神愁鬼哭」、
また尚江の「飢渇」であつた。
その後、堺利彦の「赤裸の人」、
かのルッソオの精神であつた。

「赤裸の人」はわが生涯を決定した。

自然主義を若き夢想に馴らせしも、
そは遥かに「麺麭の略取」に導いた。（略）
（赤裸人の歌「自由人の歌」続篇『時代人の歌』第五巻）

春月はここで自らの思想の遍歴を語り、『麺麭の略取』に至りながら、「社会主義者と起たざりし」身を悔いている。『麺麭の略取』（平民社　一九〇九）は幸徳秋水がクロポトキンの『The Conquest of Bread』を訳したもので「赤き表紙の国禁の書」である。国禁の書となったことから『麺麭の略取』は差し押さえられるが、その前に堺利彦や大杉栄が何十冊か持ち出し、人から人に秘かに読まれていた。「自然主義を若き夢想に馴らせしも、そは遥かに「麺麭の略取」に導いた」とあるように春月もこれを読んでいたことがわかる。

春月は最晩年の昭和五年三月号『宣言』で言う。

僕は今、一つの社会理想に向つて進みつつある。アナキズムは僕の社会理想だ。だが僕は確信あるアナキストではない。ただ、社会詩人として、その立場をアナキズムに求めんとしてゐるに過ぎない。（略）僕は理想の社会が実現することを信じ得なかつた。これが僕のアナキストたり得なかつた理由である。が、今僕は、たとひそれは可能でないとしても、なほかつその実現に向つて進む、その努力の中に、人間的意義を認めるに至つた。

と言うように春月は晩年に大きくアナーキズムに心を傾けていく。堺利彦は春月のこのような心情を見抜き、色紙に春月と秋水を並べて書いたのだと思われる。

㈤　大杉栄（一八八五～一九二三）

軍人の子に生まれた大杉栄は明治以来の革命家のなかでも強烈な個性と行動力があり、革命家というより徹底した叛逆者であり、その死は関東大震災にまぎれて官憲に虐殺されるという劇的な最期であった。

大杉栄は流血の格闘で陸軍幼年学校を追われて順天中学に入るが、卒業に近い頃本郷会堂の海老名弾正のもとで洗礼を受けた。東京外国語学校仏語科を出て外国語をよくした。学生時代から幸徳秋水『社会主義神髄』を読み社会主義に共感し、平民社の社会主義研究会に参加していた。

大杉栄の行動哲学としてよく知られているのは、荒畑寒村と立ち上げた『近代思想』創刊号（大正元年　一九一二）に載せた「本能と創造」である。本能を讃美しながら「この衝動的行為あるいは本能的行為ということに重大なる意味を結びつけたい。すなわち本能の偉大な創造力を考えたい」と言う。その根底には「自我の解放」、「自由のための闘争」があった。当時の文壇思想界は個人主義全盛の時代であり、自己完成と自己生命の充実、静かな内省と観照が求められた。大杉はそれらに反対するものではないが、自己を煩わしもしくは害わんとする周囲に、大胆に挑戦しなければならないという。僕らの周囲は、政治的にも経済的にも、広く社会的にも自分たちを抑圧している現状がある。この抑圧をはねのけ、生の闘争を逃避してはならないとする。

大杉栄は堺の「売文社」から一歩すすめて『近代思想』を創刊し、第一次第二次合わせて二七号出版した。その他にも『文明批評』ほか様々な雑誌を刊行している。これについて臼井吉見は「個人革命と同時に社会革命を主張する」という立場からの文学運動が、『近代思想』を中心にして、もっと積極的に広く展開されたら、おそらく大正文学は現在とはちがったものになったのではなかろうか」(『大正文学史』)と文芸思想雑誌として高く評価している。

『近代思想』は一九一四年まで続き、長江らの出した『反響』と発行年が重なる。『近代思想』の常連の寄稿家には、堺利彦、高畠素之、片山潜、安成貞雄、安成二郎、和気健二郎、土岐哀果、上山草人、佐藤緑葉、若山牧水、山本飼山、小原慎三、時には上司小剣、相馬御風、生方敏郎、橋浦時雄、小山内薫、岩野泡鳴らも文章を寄せた。春月はここに名前をあげた幾人かと交友を結んでいる。大杉栄について春月は言う。

> 大杉栄はやつたぢやないか、
> ブルジヨア道徳を足元にふみにじつて
> 雄獅子のやうに吠えたぢやないか。
> 奴はアナキスト、英雄児、(略)

これは『時代人の詩　第一巻　死と恋の曲』の大杉栄についての前半部分である。「死と恋の曲」という表題にあるように、アナキストとしての力強さと、恋より恋のドン・ファンの二面性を持つ大杉を、同じく第三巻「わが苦悶録」にも、酒は飲まなかったにしても、恋の迎え酒は飲み過ぎるほどであったと言い、非業の死を遂げたが、英雄主義と貴族主義の強い本能を持っていた男として賛美する。

また死の七ヶ月前には「大杉栄讃頌」と題する感興詩をつくっている。前書きに「頃日、大杉栄を思ふこと多し。長友宮島資夫君と大杉を語って、わが年少時、屡々その指示を得たりしこの英雄児を偲ぶ一篇」とあり、「時代人の詩」にものっている。

断片的な記録であるが、大杉との交流を『日録・大杉栄伝』大杉豊編著（社会評論社　二〇〇九）から拾い出しておきたい。

大正四年（一九一五）五月　「与太会の記」荒川義英（『反響』）

大正四年（一九一五）四月一二日　大杉・土岐の発起により与太会をメイゾン鴻の巣で開く。出席者は「安成貞夫・二郎兄弟、堺、荒畑の常連のほかに中村武羅夫、生田春月の新顔があった」

大正九年（一九二〇）四月三日　第一回黒耀会展覧会

四月三～四日、牛込区築土八幡停留所前の骨董品・同好会で開催。二日間で千二、三百人の入場者があった。黒耀会は望月桂が提唱して結成した民衆芸術の団体。「奪われた芸術を取り戻し、自主的芸術を樹立する」目的での展覧会である。出品したのは、大庭柯公、馬場孤蝶、久板卯之助、荒畑寒村、生田春月、和田久太郎、林倭衛、望月桂らで、出品作は百数十点に及んだ。（略）

黒耀会の発起には長沢青衣、添田唖然坊、丹潔が加わり参加したメンバーには林倭衛、小生夢坊、高橋白日、橋浦泰雄、柳瀬正夢、宮地嘉六、京谷金介らがいる。

大正九年（一九二〇）一一月二三日　星製薬と黒耀会第二回展覧会

プロレタリア美術展で、一一月二三日〜六日間星製薬（京橋区南伝馬町）の七階で開催された。目録によると出場者は、望月桂、馬場孤蝶、生田春月、堺利彦、山川均、大杉栄、石川三四郎、木下尚江、百瀬晋、加藤一夫、橋浦時雄、辻潤、加藤勘十ら七七名。

大杉の二度目の妻・伊藤野枝は『青鞜』同人で、後に平塚らいてうから『青鞜』の編集をまかされるが、春月の妻花世も『青鞜』同人で野枝と親しいこともあり、春月は時に大杉を訪ねている。

「私が大杉栄氏を訪ねようと思って西大久保通りを歩いて居た時、後からいきなり「おいこら〳〵」と呼ばれたので、何しろ注意人物を訪ねようといふ時だから、これはてつきり巡査に呼び止められたのだと思つて、吃驚して振返つて見ると、泡鳴氏であつた。」

これは大正九年「逝ける詩人のために　——岩野泡鳴氏の死を悼む——」（『人生詩論集』）の思い出の中の断片である。岩野泡鳴は自然主義作家の大御所であり「無邪気な倣岸さと、憎げのない人」で、春月に目をかけていた。「おいこら〳〵」は春月への親しみの表現だったのである。

春月は荒川義英と大杉を尋ねて話を聞いたり、大正四年四月、大杉栄、土岐哀果発案の「与太の会」に何度か参加している。だが大杉を訪ねるというだけでこれだけ緊張している。

「私はかつて堺利彦氏や大杉栄氏の如き人々の知遇を辱うするのを光栄とし、クロポトキンの『麵麭の略取』を熱読し、早稲田署の刑事の訪問をむしろ得意としたやうな時代もあった。（略）然しながら今日私は最早全くそのやうには考へない」と『真実に生きる悩み』に記している。春月は大杉の『近代思想』に心理的、思想的に共感し、大杉の強烈なアナキズムに魅かれたといっても、実践的、日常的な交流ではない。先にあげた『宣言』（昭和五年三月号）にあるように、社会詩人としてその立場をアナキズムに求めたことによるものであった。

㈥　荒川義英（一八九四〜一九一九）

生田長江、堺利彦、大杉栄などを扱った後に荒川義英となるとほとんど知られていない。荒川義英は山口県出身、父の荒川衛次郎は軍人であったが、堺利彦と防長回天史編纂所で一緒に仕事をしていたことがあり家族ぐるみの知りあいであった。荒川は不良少年で中学校に行かなくなり、文学者になると称して堺利彦を頼って上京してきたのが一七か一八歳のときであった。

堺は幼少期をよく知っている家出少年の荒川が差し出した原稿「一青年の手記」を読んだ。誤字や文章の幼さはあるが有望な新人として、土岐哀果に推薦し『生活と芸術』（東雲堂書店）に掲載してもらった。これをきっかけに荒川は一躍文壇デビューを果たすことになる。その後荒川は大杉栄の『近代思想』に短いものながら「放火犯の死」、「廃兵救慰会」を書き、生田長江の『反響』に「入れ代り」、「意気地無し」等、その他の雑誌にも執筆するようになり、ちょっとした新進作家になる。そのほか『早稲田文学』、『中央公論』など中央誌にも作品が掲載され、若手作家として注目された。

その後堺の社会主義的方針に飽き足らなくなった荒川は、大杉、荒畑の主宰するサンヂカリズム研究会に参加し、大杉の思想や生き方に感激し影響を受けていった。大杉からもらったとされるクロポトキンの『麺麭の略取』も所持しており、繰り返し読んでいた。その半面生活は相変わらずの不良で自堕落、周囲の人たちに迷惑をかけ通したが、喘息の持病がそうさせる面もあった。
春月の家にも佐藤春夫とよく遊びにやって来た。その思い出を春月が書いている。

この間、珍らしくも夢を見た。それは思ひもかけぬ。十年前に死んだ亡友荒川義英の夢であつた。（略）十余年前の、前途に希望をもつてゐた時代の事を、いろいろと思ひ出した。彼とアルツイバアシエフの「労働者セヰリヨフ」について、しばしば語り合つた事を思ひ出した。セヰリヨフが、野獣のやうに狩り立てられ、追ひつめられて、打殺される悲劇的な結末を思ひ出した。荒川もある意味で、セヰリヨフではなかつたらうか。彼はつひに日本を追はれて、（もとより官憲の手による追放ではなかつたが、彼自身の性格と運命とが彼を追つたのだ）満洲の曠野で死んだ。

（「或る叛逆者」『生田春月全集』一九二八年九月）

二十代半ばで早世した荒川義英を惜しんで、堺は荒川の作品を『一青年の手記』として聚英閣の「社会文芸叢書」第二編に入れて出版した。これには「追憶記」が入っており、堺利彦、生田長江、佐藤春夫、尾崎士郎、土岐哀果、馬場孤蝶、生田春月、山川均、大杉栄が載せており、当時の社会主義者の一端が垣間見えるのである。

四　マルキシズム詩の系譜

石川啄木が労働者像を主体とする詩を最初にうたったのは、『呼子と口笛』(東雲堂)の中の「墓碑銘」であるとされる。これは明治四四年(一九一一)に、歌誌『創作』に発表したが、生前は未刊行だった。出版されたのは大正一三年で啄木の第二詩集にあたる。社会主義の冬の時代のなかから生まれた作品で、啄木の社会主義への憧憬とその方策を示す佳作として日本近代詩に新生面を開いたとされる。

墓碑名

石川啄木

われは常にかれを尊敬せりき、
しかして今も猶尊敬す——
かの郊外の墓地の栗の木の下に
かれを葬りて、すでにふた月を経たれど。

或る時、彼の語りけるは

同志よ、われの無言をとがむることなかれ。
われは議論すること能はず、
されど、我には何時にても起つことを得る準備あり。

かれの眼は常に論者の怯懦を叱責す。
同志の一人はかくかれを評しき。
然り、われもまた度度しかく感じたりき。
しかして、今や再びその眼より正義の叱責をうくることなし。

（一、三、四連）

ここには労働者が社会主義を論じることはもう尽きている。今我々は「起つこと」つまり実行を第一主義としなければならない。議論ばかり続けて「起つこと」を「怯懦」している者へのいらだちである。明治四四年六月の作といえば大逆事件の翌年である。

これは明治天皇暗殺謀議事件を理由に、多くの社会主義者・無政府主義者が検挙された。幸徳事件といわれるように、幸徳秋水と面識があるというだけで、事件に無関係の者も含めて、二六名が起訴され、翌年一月には一二名が処刑された弾圧事件である。

啄木のいう「されど我は何時でも起つことのできる準備をしているのだから」という〝我〟とは、大逆事件で被告となり処刑された信州の社会主義者・宮下太吉が想定される。処刑されてしまった彼は、再び同志に議論から実行へ跳躍できない優柔不断な人間を叱責することはできない。
これについて佐藤勝「マルキシズム詩の系譜―詩における労働者」（『国文学　解釈と教材の研究』一四（一二）　学燈社　一九六九）を参考にしてすすめたい。
五連以下は、それまでの詩句で既に設定された理想的な労働者像を更に堅実に造型するためのことばに満ちている。いわく、「真摯」「不屈」「思慮深き性格」「広き額」「鉄槌のごとき腕」「直視する眼」等々。そこにあるのは、ただ「正義」を抽象的に絶対視し、そこに自らの実存を賭けまたは収斂していこうとする知識人文学者の一方的な願望だけであると。そして、以後の社会主義ないしマルクス主義的な傾向をもつ詩人たちの、理想的な労働者像を詩に表現する努力のむなしさを見事に先取りしたものであるという。しかし続けて佐藤勝は啄木の『呼子と口笛』の最後の作品「飛行機」をとりあげる。

見よ、今日も、かの蒼空に
飛行機の高く飛べるを。

給仕づとめの少年が
たまに非番の日曜日、
肺病やみの母親とたつた二人の家にゐて、
ひとりせつせとリイダアの独学をする眼の疲れ……

見よ、今日も、かの蒼空に
　飛行機の高く飛べるを。

「飛行機」は作者の分身である貧しい少年の夢を飛行機に託して歌ったものである。「墓碑名」のつながりでいえば、「議論」と実行との乖離を埋めることのできない自分を、確認したことから生ずる虚無的な心情である。「墓碑名」の理想的な労働者像の空疎な設定が、虚無ないし絶望の方向に向って埋める役割を果たすものである。とはいえ、その点で詩人啄木はやはり偉大であったということもできると。

啄木が亡くなって一年後、荒畑寒村は「緑蔭の家」(『近代思想』大正二年七月)に、自分と啄木との関係を記している。

　革命の軍歌としての文学詩歌、僕はそんなものは信じない。社会革命は労働者の力だけで沢山だと思う。(略)若し単に文学の上、理想の上、文学だけのアナーキストに止めるならば何の関係もないと思ふ。然し啄木の此の歌を見、彼の此の詩を読んだ僕は、啄木がもう些し生きて居たならば、文学に満足する事態はずして、吾々の間に来るか、若しくは単独で革命運動を起したろうと思ふ。

荒畑は、社会革命は労働者の実行によってこそ達成できるのだと言い、吾々の間に来たかもしれない啄木の早世を愛惜している。

その啄木の延長にある文学者として、佐藤勝は生田春月をとり上げる。

その日の飯にさへ事欠く者に何の文学ぞ、その点で、私は文学などといふものを一切無用なものと断じたバザロフ的ニヒリストの心事に同感せざるを得ない。(略)

寧ろ文学などを全く否定してブルジョワとプロレタリアとの差別をなくすために、あらゆる手段を講ずべきである。この種の実際運動に全く何の貢献をなさぬのみか、むしろその障害になる。私は社会改革には行動の外に途なきを確信してゐるものだ。

(生田春月「文学とプロレタリア」『時事新報』大正一一年二月一九日)

同月の『時事新報』に載せた春月の「ハンマアを以て談れ」でも「社会改造論、社会主義謳歌論、等議論は十分です。どうか実行の方を見せて下さい」と繰り返している。

さらに春月は昭和四年一二月号『愛誦』において「ナイーブな社会詩人石川啄木の後、自分は社会詩人の懐疑的・批判的時代を代表する。懐疑と熱狂との混交に於て、より複雑な時代を代表するものだ」と自ら啄木の後継者であることを宣言している。

話がそれるが、春月は長江に連れられて啄木に会ったことがある。そのことが石川啄木『明治四十二年当用日記』にみえる。

三月二十七日　土曜

六時半頃湯に入つてると、生田長江君が生田春月といふ十八になるといふ無口な、そして何処か自信のありさうな少年をつれて来た、そして十時半まで喋つて行つた。新らしい結社！　少数でも自惚の強い奴許り集つて呼号する結社、それを起さうではないかといふ話。予は種々な消極的な理由が主で、大賛成した。ピストルと校正は引受ける、と予は言つた。森田草平君阿部次郎君鈴木三重吉君などが吾らの指に折られた。

それを金田一君に話すと、飼つてゐる馬か何ぞが、埒を破つて野に奔馳してゆく様で危険を感ずると言つた。あゝ

出社の途中大学館に行つた。

啄木と春月が話をしたのか、日記の記述だけでは分からない。しかし啄木が「生田春月といふ十八になるといふ無口な、そして何処か自信のありさうな少年をつれて来た」という記述は、春月が東京に出て九ヶ月、文学に自信を失い、淀江の太田の叔父から帰郷を迫られ、内心は大いに揺れていると きである。だがそれ故にと言おうか文学や雑誌発行の話は、少年の日に回覧雑誌編集に熱中した思い出があり、本格的な雑誌発行の話に春月は心躍らせて聞いていたと思われる。

このとき啄木と長江の話にでていた結社は実現しなかったが、長江が後に森田草平と興す『反響』（大正三年四月創刊　反響社）は五年の歳月を経て、この時の腹案の実現であろう。啄木はその二年前、二六歳の若さで病に斃れている。

春月は叙情詩人、感傷詩人と評されることが多いが、春月をとり上げるにおいて春月初期の作品から紹介する。

誤　植

我が生涯はあはれなる夢、
我れは世界の頁の上の一つの誤植なりき。
我れはいかに空しく世界の著者に
その正誤をば求めけん。
されど誰か否と云ひ得ん、
この世界自らもまた
あやまれる、無益なる書物なるを。

春月はこの世界の生きにくさを書物という人生に譬え、その中に「誤植」として紛れ込んでしまった自身を謳っている。自分の生は誤植された活字のようなものだ。自分の生の下らなさが世界を全部くだらないと考えることによって、辛うじて耐えられているさまが、ひとつの思想詩として定着されている。この意識は春月に繰り返し襲いかかってくる。この否定的な春月の心情は大正五年『虚無思想の研究』にすでに見られるものである。

次に春月後期の作品「象徴の烏賊」四連のうち一連をあげる。

或る肉体は、インキによつて充たされてゐる。
傷つけても傷つけても、常にインキを流す。
二十年、インキに浸つた魂の貧困！
或る魂は、自らインキにすぎぬことを誇る。
自分の存在を隠蔽せんがために
象徴の烏賊は、好んでインキを射出する。

春月の若き日と晩年の代表作ともいえるこの二つの作品は、虚無感や存在の苦しみが色濃く流れている。それは自らの存在の意味を見い出そうとする者のあがきである。というよりそこに見い出したものを、自らの力でつかむことができないことを知っている者の、尽きることのない嘆きではなかろうか。若き日の春月の詩作にはじまって、嘆き、悲嘆、願望、懐疑が多くの詩にみられるのはこのためである。

最晩年の春月はアナーキスト石川三四郎の『ディナミック』に「ミノリテの歌」、「政治のからくり」、「糞くらへ」、「いざ後継がむ」、「エリゼ・ルクリュを想ふ」、「深夜に歌う」、「カアペンタアを想ふ」、「九十九と一」など第一号から毎号詩を寄稿した。そのなかで一つあげれば、

深夜に歌う

朝は来る、

必ず来る、
革命[※]は来る、
必ず来る。

ただひと辛抱
ひと勇気。
待て、待て朝を。
朝の大気を。　（二連略）

朝が来たら、
幽霊は消える。
ブルジョア化物、
みな退散。

希望はない。
ほかにはない。
ただ、その朝の
光のみ。

眠れる無産者
みな立ち上る、
朝よ来れ。
はや来れ。

※「革命」は『ディナミック』、『生田春月全集　第三巻』とも伏字になっている

〝朝の光〟を待ち望む心情は、石川三四郎の影響でアナーキズムに傾き、ここに自らの活路を見出していた春月の真実の願いである。〝朝の光〟とは〝眠れる無産者　みな立ち上る　朝〟である。これについて佐藤勝は、

「自己の対極にある無産者の峰起、それが〝朝〟として空想されるものであり、春月における〝朝〟は極端に抽象的であるほかはない。それはやはり「象徴の烏賊」における〝インキ〟で書かれたもので、そこに新しい自己の存在を期待しようとしながら、結果的に自己の存在を隠蔽することになり、自己の全否定につながるものであった。〝無産者〟に実態はなく、抽象的な詩句として空に漂うことになった。これらの詩篇と自己の大きな空隙のはざまで春月は死を選び、結局〝無産者〟に実態を与えることはできなかった。それは詩における労働者像発見のための一つの過程がそこでいったん閉ざされたことを意味するものではなかったか」という。

確かに春月の労働者像は願望であって、実態をつかんだわけではなかったかもしれない。春月は「わが苦悶録——一懐疑主義者の告白」（昭和三年七月、未発表作、『生田春月全集』第八巻）に、自己

と時代との相剋を吐露している。

私はこの一年あまり、この現代の時世相に当面して、苦悶に苦悶を重ね、未だ正しい解決を見出し得ず、正しい道も見出し得ない。（略）

何となればそれは自分一個の問題ではなくして、現代に生きる文学者共通の問題だと思ふからだ。談、何ぞ容易なる。実践、何ぞ至難なる。しかも至難なるがゆゑに、ひるんではならぬ。やらねばならぬ。

春月は文学者は時代の触角でなければならぬと言い、文学と政治との関係は、現代文学者にとって最大最難の問題であるとする。現今の無産派文学者の主張は、文学を政治に従属せしめ、その論理的帰結は主張者の文学の領域より、政治の領域への進出・移動である。そして無産派文学者でその主張と確信のある人は、漸次政治的活動に移っていくとしながらも、文学は別才であり、政治もまた別才であると一歩踏み出しえない状況にあった。

小説に目を向けると、社会主義的な傾向のあるものに荒畑寒村や宮島資夫（すけお）がいる。

宮島資夫は一八八六年東京に生まれた。小学校高等科を卒業すると、貧しさのため職を転々としながら放浪生活を続けていた。そのようなとき露店で見つけた『近代思想』によって大杉栄らを知り、強い影響を受けた。宮島資夫の代表作ともいえる『坑夫』は多分に『近代思想』の影響を受けている。この作品は初期の大正プロレタリア文学を実現させる役割を果たしたと言われる。『坑夫』では階級的自覚もなく、反抗と憎悪と自暴自棄に生きるほかない鉱山労働者を力強いリアリティーをもって描いたが、出版後に発売禁止になった。宮島と春月は貧しく多難な少・青年時代を送ったこともあり、春月が第一詩集を出したころから交流があった。

大正期に労働運動をテーマにした宮島資夫の小説と、社会主義的な傾向が交叉する詩の領域では民衆詩派がある。民衆詩派は第一次世界大戦後にもたらされたデモクラシーの影響を強く受け、平明な言葉で人道主義的な作品を多く出した。彼らは一時大正詩壇の主流をなしたが、社会的、歴史的な認識はなかったといわれる。萩原朔太郎は、「大地」「民衆」「労働者」などの抽象的な概念をふりまわしているにすぎないとして、その空虚さを厳しく批判している。

春月は「眠れる無産者　みな立上る　朝」に、自らは立ち会うことはなかったが、根岸正吉は詩人の労働体験を「労働者よ」でうたっている。『どん底で歌ふ』（日本評論社　一九二〇）。

我は労働者よ

根岸　正吉

廻せ！廻せ！
廻したくば何程でも廻せ。
如何に汝が廻すとも
機械の前に我ら立たずば
一寸の布も編まれぬであろう。

一尺の糸も紡がれぬであろう。
糸の一管さえ巻かれぬであろう。

我は労働者よ。
何も知らず。——只此事を外にしては、
されど
我が知れる此事はいとも貴し。

我は『力』なる労働者の一人なり。

げにこそ
労働者は力なり。
我等が皆目醒むる時
為さんとし成らざるなき強き力なり。

大正時代の労働運動は、デモクラシーの高まりを背景にした社会主義的性格をもち、詩人が労働者となった。春月の観念的な詩から一歩進んで、一人の現実的な労働者詩人としてうたっている。労働者の存在なしに機械は廻らない。布の一寸も織れないという労働体験がある。しかしこれはどこか孤立している。他の労働者と共に、手をたずさえてすすむという連帯感はない。〝我等が皆目醒むる時　為さんとし成らざるなき強き力なり〟というその力とは何なのだろうか。

これに一つの力をあたえたのが、現実の労働運動の高まりであった。それが詩人を大きく衝き動かすことになる。詩として結晶するのは中野重治であると佐藤勝は言う。『中野重治詩集』には当時の「マルキシズム詩」中の白眉であるとともに、一知識人が次第に前衛に自ら結集させて鍛えていくその内的過程を主に心情の側面から鮮明に照らし出したものである。うたう主体がその状況に一方的によりかかることをせず、むしろそれからは自立して状況に対する主体の位置と構造とを前衛たる方向に向けてとらえようとしたところにあった。

機関車

中野重治

彼は巨大な図体を持ち
黒い千貫の重量を持つ
彼の身体の各部は悉く測定されてあり
彼の導管と無数のねぢとは隅なく磨かれてある
彼の動くとき
軌道と枕木と一せいに震動する
シャワッ　シャワッといふ音を立てて彼のピストンの腕が動きはじめる時

それが車輪をかき立てかきまはしていく時
町と村とをまつしぐらに駆けぬけて行くのを見るとき
おれの心臓はとゞろき
おれの両眼は泪ぐむ
真鍮の文字板を掲げ
赤いラムプを下げ
常に煙をくゞつて千人の生活を搬ぶもの
旗とシグナルとハンドルとによつて
輝く軌道の上を全き統制のうちに驀進するもの
その律気者の大男の後姿に
おれら今あつい手をあげる

ここには個人ではなく組織された労働者が「あつい手をあげ」ている。今まで自身のおかれた状況に無自覚であった労働者群が「全き統制のうちに驀進するもの」となる。団結する労働者が機関車のように力を得た姿である。

石川啄木の「墓碑名」から春月の「文学とプロレタリア」、宮島資夫『坑夫』(小説)、根岸正吉「労働者よ」、中野重治の「機関車」まで、佐藤勝の「マルキシズム詩の系譜　詩における労働者」を参考にしてみてきた。それは春月が若き日、文学か実際運動かと自問していたとき、堺利彦や大杉栄の門に出入りし、その他宮島資夫とも相知り、若くして満州で亡くなった社会主義者・荒川義英や佐藤春夫らとこの問題について話し、最もラジカルになっていた時である。

デモクラシーの洗礼を受けた当時の青年は、多かれ少なかれ社会主義的な思想は誰もが持っていた。思索と行動、文学と実際運動の間を揺れて、自己分析と不決断は春月だけの問題ではなかった。青年ばかりでなく、当時のインテリゲンチャにとってもつきつけられた問題であった。

春月は「或る叛逆者」（未発表　昭和四年七月一三日）に「かの篤学の教授が教壇を下つて、政治運動の渦中に投じたのも、その必然の要求からであつたろう。しかもここで我々は要求と天分との間の痛ましい齟齬を見ることはないであろうか。」と言っている。「篤学の教授」とは河上肇が京都帝国大学を去って共産主義者になり、地下活動に身を投じたことを指している。

その河上肇が捕えられ獄中にあった時、図書係を命じられ春月の詩集を読む機会があった。春月の自死について河上肇は獄中で詩を書いた。河上肇『自叙伝』第四巻（全五巻　岩波文庫　一九五二）の「仮釈放の噂　自叙伝執筆の許可」の項に載っている。長くなるが全文を引用する。『自叙伝』であるが第四巻では、河上肇は自身を弘蔵という名前で創作の形式で書いている。

これは経験のない者には到底理解され得ないことだが、この事は如何に完全に彼が仮釈放に見切りをつけてゐたかを証明して余りあるものである。彼が獄中で作つた『人は絶望に耐へ得ない動物である』と題する詩には、次のやうに書いてある。

「いひしらぬ絶望のなかに囚人のなげく如く、」
かゝる句を或る詩集のうちに見出して、
私は作者に次の如く告げたく思ふ。
人間は誰でも絶望のなかに生き得るものではない、
他からは如何に望みなく思はれる哀れな囚人でも、
その魂は飽くまで不思議に望みを持ち続ける。
詩人よ、この重罪監獄ですでに二ヶ年を暮らす私は
こゝでの見聞と経験を通して、
人間は絶望に耐へ得ない動物であることを君に証明する。
十五年二十年の懲役を言ひ渡されて居る者は
こゝの受刑者の大半を占めてゐるが、
一人でも出獄の日に望みをかけて居ない者はない。
六十乃至七十を越した老人も、　無期懲役の累犯者も、
こゝで死ぬると覚悟してゐる者は一人もなく、
いづれもみな仮釈放にはかない望を繋いでゐる。
たまにさうした望みを失ふ者がゐると、
あらゆる厳重な警戒にも係らず、　——年に一人や二人は、　——
自分で自分をくびりて死ぬる。

ところで詩人よ、あなたはまた歌つてゐる、
「輝きにほふ世界と思つた此の世界は、
暗いらうやに過ぎなかつた」と。
これは本当です。だが私は敢てさゝやく、
私はたゞに此のコンクリートのらうやばかりでなく、
人生の牢獄を出る日をも待ち望んでゐる者だと。
曙は近い、今少しお待ちなさい、
自分で自分を殺すのは早やすぎる、
もはや曙だ、陽の上ぼるのも遠くはあるまい。

こゝに詩人と云つてあるのはかの瀬戸内海に身を沈めたといふ生田春月の事だが、獄中で彼の詩集を繙いてゐると、彼のさうした最後が弘蔵には極めて自然の成行の様に思へたのである。

河上肇は「いひしらぬ絶望のなかに囚人のなげく如く」この詩の始めに歌っているが、これは『感傷の春』の中にある「「霊魂の秋」を読みて」と歌った春月の詩の一節である。

春月は「或る叛逆者」で河上肇についてふれていたが、河上肇も詩人・生田春月の名前くらいは知っていたようだ。瀬戸内海に身を沈めた春月に獄中の河上肇は「人は絶望に耐へ得ない動物である」と題する詩を書いたが、その結びに「もはや曙だ、陽の上ぼるのも遠くはあるまい」と春月に呼

びかけている。

春月が『ディナミック』に載せた「深夜に歌う」の始まりは「朝は来る、／必ず来る」であり、終りは「眠れる無産者／みな立ち上る、／朝よ来れ。／はや来たれ。」である。期せずして河上肇の詩は春月の詩に何と呼応していることだろう。春月亡き後の昭和一〇年に書かれているとはいえ、河上肇も春月も朝が来ることを予見していた。春月は生の最後のあがきのなかで、河上肇は「暗いらうや」で希望を持ちながら。

本題にかえれば、啄木の「墓碑名」は明治四四年（一九一一）六月につくられ、『中野重治詩集』（ナウカ社　一九三五）年発行である。四半世紀のマルキシズム詩の系譜という狭い範囲のなかではあるが、啄木に次いで春月の詩が時代の流れの中で取りあげられていた。詩における労働者発見の過程において、青年期に社会主義に近づいた春月の詩がいまだ観念的でそこに実態を与えることができなかったとしても、時代の触覚たろうとしたことは確かであり、春月の悩みは誠実なものであったということができる。

しかし晩年アナーキスト・石川三四郎に師事し自らの文学の歩みを振り返るとき「自分の文壇的罪過の一つとなつた文学の意義に対する疑惑説の根本は、そこから発していたのだ。だが自分には強くそれに反発する一面があつて、そこから自分と自分との噛み合ひがはじまり、どつちつかずの中腰の負相撲となつたのだ」（「嵐の中の蝶」昭和四年七月）と記している。春月は最後まで文学と社会主義、アナーキズムとニヒリズムに揺れた。これを統合するものが死を生きることだったのだろうか。

五　終わりに

社会主義とのかかわりはテーマとして重く、残された資料は少なく、これまで春月のソーシャリズムは問題視されてこなかった。

この問題に初めて取り組んだのが広野晴彦である。確かに広野晴彦の『定本生田春月詩集』の選詩基準は、春月の抒情詩より思想性の富んだ作品に重きがおかれている。春月は単なる叙情詩人ではなく、〝人間のもつ業〟と真正面から対決した生活者であり、求道者であり、真の思想をもった厳しい詩人であったことを出発点としている。彼の春月再評価の情熱と信念はここにある。広野晴彦は思想家春月の一分野を拓いた人であった。

この章で私が目指したのはその延長線上にあるといえるが、作品のなかの思想性も含めて更に一歩進め、春月と社会主義者たちとの広い繋がりを調査した。当時の世相の中で春月はどのような人物と交わり、どのような影響を受け、何を自分の生きる指針にしたのかということである。

木下尚江の『良人の自白』に始まり、生田長江編『反響』、堺利彦の「売文社」や機関紙『へちまの花』に続く『新社会』、大杉栄らの『近代思想』、ハイネ全詩の翻訳、石川三四郎の『ディナミック』などに集った人たちとの交わりである。そこに作家であり友人の宮島資夫や辻潤の『ニヒル』、などもからまってくる。春月はこれらの人たちの交わりから多くの影響を受けた。

一方で春月の感想集や『時代人の詩』など、詩による自伝という形に込められた春月の社会主義的な思想を追ってきた。「社会主義的な思想」と記したが、感想集や詩作品、評論集、社会主義者との交流から引き出したものであり、純然たる思想とは異なる。この時代の社会主義的心情を吐露したものである。しかしこれが春月のソーシャリズムを知る手がかりなのである。

それは時代と格闘し、今を生きる春月の批判的精神、社会的存在を意識した文学者の怒りや希求、絶望を交えながら書かれたものであった。そこには文学に生きる春月が、社会改革と同時に自己の魂の救済を求めて思想的に遍歴し、迷い、動揺した弱気な生をふくむ軌跡があった。繰り返すがそのことは時代の中で悪戦苦闘しながら、誠実に生きたということにほかならない。それは叙情詩人・春月の詩に広い視野と、真正な詩人に近づくための力を与えたのである。

本章ではこの一端を少しでも解明できたと思っている。

第七章

春月の詩と死

第七章 春月の詩と死

一 詩の国へ

(一) 春月の詩

詩作を解しようとするものは、
詩の国へ行かねばならぬ。
詩人を理解しようとするものは、
詩人の国へ行かねばならぬ。

これはゲーテ（春月訳）の一節である。詩人春月には彼の残した厖大な詩編がある。今日からみれば春月の抒情詩は感傷的と言われるものもあるが、そればかりではない。この章では今日評価されている春月の詩はもちろん、春月の新たな魅力を訪ねたい。

大正から昭和という時代は、大きな変動の嵐のなかにあった。文芸でいえば芸術近代派とプロレタリア文学の両極の勢力があり、文壇の現象もそのような様相を示していた。それは第一次世界大戦後の社会情勢の変化からおし寄せた巨大な波であった。社会機構も政治機構も経済機構も革命の嵐のなかにまき込まれていったのである。春月の文学活動はこのような時代に始まった。

詩集『霊魂の秋（心の断片）』は大正六年一二月、新潮社から出版された。春月二五歳のときである。主に『帝国文学』、『東亜の光』、『新声』、『反響』などに掲載された作品が中心で、その数およそ一二〇篇。放浪の少年時代から文学を目ざして上京し、自らの生き方をさぐる思想を求め、すべてを独学で励んださきに掴んだ詩集の刊行であった。そのためその時々に何度も書いた自序がすべて乗せられていて、二〇ページ前後にもなる。


「私は未だ認められずして已に忘れられたる詩人である。」

「これは失はれたる幸福の歌である。」

「この中には私の最もよきものが、即ち青春の夢が眠つている、美しい黄金の夢が、つらい現実の荒々しい手に無惨に引きむしられ掻き破られた蝶のように脆い夢が眠つている。」

「そうだ、これは私の愚かな夢想の墓である。」

「私は依然として一個の小さなロマンチケルである。無限の渇望の子である。あるがままの人生に満足することのできない理想家である。私がニヒリストとなつたのも畢竟私が余りに理想家であつたからではないか。」


綿々と嘆きにも似た苦節一〇年の苦しみ、孤独、暗愁が綴られ、詩は苦難の時代を過ごした春月の実存を色濃く反映している。だがそればかりではない。

初恋

初恋の人をおもふは、
なほ我が墓を見るが如し。
ソシアリズムは我が初恋なりき、
我れ年十七歳にして、
かの赤き表紙の書を感激もて読みき。
岡焼きをして、その恋とその恋人を
朋輩と世間は謗る。
かく我れも『貧乏人のソシアリズム』と
富める友より嘲けられ、
幼稚な感激よ、ヒロイズムよと
処世の哲学者よと笑はれぬ。
(されどそは一つのポエムなりき。)(略)

平等と自由とは人類の其の為に生きる
美しき夢なり、最高の標的なり、
しかもそは唯『死』の中に在り。
かくて絶対の自由と平等とを得んとて

人間はつひに死に行く。
――かく経験は我れに教へぬ。

いま我れは死をのみ信ず、
あらゆるユウトピアは蜃気楼なれど、
死のみは不滅のユウトピアなり。
我が努力は今やこれに向へり。
されどなほ世にあるうちは、
実体を掴み得ざるうちは、
夢をよろこぶ、詩人なる我れは。
初恋の人をおもふがごとく、
我れは愛す、ソシアリズムを。

×

美しき世界は深き深き苦痛の巣なり。
美しき世界は不治の病にかかれる美人の如し、
彼女の美しさは病的にして、
美を滅ぼすときにそは癒ゆるなり。
世界の苦痛をのがれんとする者は世界を棄てよ。

少年時代に始まる底辺を這うような苦しい生活に追われた春月は、社会の矛盾を経験し社会主義思想に心を寄せていく。新潮社・日本文章学院の添削のほかに堺利彦の売文社で仕事をもらい、荒川義英を通じて大杉栄らに近づいた。しかし我が道は文学にありとして、実際の社会運動に入っていくことはなかった。そのことは春月を様々な思想的遍歴に向かわせ、常に動揺した自己を抱え、生涯苦しむことになる。この詩には「平等と自由とは人類の其の為に生きる／美しき夢なり、最高の標的なり／しかもそは唯『死』の中に在り。」とすでに死を予言した言葉がみられる。春月は「ソシアリズムは初恋」というが、この重いテーマを恋や愛のように感傷的にしてしまったところに、文壇の厳しい評価を受けることになった。

春月の人生航路を先取りして言えば、この詩集にはすでにニヒリスチックな思想がその底に流れているが、社会のなかの個人であることを忘れてはいない。そのことを春月研究の嚆矢ともいえる広野晴彦の『定本生田春月詩集』（彌生書房　一九六七）の序に、元二松学舎大学学長　塩田良平は、「春月が単に寂寥孤独の感傷を歌つた詩人ではなく、いつも社会の変転に注目し、その視野を広く社会的関連におく、幅の広い思想的詩人であつた。（略）その点で読者は君によつて従来埋もれてゐた春月の一面をここに想起し、その詩業を再検討する機会を与へられたといつてよからう。」と評している。

これは初めて社会的思想詩人・春月の本格的な一面が掘り起こされた著作が登場したことを意味する。師もなく文壇の友人も学友もなく、一党一派に属さなかった春月が、文学史の中に早々に忘れられてしまったのは致し方ないのかもしれない。そのような春月文学に広野晴彦は医業の傍ら深い共感を寄せられたのである。

春月は死後に自分の詩に共感を寄せてくれる人もあるかもしれないと、ささやかな期待を寄せていた。広野の春月詩集編集はその期待に応えた初めての作物（さくぶつ）となったのである。これについて金子光晴の書評（『無限』一九六八年七月）がある。

広野晴彦編『定本　生田春月詩集』

金子光晴

広野氏の春月にあてての誠実な再認識と、仕事の努力に感心しました。百年知己を得たというものでしょう。（略）

彼氏とは、生前、三四回か、それ以上ぐらい会って、その時、小説のことをいろいろ話した記憶があります。（略）

あの人の魂が、あまりに素直で、そのために傷みやすいと考えるのは、あの人のペースにはまったようで、あの人には、もっと強情なもので、（あの人なりの自恃でどこまでも推し通していこうという強気。おもいようによっては、自棄的破滅的な強気）傷みやすさや、素直さを逆に人におしつけ、吹雪の渓谷の中につっ走ってゆくようなトラジックな生き方とつながっていたようです。透谷や、啄木のような、明治派の悲劇的詩人の系列の最後の人といってもいいでしょう。萩原朔太郎などにも、その悲壮癖はのこっていますが、朔太郎にはまだ、所謂、「芸術派」のあの手、この手や、欲情のふくらみをことばにするよろこびなどという、生との折りあいがあって充分なゆきつく先をつくっているようですが、春月には、その支えがないのです。（略）

瀬戸内海の月明に死を選んだロマンチシズムをどう受け取っていいものでしょうか。美しいソシアリズムの香り高い夢とのかかわりも、そのディスイリュージョンの花についても、それをおもっただけで、どうしていいかわからない焦燥と、もっていくあてのない憤りに似たものと、春月を考えると、追跡してくる、拒みきれないそれらを、どう僕らは、さばいていいものでしょうか。

広野君は、きっと、それにつかまったのではないのでしょうか。彼を、通俗叙情詩人と割り切ってしまう世間に対して、彼のもっとも不妥協的だった性格の性根の強さを、おっぴらいて、鼻づらにつきつけてみせたかったのでしょうか。

金子光晴は春月より三歳下の同時代の詩人である。何度か春月と会って小説の話などをしたということからして、春月の作品と性格を短い言葉でつかんでいる。春月はたんなる純情な恥ずかしがり屋ではなく、自恃をおし通す強情さは自棄的破滅的な悲壮なものがあったとする。金子光晴は春月文学を簡単に評価する人ではないが、透谷や啄木の系列の人間とみていることがわかる。

(二)　『日本民謡集』再考

金子光春には他の評者が一顧だにしない春月の『日本民謡集』(越山堂)をとりあげた書評がある。これは一九二一年(大正一〇)発行であるが、驚いたことに『生田春月全集』に収録されていない。民謡や小曲とは何か、またそれを春月がどのように考えていたのか、春月が小曲詩人といわれることに終生反発したその真の意味を理解していた金子の重要な書評である。

金子光晴「生田春月編『日本民謡集』について」

前段を要約すれば金子は、明治大正あたりの刊行物の中でうずもれた宝を発掘することは非常にむずかしいという。古い日本を知る方法としては『小泉八雲全集』の普及版でも出したほうが、日本人が日本人を知るという今日的な仕事に寄与することが大であると。

金子は『八雲全集』の英訳版や仏訳版を、ヨーロッパの家庭で再三見掛けていた。彼らは『八雲全集』を当時の日本を知る唯一の手がかりとして活用していたのである。欧米人が日本や日本人の認識を知ることと、『八雲全集』から私たちが直接うける日本への新しい感興は、たとえ今の日本と喰いちがう点があったとしても、東洋と西洋の実態をはっきりさせるうえでのカギになる。金子はこのような大きな前置きをして、春月の『日本民謡集』に言及する。

『日本民謡集』生田春月編（越山堂）

生田春月の『日本民謡集』をもち出したのは、この本に春月がじぶんであつめた俚謡が、死んだ昔の俚謡でもなく、商業主義が作り出した今日の歌謡曲のようなものでもなく、我々の身近い時代に、大衆の間でうたい出され、忘れられてゆく、地方地方の民謡であって、情感を通して、日本人の本音をきくのに便利なものであるからである。大正のはじめ頃、新潮社から出たうすっぺらな本で、いまでは古本でさがしあてるのも困難らしい。

菅笠片手に皆様さらば、長いお世話になりました。
器量およしが大根を洗う。どれが足やら大根やら。

ふるい義理人情や、ユーモアとともにある日本人の女のあつかいなどが情感的に滲みでて、まず我らが、よいにつけわるいにつけこの風土を知るに役立つ。

（「文学的断想」『金子光晴全集』第一三巻）

『日本民謡集』が出版された一九二〇年代初めごろは、誰の作かわからないような民衆が口ずさむ民謡や、小曲といわれる作を文学として認めていなかった。金子光晴は『小泉八雲全集』というまったく比較にならないほどの大作を持ち出して、春月の『日本民謡集』が日本古来の心を知る一端になる有用な著作であることを指摘した。ヨーロッパやアジアをはじめ世界を渡り歩き、鋭い現実認識と自由人の眼をもつ反骨の詩人・金子光晴だからこそ『日本民謡集』の真価を理解し、私たちにその価値を教えてくれる。春月の文学的な仕事として、これは最大の賛辞を得たと言っていいと思う。

前作でもふれたが橋浦泰雄（現岩美町出身）が一九二一年五月、第二回メーデーに参加したとして投獄されたとき、春月はでき上ったばかりの『日本民謡集』を彼に差し入れした。春月とは鳥取無産県人会で出会ったくらいで深い関係ではないが、同郷人として交流があった。橋浦泰雄は「民謡集はウィットに富んだ日本農民の思想感情を端的に表現したものが多く収録されていて、こうした編著であればこそ獄中の私に差し入れてくれたのだと思えてありがたかった」と、記している。

『日本民謡集』は春月の仕事の広さ、深さを知るひとつの資料でもある。春月は若い頃上野の帝国図書館に通って、日本の古典はじめ漢詩文や外国文学を独学で勉強したことは以前にも度々触れた。春月の勉強法は、自分の気に入った芸術性の高い著作をひたすらノートに書き写すことであった。春月はドイツロマン派作家に魅かれていたこともあり、クレメンス・ブレンタノ（一七七八〜一八四二）とその義弟ルードヴィヒ・アヒム・フォン・アルニム（一七八一〜一八三一）のドイツロマン主義を代表する作家が、民族童話集『少年の魔法の角笛』一八〇六年（以後『角笛』と表記）を共同執筆していることを知る。

彼ら二人は四年にわたるヨーロッパの旅に出て、その収穫物である『角笛』全四巻（三巻本もあり）を発表する。その当時からドイツでは芸術性をもった民衆詩は可能であるかという論争が起きていたが、『角笛』は芸術的な民衆詩を示すものとして登場した。しかしアルニムは集めた民衆詩を芸術的に書き直していたのである。そのためブレンタノは原詩の純粋さを損なうものとして対立した。これと同じような論争は自然詩と芸術詩をめぐってグリム兄弟でも争われた問題である。当時、『角笛』を手にしたゲーテはこの作品を好意的に批評し、とくに詩集の素朴な面を評価した。ゲーテが評価したことを知って、民衆詩の素朴な芸術性を重んじる春月は更に興味をもつことになった。

もう一つ重要なことは、『角笛』には多くの作曲家によって曲がつけられていたことである。有名なものはマーラーによるオーケストラ伴奏の歌曲集（一八九九）である。マーラーの交響曲二番、三番、四番にも『角笛』の詩がつかわれている。その他メンデルスゾーン、シューマン、カール・レヴェ、ブラームス、シェムリンスキー、ユリウス・ヴァイスマンらがある。民衆に語りつがれてきた詩歌は、その時代の人々の喜怒哀楽が織り込まれていて曲がつけやすかったといわれる。人々に口ずさまれる歌は、民謡にも吟遊詩人にも通じるものがあり、言葉と歌が同時にうたい出される楽しさがあった。

さて春月の『日本民謡集』にもどしたい。ブレンタノ、アルニムの二人の仕事に興味をもった春月は『日本民謡集』を思い立つ。長い時間をかけて完成したとき、春月はすでに日本には多くの民謡集があることを知って一時はがっかりする。しかし大観的な作は未だ一つもないことに気づき作品を纏めていったのである。

凡例によれば春月が目指したのは、「古代より現代に至る迄の苟くも民謡と講し得べきものを悉く網羅して、我国の上古よりの民謡がいかなるものであるかを、唯一の中に知らしめる」にあり「これ迄の民謡集とは違つて一にその文学的価値を以て採否の標準とし、純粋に文学的作品として鑑賞されるべきやう努め」、我国の民謡がいかにすぐれた文学上の作品であるかを一般の人に理解させる一助にしたいという。そして「民謡研究書目」として、当時すでに出版されていた民謡関係書籍の解題を付している。「諸国俚謡傑作集」湯朝竹山人著（辰文館）、「小唄伝説集」藤澤衛重著（実業之日本社）

などその数二〇点にのぼる。

『日本民謡集』の内容を目次から拾い出してみたい。

紀記歌集(林諸鳥編)、万葉集、神楽歌、催馬楽、東遊、風俗、雑芸、今様、梁塵秘抄、延年唱歌、朗詠、小謡、小歌、中古雑唱集(伴信友編)、閑吟集、隆達小唄集、諸国盆踊唱歌(一名山家鳥虫歌)、松の葉(秀松軒編)、増補松の葉(大木扇徳編)、若みどり(静雲閣主人編)、古代よし原小歌鹿の子、糸竹初心集、当世こうた揃、淋数座え慰、御笑草諸国の歌、浮れ草、巷謡編(鹿持雅澄編)、御船唄留、尾張国船唄集、艶歌選(鳥有子編)、潮来考(真朴葛選)、潮来風、小歌志彙集(小寺玉晁編)、小唄のちまた(同上)、長唄、端歌、大津絵節、二上り新内、琴唄、都々逸、俚謡正調、諸国俚謡及流行歌、童謡、古謡拾遺名吟家及雑。

これを見れば『日本民謡集』が今日、日本中で歌われているいわゆる各地の民謡を集めたものではないことがわかる。

本文の第一番目は、

『紀記歌集』素盞嗚尊御歌

「八雲たつ、出雲八重がき、妻籠めに、やゑがきつくる、その八重檣を」

我々に馴染み深い出雲文化圏の歌が始まりである。以下は略すが、改めて目次をみれば春月がこれほどの資料を通覧することができたのは、上野の帝国図書館に日参し、ひたすら資料を読み込んだ成果である。気にいった歌、芸術性の高いもの、口ずさめる歌、心うたれる作を選ぶことは、幸せな時間であったと思われる。創元社版詩人全集の春月小伝によれば、「好きな古典を写したノートは数十冊になる」とある。繰返しになるが金子光晴が『小泉八雲全集』という学術的にけた違いに素晴らしい著作まで持ち出して、春月の『日本民謡集』に言及したのは、一面において誇張でもなかったといえる。『日本民謡集』は「大正のはじめ頃、新潮社から出たうすっぺらな本」と金子は記しているが、彼の記憶違いで越山堂から出版された小型本とはいえ四〇〇ページを超す美本である。

春月は『新らしき詩の作り方』の「民謡詩」の項で、世界中どこの国にもある民謡は、詩の一番原始的なもの、最も純粋なもので、私は民謡を尊重し愛してやまないと言っている。だが春月は選歌に際して民衆に溶け込んだ平明なリズムと、卑俗な流行歌調をしっかりと峻別している。

春月にこういう仕事ができるということは、日本古来の唄、つまり伝統的な民衆の唄いぶりや地方の艶っぽい唄が、山陰という当時の都から遠い地に育った者の気質にある面で呼応し、小曲などにも繋がったと思われる。春月は西洋のヴァイオリンの音色もいいが、三弦の越を有する「小曲」も言葉と音色の一体感が庶民の生き生きとした喜びや色気を表現しているといってこれを愛した。しかし小曲を庶民の単なるはやし歌と曲解し、芸術的に無価値なものとする民衆詩派の人たちもいた。春月を小曲詩人と断定してやまなかった『民衆』派の詩人たちは、その後あれほど攻撃した小曲や創作民謡に大いに力をいれている。それは民謡も大衆の生活と労働に根ざすという考えによるものだと説明している。民衆詩派でなくても北原白秋、野口雨情らもふくめて、創作民謡は多くの詩人によってつくられ愛された。当然のことながら春月が収集した『日本民謡集』の内容とは基本的にその作風は異なるものである。

二　詩人生田春月の愛した海

(一)　春月の海

春月は幼い時から海に近いところで育った。二歳から小学校に上がるまで、米子市灘町の祖母に預けられて錦海(きんかい)・中海(なかのうみ)は生活の中の一つの風景であり、小学校時代は皆生(かいけ)の浜灘は彼らの遠足の楽しみの場であった。また両親の出身地淀江町（現米子市）に度々行き従兄弟たちと遊び泊まっている。淀江は海ぞいの細長い街並みが続く港町であり、夏の海水浴の頃は近在から多くの人で賑った。淀江は家業が破産した時、一時この地の学校に通ったこともある。後に東京から呼びもどされて、印南の質屋の若旦那を務めていたことはすでにふれた。短い期間ながら名和町御来屋(みくりや)（現大山町）に両親と滞在、この町の人情に親しみをもっているが、これも海ぞいの町で気にいっていた。

家業の破産で、春月は父と二人で中海の大根島に暮らしたこともある。橋で繋がっている現在の大根島では考えられないが、当時の大根島の生活は絶海の孤島に住むここちがすると表現している。その後一家は借金を逃れるために、当時の外地である朝鮮・釜山はじめ蜜陽ほかを転々とした。朝鮮を流浪していた時は一時淀江で暮らしたり、父に連れられて大阪へ行ったりと、玄界灘を都合六回行き来している。

春月は生活基盤がしっかりとあった幼少期も、流浪している時も海は常に身近なものだった。自伝的長編小説『相寄る魂』の始まりは皆生の浜灘への遠足であり、その終りはこの浜から主人公・純一と敏子が小舟に乗って海に消えていく場面で終る。作中には「自死自葬論」がある。

「陸上で自死したんでは、遺骨が人の邪魔になる。どうしても葬式せんじゃならん。然るに海中ならば、そんな事を要らん。海中がもとこれ大なる自然の墳墓じゃ、そこで一隻の船に搭じて、海遠く乗り出して行って、そこで潔よく自ら葬るんじゃ」と作中人物に言わせている。

これについて「私があの不思議な人物に会ったのも、もう二十年近い昔となった。自死自葬論という奇矯な意見を抱懐してゐたあの赭顔の老人にあつたのも。私はその人を自分の作中に描き、その主張をいはばその作品のライトモテイフとしたのであつた。」と『或る反逆者』(昭和五年三月十二日)に記しており、春月の創作ではなく実在の人物の説だったようである。

入水して自らの生に終止符を打った春月の足跡は、海に関連した作品によってもみることができる。以下は春月の少年時代から順を追って「海」の作品をとりあげていく。

(二) 海の詩

明治三七年、大根島での酒づくりを諦めた父・左太郎は再び米子に帰った。春月は角盤高等小学校二年に復学し、友人の田中幸太郎らと回覧雑誌『若草』、『花籠』、『天使』を発行する。これについては「新出資料にみる若き春月とその時代」に詳しく記したが、現在この回覧雑誌が残っている最も古いものは『天使』第七号（明治三七年七月一日発行）である。春月一二歳、確認できる少年時代の最も古い詩は海がテーマである。

夕の海

梅のや生（春月）

峯はかすみ遥かの沖辺はさながら
白金の線を引いたやう、
やがて空も海も次第に暮れかゝり
何時としもなく立ちこむる靄、
水の上を這ひ波の足を含風に乱れ、
潮に漂ひ茫として水天髣髴、
夢の空か幻の海か、折しも漁火一点……
二点……
浮べる星と燦めき出でゝやがては沖合に
火花を散らしたやう、
波打際をさまよう我は美の魔に襲はれたやうで
何だかゾッとするのである。

あゝ夕の海……

淀江には回覧雑誌「天使　淀江支部」があり、従兄弟の六郎や仲間の高等小学校の友人たちと文芸をとおして遊んだ。春月の「夕の海」は一二歳にしては大人びた作である。それ故にといおうか詩情に酔っているにしても、意気込みが伝わってくる。

次に私事になるが、春月について私が三〇代の頃に祖母から聞いた話である。

淀江・印南の質屋の若旦那時代、春月は仕事が終わるとよく一人で海に行ったことが「淀江日記」他に出てくる。私の祖母は春月と同年代で、印南家の近くに家があった。伯耆街道に面した質屋からこの街道を横切ると、人一人がようやく通れる狭い路地が一直線に海に向かって伸びていた。夏の遅い夕暮れどき、春月はこの路地を通って海に通っていたという。私も時に歩いたことがある。現在この露地は何ヶ所か切れてなくなり、一直線というわけにはいかないが所々に跡をたどることはできる。

祖母は「いつも俯きかげんで、人と目を合わせんようにして歩くおまえさんだった。」と言っていた。質問すればもう少しいろいろな話をしてくれたであろうに、後年私は春月研究に取り組むことになるとは思いもよらず、「祖母は春月のなまの姿を知っていたんだ」と悩み多き青年期の春月を想像したが、ただそれだけで終わってしまった。

淀江の灘から見る夏の海の残照は、春月が意にそまぬ仕事の明け暮れを慰めるものだった。春月一七歳の「淀江日記」には、

「凡ての人に取残されたやうな感がおこつてならぬ。東京の空を望む時、特にさうである。」「海ばたを通ったが、磯の上に魚船の引上げてあるさま、暮れゆく海の静かなる、雲のおくに大山の見えるのも、皆なつかしい。淀江にとるべきは、たゞそれこの景色か。自然を外にして、あゝ何ぞ、醜劣を極めたる。(略)。

広い沙原に立つたら「あゝ実にいゝ」と、思はず嘆声が唇をもれた。」

「この黄昏こそ、正しくアダム、イブの黄昏であつたらう。」

「山も、雲も、畑も、まだおぼろとはいへない。海はきはめて明るい。美保岬の灯台が、隠見する。一舟東に流るゝが、鮮に黒く見えた。」

とある。春月はそのときどきの気持ちを歌っている。

故郷の夜の歌

一

日の下にすべての命はすこやかなれど、
幽暗の境に、我れは姿かくして、
よろづのものの枯るゝを待たむ——
荘厳の夜、うるはしの夜を待たむ。

二

夜こそは我が命なれ、我が力なれ。
この夜にひとり立つ時、
あはれ、身も溶くる楽しき思ひ出は、
よる波のごと、ひそやかに我れに立返るなり。

（『感傷の春』大正七）

質屋の一日の終わり、夜のとばりに包まれる頃、独り海に向かい詩人の魂をもつ我にかえる。春月一七歳のときである。

詩は青年の芸術だと言われるが、若くして抒情詩から出発した春月は長くこの世界に浸ることになる。次に第一詩集『霊魂の秋』（大正六）から。

海の死

我れを育てし揺籃（ゆりかご）よ
限りなき広き我が寝床よ、
永遠に朽つるなき我が墳墓（ふんぼ）よ、
世に挟め、壓（お）しつけられて、
我は限りなく汝（なれ）を慕ひき。

…………………………………

海の求めし花婿よ、
地の上に不幸なる者よ、
漂へ、漂へ、海の上を――
生ける者の最も勇敢なる者も
未だ行かざりし北極に、
氷の墓は汝を待たん。
海の象なる鯨の群れ、
古き世界の王者のごとく、
汝を衛りて導かん。

漂へ、漂へ、海の上を――
果てなき波とたはむれて、
世に忘れられし汝が歌を
眠に誘ふ守唄に
やさしき波はうたふべし。

地の上にありしとき一たびも笑はざりしもの、
波の中なる波となり、
踊り、狂ひ、叫びて笑へ、
汝を棄てし女の
汝を売りし友の
その地上のあはれなる幸福をあはれみつつも。

遠き故郷の岸を打ち
幼馴染の墓を洗ひ、
汝を追ひし地の上に
雨と降れかしやはらかく。

地と相容れぬ陸上の反乱者、
海にのがれよ、
海は故郷なき亡命客を
などかつれなく陸の上に投げ出すべき、
海の胸は限りなく広し。

……………………………

海よ、広き胸もつ花嫁よ、
汝が新床に年若き夫をむかへよ、
古くして、とこしへに若き汝の欲情もて、
大いなる詩人シエリイになせしが如く、
小さき詩人の我れにもなせ。

春月の詩のふるさとともいえる海。この海に無限の可能性を求めて船出する者に希望を与えてくれる海。海は地上にある春月の魂の安らぐところであった。故郷を追われ漂泊者となり、満たされぬ思いを抱く春月を迎え、慰めてくれるのは海なのだ。「――海よ、／僕らの使ふ文字では／お前の中に母がいる。／そして母よ、／仏蘭西人の言葉では、／あなたの中に海がある。」と歌ったのは三好達治であるが、「海」という字の中に母がいるのである。春月は母性に甘えるように海なる母、女性・にょしょうを求めたのであった。

次に第五詩集『澄める青空』（大正一一）から。

海浜にて永遠を思ふ

ひとり海浜に立つて、
寂寞のうちに永遠を思ふ。

流沙（りゅうさ）海を埋めて
遠浅をつくり、広き磯をつくりて、
磯はやがて砂畑となりし海辺に
たたずみて、瞳（め）をひろくはなてば、
大山（だいせん）は紫にかをり、
低く左に船上山（ふなのへさん）並ぶ。
かの山の麓こそ、
上代（じょうだい）の海なりしならずや。

今われここに立つ、
ただ見る近き砂原に
海高鳴りて身を寄する。

ひとりその海の音聞きて
静かにわれ永遠を思ふ。
ここわが立てるこの砂浜よ、
幾星霜ののち、幾百幾千の歳月の後、
やがては山か野か、流れか原か。

飛ぶ鳥に問ひよれども、
鳥は答へず、
這ふ蟹に聞けども、
蟹もかたらず。

さびしさよ、あかき秋の日、
波の音に、ふとわれは覚ゆ、
永遠はわがとなりにあるにあらずや、
いな、わが衷(うち)にあるにあらずや。

大山は神の在す山、伯耆人の崇拝と畏敬の念を、その雄大な姿をもって鼓舞する信仰の山である。長く裾を引く伯耆富士は、古来その裾野に住む人々の象徴であった。大山を広大な日本海から眺めるとき永遠につながる我を感じ、自然のなかに調和する人の心を表現している。感傷性はあるが、心の衷に故郷を抱いている。

前出の「海の死」もこの「海浜にて永遠を思ふ」にしても、春月の詩は言葉の平明さや物語性が当時の若者に愛された。詩のために用意された珠玉のような言葉はないが、いつのまにか読む者の心のなかに深く入り込んでいくのが春月の詩だといえる。

㈢「遺稿詩　海図」

最後は「遺稿詩　海図」である。その前に春月が死後に発表を予定して書きついでいた「象徴の烏賊」を改めてみておきたい。

象徴の烏賊

或る肉体は、インキによつて充たされてゐる。
傷つけても、傷つけても、常にインキを流す。
二十年、インキに浸つた魂の貧困！
或る魂は、自らインキにすぎぬことを誇る。
自分の存在を隠蔽せんがために
象徴の烏賊は、好んでインキを射出する。

昭和五年六月、春月の遺稿詩集『象徴の烏賊』（第一書房）が出版された。これが詩集の表題となった同名の詩である。春月自らが自身の最高の詩境を表したものだと、第一書房主・長谷川巳之吉に遺書で伝え、出版を請うた作である。ハイネを愛した春月が、ハイネのロマンツェロの形式に影響を受けた象徴詩であり、これまでの春月とは異なる新しい詩境があらわれた。そしてもう一人『象徴の烏賊』成立については、萩原朔太郎の影響がある。

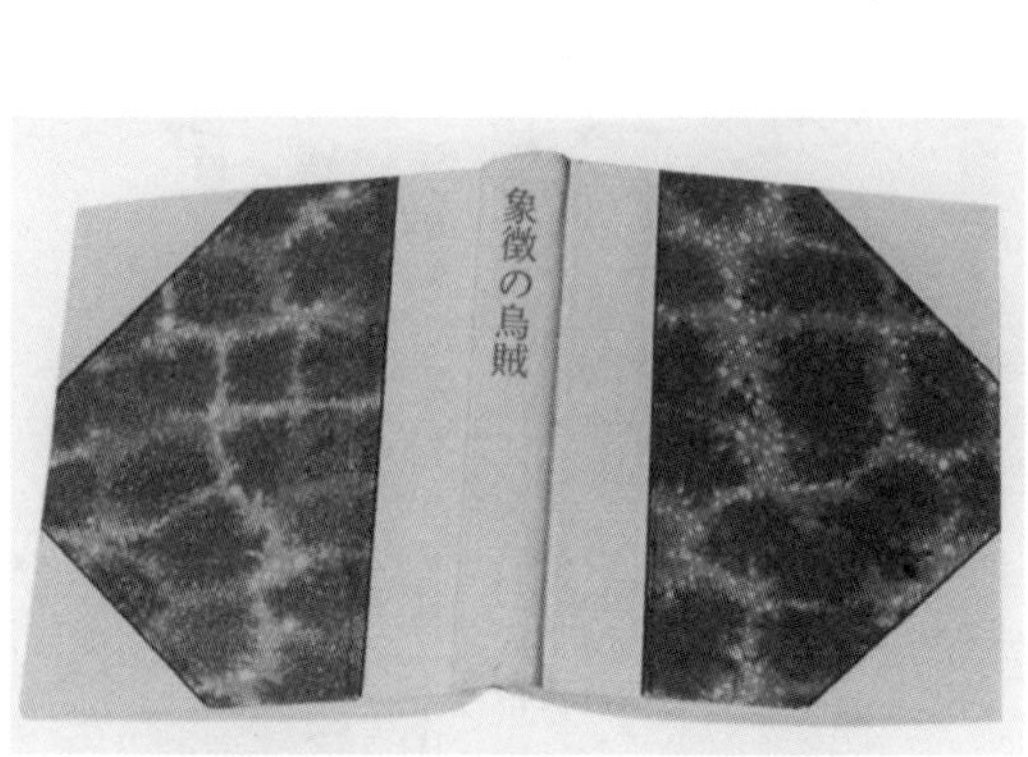

遺稿詩集『象徴の烏賊』（第一書房）

生田春月君に就いて

萩原朔太郎

芸術上の傾向として、僕と生田君とは可成離れた立場にあつた。僕は広義のイマヂストに属する詩人であるのに、生田君は純粋に生活派と言はれる側の作家であつた。丁度キーツとハイネが詩人のコントラストであつたやうに、或は僕と生田君とも、現日本詩壇の好対象であつたか知れない。しかしながらこの対応は、芸術に於ける極く表面上の相違にすぎない。本質に於て見れば、僕と生田君とは全く系統を一にしてゐる詩人であつた。何よりも僕等は、生活者としてのイデヤを一にし、且つ芸術に対する解釈を根本から一致して居た。「君と僕とは何から何まですッかり同じだ」生田君は常にさういふことを僕に言つた。僕もまたその同じ事を常に感じ、いつでも心の中で彼の手を握つて居た。(略)

芸術上でも、生田君は常に僕の善き理解者だつた。彼は僕の旧著『新しき欲情』を、詩壇のだれよりも深く愛読し、あの全く黙殺された書物に対して、熱心な紹介をしてくれた唯一者だつた。そして今度の著書『虚妄の正義』に対しても、僕が恥かしいほど最高の感激を寄せてくれた。

『生田春月追悼詩集　海図』(交蘭社　昭和五)

以前から朔太郎と春月は詩人としての交流はあったが、春月が死に向って意識的になった昭和三年から五年にかけて急速に深まり、無二の親友といわせるまでになる。それは朔太郎の『月に吠える』、『青猫』の二詩集に対して、朔太郎あての春月の手紙に「ボオドレエル的の意味で、兄が象徴詩人であつたのに対し、僕がゲエテ以降のドイツ浪漫派の象徴詩を宗とするところあつたからです。(略)

此故に、二人が同じ道を行く人であり、その思想詩に於て相一致するものある事、僕が謙遜な誇りをもつて半哲学者とよぶ（これはかの死せる体系と概念分析とに奔命する、ショオペンハウエルの所謂るフイロソフイ・プロフエッソオレシに対する皮肉でもあります）詩人哲学者（これこそ真の詩人）として、まことに「始めから相思の仲の友」である事が、うなづかれるのです。」とある。そして「ショオペンハウエルからニイチエへの道、ハイネとボオドレエルとの関連、その相互内の意味、それらについての兄の言葉は、実に意味深いものであり、僕には最もうれしいものです。」とあり、これは朔太郎から手紙をもらった春月の返信であることがわかる。そして「殊に『月に吠える』のペシミズム、ニヒリズムから「新しき欲情」へのニイチエ的肯定への開展は、僕自身の道といかに似たものが多いか。」と続く。

朔太郎の二作品をとおしての交友は、春月に自らの新しい象徴詩のあり方を模索することにつながったのである。それが死後に発表することを予定していた『象徴の烏賊』であった。

『象徴の烏賊』について武田寅雄は「生田春月論」にいう。

> そこには曽ての甘い感傷の匂いもなく苦難を越えた静寂のみがある。それは作者の心境ばかりでなく詩境に於て一段と飛躍が感じられる。（略）思うに『象徴の烏賊』が数年前に発表されていたら詩壇の評価は変っていたかもしれない。思想の嵐の吹きすさぶ昭和五年の詩壇は彼の詩に一顧も与えなかった。然し『象徴の烏賊』こそは彼の詩の完成した姿であり、日本象徴詩の一つのデフォルメであると言うことが出来る。

（『研究紀要』第五号　松蔭短期大学　一九六四）

春月自死の直前に書かれた絶筆「海図」について語るときがきた。

遺稿詩　海　図

甲板にかかつている海図——それはこの内海の海図だ——
じつとそれを見ていると、一つの新しい、未知の世
界が見えてくる。
普通の地図では、海が空白だが、これでは陸地の方
が空白だ。
ただわずかに高山の頂きが記されている位なもので
あるが、
これに反して、海の方は水深やその他の記号などで
彩られている。
これが今の自分の心持ちをそつくり現してゐるよう
な気がする。
今迄の世界が空白となつて、
自分の飛び込む未知の世界が彩られるのだ。

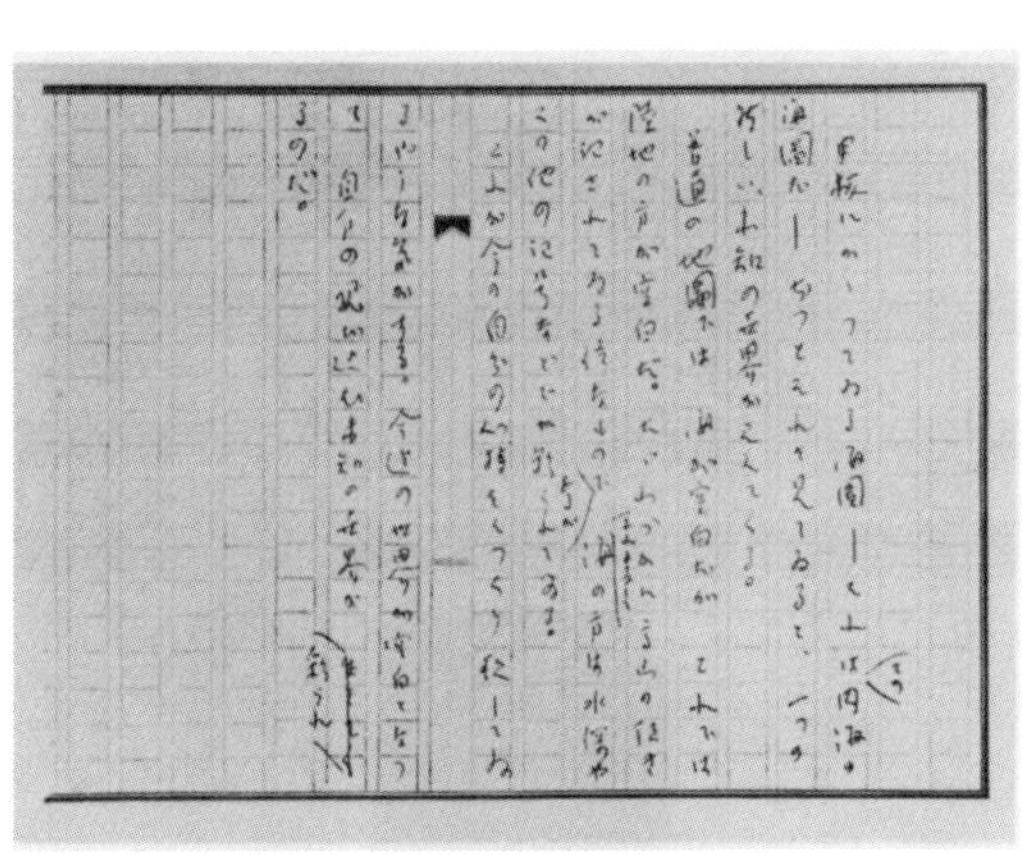

春月自筆原稿『海図』

何という静けさであろうか。春月は目前の己の死を、まるで未知の世界へ旅立つように冷静にみつめている。すべてのものから解放され、無の境地に立ったとき、海図を目にして一瞬のうちに湧いてきたのだ。詩人・生田春月の最高の詩はこのようにしてできたのだった。

この項では春月の海をとおして詩評を試みてきた。春月の詩の山は厖大でテーマを彼の海への思念に絞った。海は春月の詩情にもっとも近しいものであった。

最後に春月の詩全般について纏めておきたい。

詩に寄せる春月の思いは前項の「詩の国へ」やこの項の「海の死」をみてもわかるが、詩は春月の喜び、悲しみ、慰め、ついには〝いのち〟であり、彼の心、そして血肉といってもいいものである。言いかえれば、春月にとって詩は精神であり、生き方であり、思索である。いのちをかけた精神による自我の探求である。

春月は自己の衷に息づく想いを、どのようにして詩に結びつけるかに格闘した。春月の詩の特色は、表現形式は平明でも、そこには深い内省がある。春月の『霊魂の秋』は自費出版ではなく、新潮社から刊行された詩集であるが、詩集がベストセラーになった初めての例である。続く『感傷の春』、『新らしき詩の作り方』もよく売れた。これを文学の大衆化、商業化ということもできようが、何よりも若い人を詩の世界に目覚めさせたのである。

詩は素直でなければなりません。まるで琴や笛のやうに従順でなければなりません。（略）詩は本能の所産なのですから。（略）。若し努力が要るとすれば、それは詩作の技巧の上の努力ではなくて、人間としての自己を作る努力です。

伊藤整が「『新らしき詩の作り方』を愛読して、多分作品を作ることを私に手引きした本はこれであり、私によい影響を与え、真面目な詩作を続けた」と「私の読んだ本」に記しているように、若い人への詩作の誘いでもあるが、自身の作詩の方法である。

繰り返すが、春月に学友はなく、師はなく、一党一派に属することもなく、独りで歩いた文学への道であった。春月が頼ったのは先人の残した膨大な作品群だった。上野の帝国図書館の資料が春月を育てる大きな役割を果たした。春月がここで写したノートは数十冊に及ぶ。『日本近代名詩集』、『泰西名詩名訳集』、『日本民謡集』はその成果である。

春月は自らの詩作、創作のため外国の作品も厭わない。むしろ積極的に取り入れた。翻訳は文学的知識欲と生きる糧を得るためのものであったが、ひたすらなる刻苦勉励による賜であった。

独学で文学の道に入った者に、当時の詩壇や文壇から陽のさすことは稀であった。というより誹謗中傷に晒されやすかった。事実、思いもかけず華やかな文壇デビューとなった『霊魂の秋』は、苦悩と深い内省が中心である。しかしこの中の抒情詩をもって小曲詩人と揶揄されることになった。

翻訳においても日本で初めてハイネ詩全訳を成し遂げた功績にもかかわらず、ハイネのロマン的な抒情詩のみの翻訳者扱いを受けた。はじめ春月はそれに対して度々抗議したが、民衆派詩人等の反撃の声はますます大きくなり、ついに「片隅の幸福」を唱えて文壇に背を向けた。

しかし昭和三年の義弟の死に始まる生活の激変、自身の病気、二人の女性との恋愛の再燃、家庭不和等により死を意識するようになる。それに伴い春月の詩作に時代を生きる詩人のあり方を問う思想的なテーマが前面に出てくることになる。

「詩は叛逆である　―社会詩人と党派とについて―」

詩は叛逆の精神から生れる。叛逆というも多様であるが、何らかの叛逆の精神を失った時の詩は、形骸に堕し、或ひは偽古典主義の亜流に堕せざるをえない。少なくとも、自分の解する詩は、一切の法則に対する叛逆である。束縛を破らんとする力である。詩は絶対自由の子であるべきものだ。詩は人間の生命の響であると同時に、時代の激動の乱打する警鐘でもある。（略）

詩はその本質からして、アナキスティックであるべきものだ。何となれば詩人は最も自己の個性に忠実であるべきと同様に、また時代の波動にも最も敏感であらねばならぬからだ。

（『宣言』昭和四年十一月号）

ここには一〇〇年前に青年ドイツ派の詩人から出発し、当時のプロシャの旧体制に叛逆したハイネの跡を歩く春月がいる。「時代人の詩」はハイネの叙事詩に大きな影響を受けたものであった。

三　春月の死　時代の白鳥

(一)　死を覚悟

昭和三年一月、妻花世の末弟・西崎満洲郎が急死した。春月夫妻は我が子同様に可愛がり、満洲郎も春月の助手のように誠実に働いていた。春月は最愛の子を失ったように嘆き、自身も直腸炎に倒れ執筆もままならなくなる。このときのいきさつは感想集『影は夢見る』（新潮社　昭和三年）に詳しい。満洲郎を失って二ヶ月後、ようやく病の癒えた春月は「不許他見」と書いて、「時代人の詩」を書き始める。それと同時に後に「象徴の烏賊」と題されることになる一連の詩作にとりかかっていく。

今回『生田春月全集』を読み返して気付いたが、昭和三年四月頃から同五年五月一九日の自死にいたる間に書かれた「或る叛逆者」（単行本として出版されていない。『全集』第八巻所収）は全集用に後付けされた総タイトルである。ごく一部発表されたものも交じるが、そこに執筆した年月日は付してあるが掲載誌の記載はない。未発表ということもあり、社会に対しても、自己に対してもこれまでにないほど叛逆性が激しい。春月個人のみならず時代を生きる文学者共通の苦しみが表白されている。

「黙殺は孤独な文学者の宿命である。生涯何の党派にも属さない者は、この権利のもとに死ぬだろう。」

「叛逆性は自分の宿命であつたのだ。曽て熱愛したものを、曽て崇拝したものを、まもなく不当に憎悪し、不当に蔑視する。自分に勝手な幻影を懸けて、美化し、理想化して、これに陶酔したものが、その常体の実相を知るに及んで、偬ち深い幻滅に陥り、反動的に、これをその真価以下に貶黜（へんちゅつ）する。実に危険な性格である。」

「ニイチェは高貴な性格であつた。然し、かうした人であつたと云はれる。彼のワグネルからの離反の如き、思想的乖離のためとは云へ、その顕著な例である。その点だけは、自分もニイチェに似てゐるのかも知れない。」

「自分も多くの離反をした。個人に就いては沈黙するとしても、或る主義や思想に於いても、自分はいつも離反者であつた。人道主義、社会主義、それから宗教……自分はあらゆる陣営からの脱営兵だ。だが、事実は、真実の離反ではなく、離反がかへつて真の投合であつたかもしれない。自分の全体が判明するとき、その事もまた判明するであらう。

（昭和三年九月二十五日ごろ）

死を意識した昭和三年から、春月はアナーキズムとニヒリズムの傾向が最も強く現れるようになり、それは自伝的長編詩「時代人の詩」に色濃く反映している。新境地を拓いた象徴詩「象徴の烏賊」、苦悩の時代を生きた自己をふり返る感想集「或る叛逆者」、長編詩「時代人の詩」の全く異なる作を秘かに書きながら、ズーデルマン作『猫橋』の翻訳に全力で取り組むという四つの仕事を、己の最後の仕事として向かっている。

春月は生活の上でも一変した。この頃から「片隅の幸福」を脱して積極的に外に出て人と交わるようになる。辻潤の主宰する雑誌『ニヒル』に寄稿し、社会主義者・石川三四郎の『ディナミック』に毎号社会主義的な詩を寄せ、その思想に共鳴して師と仰ぐようになる。萩原朔太郎と深い交わりをもったのもこの頃からで、春月の詩に変化をもたらすきっかけになる。

さらに京都紫野・臨済宗大徳寺の住職・中村戒仙を知った。当時中村戒仙の妻であった江口章子の紹介によるものであろう。江口章子は大分県香々地町出身、代々名家で資産家であったが没落、章子は流転の末、北原白秋の二度目の妻となる。『青鞜』、春月主宰の『文芸通報』にも会員であったことから、春月夫妻とも交流がある。江口章子については『さすらいの歌』原田種夫著（新潮社　一九七二）、『ここ過ぎて——白秋と三人の妻』瀬戸内晴美著（新潮社　一九八五）に詳しい。そしてもうひとつ『文芸通報』の投稿者であった二人の女性が、満洲郎の弔問に訪れたのをきっかけに、恋愛関係が復活する。名古屋と神戸の女性である。これが花世とのあいだに家庭不和を起こすことになる。

春月は十年の片隅の生活から、勇躍世間に出て戦う姿に変わっていった。だがこれは春月が本来もっていた彼の強情なものが、ここに至って出てきたのである。この章の一に記した金子光晴の春月評「あの人なりの自恃」でどこまでも推し通していこうという強気。「おもいようによっては、自棄的破滅的な強気」と言ったように、「素直で傷みやすい純情な春月」のもうひとつの面が死に向う決意を定めたことで吹き出してきたのだ、といえよう。

(二)　死の準備

昭和に入ってから春月の著作、詩集、小説、評論、翻訳など（再編、再版を含む）は二〇冊以上にのぼる。

そのほかに昭和八年、『社会詩集』ハイネ著　生田春月訳　生田花世編（改造文庫第二部第二一六編）が出版される。これは春月が昭和五年に出版を予定していたもので、社会詩人としてのハイネを高揚するため春秋社から出していた『ハイネ全集』をさらに改訂修正したものである。春秋社のまえには越山堂から出しており、三度目の改訂版になる。花世は春月が死の直前まで熱意に燃えてさらに定本を改訂修正していた姿を知っており、三年の歳月をかけて編集に携わり、その遺志を継いで出版したのである。

『社会詩集』ハイネ著　生田春月訳
生田花世編（改造社）

昭和に入ってからの五年とはいうものの、昭和元年は七日ほどしかなく、春月は昭和五年五月一九日に自死しているので、実質三年半の間にこれだけ多様な仕事をしている。その間新作の詩集はわずかに『麻の葉』と『抒情小曲集』である。いかに「象徴の烏賊」と

「時代人の詩」に力を注いでいたかがわかる。

春月の死の準備とは、まずこれまでの作を再編して纏め、作品としてしっかり残すことであり、秘かに書き継いでいる二つの作品を完成させることだった。その上で新潮社のナンバーツー・中根駒十郎あての遺書から見えてくるものがある。びっしりと書き込まれた春月の遺書を要約すると、

一、明白な誤字でない限り、みだりに訂正しないこと。校正は友人の石原健生君（同君は漱石全集の校正者です）にお願いしたい。

一、旧版を新たに組直す場合は自宅にある訂正の台本に従ってもらいたい。

一、「時代人の詩」は、伏字には慎重を要し、石川三四郎氏にみてもらいたい。

一、自宅には「人生詩集論」ほか他にもいろいろな作品があること。

一、全集の出る場合は、ハイネ全詩集等の訳詩は入れてもらいたい。「大体の指定」は自宅に書き残してあります。千枚位宛で全十巻になります。」と締め括り、最後に遺族に残す著作権のお願いをしている。

この世に作品を残すこと！そうすれば我が子とも思う作品が一人で歩いていくだろう。あるいは世に埋もれることがあるにしても、我が著作の全集が発行されることは既定のこととして自信があり、春月はまったく疑っていない。中根駒十郎あての遺書はすべて全集発行の指示となっている。この自信はこれまでの春月の人生に無縁なものだった。いつも我が魂の救済を求めて思想遍歴を重ねてい

た。だが今最後の二つの作品のなかに生きる己の魂を信じたとき、春月は我が手に人生の結晶、愛しい玉を確かに握っていたと思われる。

三 最後の旅へ

さて原題のテーマに戻れば、春月の自死の原因は何だろうか。

様々なことが考えられるが、文学者春月にとって主なことは二つあると思われる。一つは自分にはもうこれ以上の詩は書けないという文学者の自覚ではなかったろうか。今書き綴っている「象徴の烏賊」は、自己最高の詩境である。もはやこれ以上先にすすめない。この詩の完成が詩人としての人生の終わりであるという自覚があった。これ以後は、詩人としての無為の自分がみえてしまったのではないか。文学者の生死とは何であろうか。文学創造の壁が打ち破れなくなった者が、年だけを重ねていくことはもはや文学者とはいえない。文学に命をかけてきた春月はそのような晩年を生きることはできなかったに違いない。ここに創作に生きる者の厳しい宿命を見る思いがする。

このことを妻・花世への遺書に次のように記している。

「時代は変つた、今切上げるのが、まだしも賢いだろう。この行詰りは人間業では打開できぬことだ。一日生きのびれば、一日だけ敗北を大きくするばかりだ」。

そして二通目の遺書に「謂はゞ文学者としての終りを完うせんがために死ぬやうなものだ。たしかに此上生きたら、どんな恥辱の中にくたばるか分からないのだ。（略）だから、これが僕らしい最期で、僕としての完成なのだと思ふ。僕の生涯も愈々茲まで来たのだと考えると、実に不思議な朗らかな寂しさを感ずる。」

三年前には春月と同年生まれの芥川龍之介の自死がある。その知らせを聞いて春月は「やられた!」と叫び、萩原朔太郎は「やったな!」と言ったが、春月は「わが苦悶録——一懐疑者の告白」(『或る叛逆者』)でそのことにふれている。

時代に順応しない人間は、生きる事をゆるされない。時代に順うべきか、背くべきか。これは現代日本の文学者に課せられた宿題である。(略)

時代は常に転変する。無数の犠牲者の死骸を越えて進む。北村透谷、川上眉山、芥川龍之介、これらの人々は、多少ともあれ、時代の犠牲者として葬られた人々である。(略)

芥川氏の遺書中の、漠然たる不安の語は、今にして思えば、実に適切な表白であつたと思う。(略)聡明な芥川氏が、その不安を、素朴無知なる人々のようにただ漠然と感ずるのみで終る筈はなかつたであろう。が、その分析した結果は、依然、漠然たる不安の語によつて、最もよく表白できたのではあるまいか。鋭敏な文芸の神経に対して、現代の刺激はあまりにも強く、現代の波浪はあまりにも荒く、時代苦は繊細な心身を圧倒するであろう。そして、かかる薄弱を、ブルジョア・インテリゲンチャの病患として、無産派は同情を寄せない。その一身上の問題として、多くの意義をおき得ないのだ。(略)

漠然たる不安とは、帰するところ、時代的不安なのだ。文学者は時代の触角でなければならぬ。

(昭和三年九月)

同じく「芸術家の誇り」でも芥川の死についてふれている。人間には誇りがあり、その人一倍熾烈なのが芸術家であり、それを考えないと芥川の死は理解できない。彼なら大学教授でも何でもつぶしがきいて、生活には困らなかった。しかしそれは彼の死にも劣るもので、芥川は一流の作家としてでなければ生きたいと思わなかったのだ、と。

この言葉も先に引用した言もまさに、春月自身の死を語っているのである。芥川の死に続く春月の死がここに予言されている。

春月二つめの死の原因は少年期にさかのぼる。明治四二年九月の『淀江日記』には、自殺、死という言葉が何回か出てくる。

九月一六日の日記には、父一家は朝鮮を引きあげて淀江・太田の離れに仮寓している。春月の印南家養子がきっかけであり、これによって両親は以後の春月ばかりでなく生田家の経済的基盤が確かなものになったと思った。病気がちでしかも五年にわたる朝鮮の生活で、家運を挽回する見込みのない生田左太郎一家にとって朗報である。もともと深い親戚関係の繋がりのある印南家、太田家、生田家は、春月の養子縁組によって更に深く結びついたのである。しかし当の春月にとっては三家の荷を背負う力はなく、というより自らの夢にほど遠く重いものであった。

九月二十三日　　ただ一歩、僅か一歩のあやまりしのみに、この要なき心づかひをす。（略）
万事休す。
逃げ去りがたし、自殺しがたし。

九月二十四日　自殺を思立つたのが一昨年、昨年の七月、上京と共にその思倍し、今更に倍す。死に対して、些か覚悟するところなしとせず。（略）自分は願くば、一片の骨となり、一条の煙となるのみを希ふ。（略）

死を釣らむかな。死を釣るか、はた死に釣らるゝ呼。

このように春月はすでに一七歳の日記に死を書き、早くから死の想念をまとっていた。だが春月の死への言及は現実からの逃げばかりではなかった。若い日の日記は自己を形成し、自らを伸ばそうとする激しい希求がある。「自殺を思う」という言葉とともに、「自分には野心がある」という言葉が同じ「淀江日記」に出てくる。自らの希望、向上心を一つのバネにして自己激励を行うのが「野心」である。しかしその力量が自分には伴っていないと嘆くとき、春月は「死にたい」という言葉を使っている。それだけ文学にかける自己探求の想いは強かったといえる。

だがそれは死と隣り合わせの危険なものをもっていた。自らの文学にかける理想に届かなければ、死があるのみの破滅的な強気でもあった。いつでも死ねるという蛮勇は、結果として春月のある種の創造力を刺激し、そこから作品を生み出す力にもなったのである。最後のがんばりを使い続けながら。

この二つが義弟・満洲郎の突然の死を契機にして噴き出たのではなかろうか。満洲郎は文学的な才能があり、春月のすすめでフランス語に取り組み、詩を書いていた。満洲郎の作品には昭和五年『詩集　清澄の秋』（中西書房）がある。年の離れた花世の末弟として春月夫妻の子どものようであり、春月の理解者でもあった。この激しい喪失感の中に、かつての『文芸通報』の投稿者であった二人の愛人が満洲郎の弔問と称して春月の空隙に入り込んできたのである。

春月は死を覚悟してから、これまでの詩集を再編集して『春月詩集』一冊に纏めた。そして秘かに書き綴っていた「象徴の烏賊」、「時代人の詩」をほぼ完成させる。八〇〇枚に及ぶ『猫橋』の翻訳も終えた。春月は郷里鳥取の自由社主催の講演会に秋田雨雀、尾崎翠、橋浦泰雄と四人で招かれていた。「今は、何を話してもインテリゲンチャの悲哀しかない」と。春月はこれを機に死を決行することにしたのである。

妻の花世には温泉で保養すると告げて、五月一四日に家を出た。それまでに何人かの門下生に形見分けの本や色紙、写真などを贈り、加藤武雄（留守だった）はじめ友人・知人を尋ねて歓談し、文芸関係の多くの会合に出席、密かに自分なりの別れを告げていた。萩原朔太郎を前橋に尋ねたいと思いながら、ついにその機会をもつことはできなかった。

五月一五日、伊勢の菰野湯で名古屋の愛人・伴淡路と会った。五月一七日、大阪では田中幸太郎と内山恵美の三人で食事。五月一八日、一人宿にこもって「象徴の烏賊」と「時代人の詩」の終章を書き上げる。五月一九日、中根駒十郎、加藤武雄、石川三四郎、長谷川巳之吉、石原健生、花世に遺書を認める。その夕刻、再び田中幸太郎と最後の晩餐を共にする。このときの様子を田中は『文学時代』に記している。

彼はいつになくよく飲みよく話した。二人共何のわだかまりもなく人生問題を論じたり、知人のうはさをしたり、友人への手紙を書いたりして時のたつのを忘れてゐた。此二時間は実に忘られた二時間であつた、彼は心から嬉しさうであつた。おだやかに冴えた顔をしてゐた、まさか数時間後の死を覚悟して居ようとは私は夢にも知らなかつた。

その後田中は車で築港まで送り、春月は午後九時発別府行菫丸に乗船した。

『時代人の詩』をもって終わりとしたい。

序詩「禁断の書に」は「禁断の書、不許他見（たけんをゆるさず）と表紙（おもて）に書きて、さびしく笑ふ。つひに人には見せぬ詩をわれも書きしが、生きのびて。（略）」と書き始められ、「禁断を破る」において「禁断を破りて生きむ。自れにも、世にも、人にも、抗ひて、戦ひ生きむ。（略）」とその意思が述べられている。

一三、五〇五行、五四四篇の詩からなる思想詩である。昭和三年四月一九日、序詩「禁断の書に」（東京）に始まり、第一巻〜第七巻、昭和五年五月一八日、終篇「愚かな白鳥」（大阪）で終る。

死の一年前の『愛誦』に春月は書いている。「今、自分は自分の一切の弱点と卑劣を天日に晒して生きるつもりだ。また死ぬつもりだ。即ち自分は世間の毀誉褒貶に拘わらず、自己の個性に従つて、自由の詩人として操守を全うするつもりだ。」

『時代人の詩』はこの覚悟で書かれていったのである。

この詩は半自伝的な無韻詩で、アナーキズムとニヒリズムが最も顕著に表われている。一・二巻は恋愛詩で二人の愛人の苦悩と自嘲が続く。

三巻以降は、「マルキストだとさへ叫べば／すぐおお同志よと反響する」と似而マルクス主義が一世を風靡していることを揶揄し、昭和の初めの不安な世相を直視しながら、時代の絶望を激しい口調で批判する。その声はどこまで届いたのだろうか。

○

わが最後の歌を、友よ聴け、
命の限りの歌なれば。
吹き込む息よ、絶ゆるなよ、
たとひ命は絶ゆるとも。

天に天日（てんじつ）、地に自由、
人は自由の子だものを。
ただ一人（にん）の奴隷あるも
この世を地獄と定むべし。

奴隷は起て、起つて鎖※を断て、
あらゆる柵※はぶちくだけ。
広い天地（てんち）に、なんの階級（しきり）※、
人に差別※はないものを。

勝手気儘[※]に、みな食べろ、
金(かね)といふもの無くなつて
みなただになる、ただぞ自由、
金は自由の敵と知れ、

ああ、金といふ鎖もて
人はつながれ、資本家と
労働者との区別あり、
腹便々と、ぺこぺこと。

利を生(う)む金(かね)の銀行を
労力交換の銀行とせば、
人はみな友、手とりて踊れ、
金がなければ敵もなし。

自由[※]の旗はひるがへる、
家より家へとひるがへる。
権威[※]はすべて地に堕(お)ちて

人は己の主となる。

かの喇叭手を覚ゆるや、
弾丸にあたりて、血を吹き出し、
なほ吹き鳴らす死出の曲、
われぞ自由の喇叭手を

『文学時代』第二巻七号
「鎖」、「柵」、「階級」、「差別」、「自由」、「権威」、以上、全集では伏字。
「手」は全集では「て」。
『時代人の詩』第四巻「自由人の歌―わが新生の序曲―」

『時代人の詩』は春月の実生活の赤裸裸な告白である。時代人としての宿命を自覚した春月が、その非力で悲痛なる我が身を詩に託している。その歌いぶりは赤裸の人になることによって、春月はこれまでの自分を突破しようとした。己の死を代償として、自身を取りもどそうとした。詩人としての体面、偽善をかなぐり捨てて、詩というよりまるで雄叫びである。醜いもの、見たくないものを詩に昇華しようとしたとしか思われない。

夥しいこの詩群は秘かに書かれた未発表作品ばかりと思っていたが、『ディナミック』、『現代日本文学全集　第三七巻』、『文学時代』、『愛誦』、『詩文学』、そのほか門下生の著作の序文など数篇が入っている。

終篇　愚かな白鳥

一生は他愛もなく過ぎるのだ。
人間は人間で終るのだ。
痴人は痴人で終るのだ。
もうおさらばだ。
美しい世よ、醜い世よ、
もっと美しくなれ、
もっと醜くなれ。

堂ビルホテルの八階から
おれは大阪の街（まち）を見てゐる。
街のきらめく火の海を見て、
人の営み、いよよ寂しく。
これが人の世。
これが一生。
利（り）は寂しさを消すだらうか。

おれはもう切上げる………

『文学時代』第二巻七号　（十篇の最終篇）
昭和五年五月十八日（大阪）＝死の前日の作

諦念というより春月の深い虚無感が伝ってくる。
五月一九日、午後一一時過ぎ、春月は最も潮の流れが早い播磨灘にさしかかると、菫丸船上から身を躍らせた。

四　春月の死　その後

㈠　残された遺品

船室に残された春月の遺品はイギリス製のソフト帽、マント、旅行用トランクであった。トランクの中には　①花世（二通目の遺書）と田中幸太郎あての遺書（他の六通の遺書は乗船前に郵送）、②遺稿詩「海図」の原稿、③一冊の本、④手帳等であった。これらは春月の最後を語ってくれるものとして、順次見ていきたい。

(1) 遺書

遺書は妻花世、長谷川巳之吉（第一書房主）、中根駒十郎（佐藤義亮をトップに新潮社創業者）、石原健生（新潮社）、石川三四郎（社会主義者、尊敬する師）、加藤武雄（友人、新潮社）、田中幸太郎（竹馬の友・大阪朝日新聞社）の七名。これらの内容はすべて『生田春月全集』第三巻「遺書」の項で読むことができる。

遺書を受け取った七名のうち、友人の加藤武雄も入れると出版関係者が四名となる。

長谷川巳之吉の第一書房は、本の装幀の豪華さやこだわりのある編集に定評があり、現在も伝説の出版社である。長谷川巳之吉と春月のつながりをみておきたい。

巳之吉は第一書房を起こすまえは、玄文社で詩雑誌『詩聖』（一九二一〜一九二四）ほかの編集にあたっていた。『詩聖』は詩の復興と普及を目指したもので、野口米次郎、三木露風、生田春月、山村暮鳥、深尾須磨子、萩原朔太郎、佐藤惣之助などの作品を中心に新人の作品も多く載せていた。また大正一一年（一九二二）、巳之吉は春月の『麻の葉』を編集・出版しており、春月とは著者・編集者としても面識があった。巳之吉宛の遺書に、

「私の詩人生活も随分長く続きましたが、もうその終るときが来ました。（略）これがいつぞやお目にかけた『象徴の烏賊』の終りに入る分です。（略）あの「象徴の烏賊」はおそらく私の詩人としての最高の境地を示したものだと云ふ自信があります。（略）これは萩原君と福士君とに見せて、褒めて貰つたので序文貰ふ約束になつてをります。」（略）

「あなたの手で出版していただける事となつたら、私は何よりの幸福です。」

と言いその際には、表題もふくめて全てあなたの御配慮御批判に一任しますと全幅の信頼を寄せている。

第一書房の装幀は豪華な美装本で知られているが、春月は自分の最高の詩集に巳之吉による豪華本を望んだのだった。巳之吉は春月の最後の依頼にしっかりと応えた。これについて『伴侶』（第一書房）にその経緯を載せている。

生田氏が生涯の最後の願いを懸けた詩集「象徴の烏賊」は、かうしてすべてを委任された第一書房の心からなる手向けの情と相結んで、万障を繰り合わせひたすら工を急いで六月早々刊行の運びとなつたのである。新菊判三百頁、本文は卵色上質紙を用ひ、表紙は独逸製色紙の金泥五彩、眼も絢なるヒラに配するに特漉鳥の子紙の雪白の背を以てした。この美麗にも優雅な装幀は、苦闘多い生涯の幕を自ら閉ぢた情熱の詩人生田春月氏を悼む我が第一書房の、せめてもの心やりを表はすものである。

巳之吉と春月、朔太郎の関係は『美酒（びしゅ）と革嚢（かくのう）　第一書房・長谷川巳之吉』長谷川郁夫著（河出書房新社　二〇〇六）によって初めて知ったが、長谷川郁夫は推測して次のように言う。

「――いま気付いた。春月が詩稿を携えて巳之吉を訪ねたのは、朔太郎に勧められたからに違いないと。」

そうかもしれない、と私も思う。

巳之吉あての遺書の最後に「萩原君の「虚妄の正義」の批評、いつかお目にかけたあの分、たうとう完成出来ませんでしたが、原稿はあとでうちから届けるやうにします。」とある。

朔太郎の『虚妄の正義』について、春月は当初一〇〇枚の批評を書くと言っていたが、急な人生最後の旅に出たために半ばで終わってしまった。しかしこの未完の批評原稿を受け取った巳之吉は『伴侶』第五号（昭和五年八月）に「流動的思惟『虚妄の正義』の暗示する諸問題を論ず」、同六号（昭和五年十二月）「アフォリズム『虚妄の正義』の暗示する諸問題を論ず」と、二回にわたって掲載した。（この二篇は筆者の前作『生田春月への旅』に全文収録）。この批評は結果として春月が朔太郎に宛てた最後のメッセージとなったのである。

朔太郎は『生田春月追悼詩集　海図』（交蘭社）に「生田春月君に就いて」と題して「僕の詩人として生活している本源の者、即ち僕の人生観、イデヤ、熱情、人間それを理解してくれた者は生田君で、我々は実にこの点から友誼を感じ、一切の本質点で共鳴したのであった。実際にまた芸術上でも、生田君は常に僕の善き理解者だつた。」と朔太郎の受けた悲報の打撃、無念さを面々と綴っている。

これに対して長谷川郁夫は、「朔太郎はモダニズム流行の嵐のなかで、春月を、失われゆくポエジー復権の指標としていたといえるかも知れない。少なくとも、春月の死に対して、大正詩精神の敗北という刻印を押させまいという、朔太郎の抵抗があった、とみるべきだろう」と記している。

次に長谷川巳之吉以外の出版関係の三人は新潮社の中根駒十郎、校正の石原健生、編集に回るであろう加藤武雄である。春月は新潮社から全集を出してもらうことを望んでいた。というより出版してもらえるものとして準備していた。旧版を組みなおすこと、「時代人の詩」の伏字の扱いを石川三四郎に見てもらうこと、ハイネの翻訳のことなど五項目にわたるお願いを書き、なお自宅に大体のことは記しているとし、その他家族に残す遺産として著作権の扱いも忘れてはいない。花世への実質的な最後のメッセージである。そして一冊が「千枚宛で十巻になります。」と全集の巻数まで指定し、新潮社社主・佐藤義亮に次ぐナンバーツーの中根駒十郎宛の遺書に認めている。春月の『全集』にかける執念がみえる。

足掛け三年に及ぶ春月の自死の準備は、階段を登るように着実に進められていたことがわかる。芥川龍之介の自死の有名な言葉「ぼんやりとした不安」ではない。春月は若き日から老年の死を望んでいないことは多くの著作に見えるところである。この老年に関して言えば、萩原朔太郎が後に『純正詩論』（一九三五）を著したとき「詩と呼ばれる僕等の文学には、老年性の要素が少しもない。もしその要素があつたとすれば、僕等は早く詩を捨て俳句に走つていた。」といっている。『純正詩論』は後述するが、朔太郎はここに春月について二篇の感想を載せている。

この三年に春月は多くの著書を纏め、死後に出版予定の最後の詩を書きすすめ、翻訳にも力を注ぎ、そのうえ全集の準備も怠らなかった。ようやく出会うことのできた尊敬する師・石川三四郎の思想に共鳴・心酔し、萩原朔太郎と深い友情を結びながらも、なお自死決行に迷った跡はみられない。自死への道は春月にとって自明のことだったとしか思えない。

だが春月に執着はあった。最後まで自分の作物に心をかけている。それが詩集、全集の刊行である。自らの身は消えても、我が愛する作品が残るなら思い残すことはない。この四通の遺書は別の意

『生田春月全集』パンフレット

味において、死が最後の詩を創造し、それをくっきりと書物に刻み込んだといえないだろうか。

全集発行に戻したい。新潮社が初めての社史『新潮社四十年』を出したのは、その前身の新声社・明治二九年（一八九六）から数えて四〇年の昭和一一年（一九三六）のことである。佐藤義亮は秀英舎の一職工から身を起こし、独立して新潮社を育て上げた。それは現代日本文学の発展と共にあったことがわかる。新潮社の歩みはまた文学者春月の誕生と深いかかわりをもっている。度々の春月の転居は新潮社社屋移転と重なり、新潮社の後をおっていることがわかる。新潮社との人的なつながりは加藤武雄や中村武羅夫との文芸投稿組からの出発以来の長い友情をとおしてのものがある。文学の裾野が広がった大正期は多くの文芸書が出版された。若手の文学者・翻訳者は大家より安い稿料であったことから、新進の出版社とはお互いに有用な関係にあった。春月はこの波に乗り、多くの著作を新潮社から出すことができたのである。

『新潮社四十年』の主な出来事の中に『生田春月全集』刊行の経緯、そして全集刊行予約のカラーの口絵等も載っている。

生田春月と我が社

——昭和五年十二月「生田春月全集」刊行

自殺せる詩人生田春月氏は、その無名時代に、我が社発行の「文章講義録」に作文添削係としてたづさはる事久しかつたが、大正六年その処女詩集「霊魂の秋」の出づるや詩名頓にあがつた。春月氏は、この外に書下し長編「相寄る魂」をはじめとして、多くの詩、感想、論評、翻訳等を我が社より出されたが、その思想的煩悶の為めに昭和五年五月海に投じて死するに際し、書を遺して、全集出版の事を託された。即ち「生田春月全集」全十巻を刊行して、この縁故深き詩人の霊に捧げたのである。

『新潮社四十年』（新潮社　一九三六）

この当時の詩人の全集刊行はとても稀なことであった。昭和一七年、『萩原朔太郎全集』（小学館）の編纂にあたった伊藤信吉は、「詩人の個人全集で全一二巻は稀なことだった。生前の北原白秋が規模の大きい全集を出したほかは、これだけの収録量の詩人の全集は『生田春月全集』、『宮沢賢治全集』くらいなものであった。」と記している。

これをみれば戦前のこの時期までのこととはいえ、北原白秋、萩原朔太郎、宮沢賢治という巨星の如き詩人たちと春月は肩を並べていたと言える。『生田春月全集』全十巻が新潮社という当時の中堅の出版社から出すことができたのは、春月の死を賭しての計らいもあったことがうかがえる。

付記

昭和六年十一月「生田春月全集月報」第十号に全集終刊の辞が載っている。

「出版界も世間一般の体制に洩れず、極度の不振に陥つて、全集の如きは、皆中途休読者の多きに悩んでいます。この間一人わが「春月全集」のみは、入会者の大部分は最後まで継続愛読されました。市内の大取次店では、最近の全集としては奇跡的の成績だと驚いていらる丶位ゐであります。」

「故人は生前、人と交はることはなはだ少なく、不遇を感じられたこと定めて深かつたこと丶思ひますが、没後、かくまで多数の人々によって、その芸術は愛護され尊敬されてゐることを知ったならば、どんなに深い喜びを感ずることでせうか。」

(2) 遺稿詩

遺稿詩「海図」は投身直前の春月が、すべてのものから解放され無の境地にたったとき、壁に掛かっている海図を目にして、ほとんど反射的に口にのぼったのだと思われる。春月の最高傑作といわれる詩は、このとき生まれたのだった。(前項に詩を掲載)

(3) 残された一冊の本

残された一冊の本は春月最後の旅の道連れである。ステファン・ツヴァイク著『デーモンとの闘争』だった。大島庸夫が『詩人春月を語る』(海図社　一九三二) に書いており、ようやくこの書名を知ることができた。当時はドイツ語の原書である。Stefan Zweig『Der Kampf mit dem Demon』（一九二五）であることが、国会図書館の調査でわかった。ツヴァイク（一八八一～一九四二）はオーストリアのユダヤ系作家・評論家。ナチス政権時代にイギリス、アメリカに亡命。後にブラジルで自死。

『デーモンとの闘争』は一九七三年刊行のみすず書房版によれば、「精神世界の建築家たち（Ⅱ）」にあたりヘルダーリン、クライスト、ニイチェの伝記である。この三人は春月が様々なところに書いており、思想的に親炙した作家・思想家である。扉には「私たちは没落者としてしか生きる道を知らない人たちを愛する。彼らこそ彼方へと踏みこえてゆく者たちであるゆえに。　ニイチェ」とある。

春月は最後の旅の共連れとして選んだこの書を、旅路のつれづれに開いただろうか。扉の言葉を我がことのように心にとめたのだろうか。

このみすず書房版「月報6」に、栗津則雄が書いている。

「伝記は小説ではない。だがまた、それは歴史でもない。おそらく伝記は、この小説でも歴史でもないという微妙な場所に棲息しているのだろう。」

そしてツヴァイクの自伝『昨日の世界』は次のような言葉で結ばれているという。

「あらゆる影は窮極的には光の子であり、明るいもの、暗いもの、戦争と平和、上昇と没落、その双方を経験したものだけが真に生きたと言える」

⑷ 手帳の最後の言葉

春月の手帳の最後に二つの言葉が書かれていたと大島庸夫の著書にある。大島は『生田春月全集』全十巻の校正に一年以上かかわった門下生であり、春月自死の前後をつぶさに見ている。二つの言葉とは、「今までは自分のもつてゐたもので生活することができたが、これからは自分のもつていないもので生活しなければならぬ。」

大正末期から昭和初期にかけてプロレタリア文学の勃興など変化の激しいこの時代に、春月は自らの立ち位置に苦悶した。アナキスト・石川三四郎に近づき時代の波と格闘した。「時代人の詩」はその闘いの跡が生々しい。これからは今までの自分の文学活動の延長で詩作はできないと感じていたのではないだろうか。

二つめの言葉。

「アナキストになるということは、完全な人間になるといふことだ。文明のあらゆる曇りを拭ひ去つて野生にかへるということだ。」

闘い終わった春月の最後の言葉と思われる。

最後の仕事になった『猫橋』翻訳は、春月が野性にかえる一端の働きをしたのではないか。野性にかえるとは本来の自分に立ち返ることである。春月は『猫橋』翻訳後直ぐに死の旅に出たので、実際にこの本を手にすることはなかった。『猫橋』はドイツ自然主義作家ズウデルマンの作品で、新潮社『世界文学全集』第二期第一回配本に収録されている。

ちなみに先にあげた『新潮社四十年』の佐藤義亮の回想によれば、昭和二年に始まる第一期全三八巻『世界文学全集』は、「何といつても『世界文学全集』の出版は物すごかつた。（略）全く怒涛のやうな申込みで、正味五十八萬といふ予約数だつた」という驚くべきものである。春月は第二十七巻「北欧三人集」、第三十六巻「ララビアタ」を訳しているが、昭和初期当時の日本の海外文学に寄せる熱気がうかがえる。訳者も新潮社も大いに熱の入った出版事業だった。

『猫橋』に戻せば、この紹介文を十一谷義三郎と中河与一の二人の作家が書いている。

全編に張る野性の愛慾　―漱石の称へた『猫橋』―

十一谷義三郎

これは無理解な大衆の憤激に抗ひながら、力強く、純情に生きてゆくひとりの男と女の物語である。その社会の迫害の底にあつて、相憎しみ相叛きつゝ、次第にしつかりと結びついてゆく異常に淋しい、異常に純真な、ふたつの魂の記録である。盲目な群衆のどよめきが紙背に聴える。太陽のやうな野生の愛慾が全篇に漲つてゐる。（略）文字通り、呼吸の熱くなる物語である。大衆と芸術の握手は、かゝる作品によつて、初めて完全に果されると云ふべきだ。

最も現代的の作品　―息をもつかせずに読ませる―

中河与一

ナポレオン戦争中の恐ろしい出来事。この作品ほど事件的で肉体的で、奇怪で、圧倒的な情熱

を以つて形成された作品は少ないかと思ふ。（略）獣のやうに強い本能を以つて走る女レギイネ。彼女の破れた着物と愛慾。（略）

この名翻訳は、詩人生田春月氏の最後の仕事として、最も輝ける記念碑となるだらう。

春月の感想集『影は夢みる』（新潮社　昭和三）に「死と恋を、女を春を」に次の一節がある。「恋するものは死をおもふ。死なんとするものは、恋をおもふ。恋と死とは双生児だ。相愛する、しかし仇敵同上の子であらふ。」と言い、北村透谷が死を決意してから妓楼に行ったこと、芥川も同様であったことを記し、これはエゴイズムだ、人間の弱さだと言いながら、恋によって死を求める人の幸福を羨んでいる。

春月もまた五月一四日に家を出て一九日に自死するまでに、名古屋と神戸の女に会って宿をとり、それぞれに別れを告げている。そのことを『時代人の詩』の最終章「愚かな白鳥」で赤裸々に歌っている。

これが『文学時代』昭和五年七月号（新潮社）に掲載された。もともと死後に発表予定の厖大な作品群『時代人の詩』の最終章である。発表されてもおかしくはない。『時代人の詩』を評して吉江喬松は「現代日本の壮青年がいかに生き、いかに呼吸し、いかに苦悩し、いかに敏感しつゝ、あるか、赤裸の告白である。」と評した。

しかし純情一路の詩人と思われていた春月が自己をかなぐり捨てて咆哮する詩群は、自死という衝撃性に加えて、最後の旅で二人の愛人に会っていたことが一部の好事家の好むにまかせ、あること無いことを興味本位に書かれることになった。このことは春月が生前多くの読者を得て活躍したにもかかわらず、早くに文壇から忘れられてしまった一因であるといわれる。

(二) 春月自死の報道

マスコミで春月の死はどのように報道、追悼されたのだろうか。当時の新聞、雑誌ほか遺稿集を調べた。一例として『**大阪朝日新聞**』(昭和五年五月二十二日)。

投げられた死の謎二つ
菫丸船中で認めた詩人春月の遺書
『文学者としての終りを完うせんがための死だ』

以上が見出しで、本文は船室に残された遺品の説明、船室で認めた花世と田中幸太郎あての遺書が一部載せてある。死の直接原因は漠然としてわからないとしている。「大阪朝日」は遺書を受け取った親友の田中幸太郎がおり、丁寧な取材が感じられる。

同じ朝日新聞でも『**東京朝日新聞**』は一日早い五月二一日の掲載であるが、『大阪朝日』の書かなかった「女と共に温泉へ」と愛人関係を晒す記述も載せている。他の中央紙は略。

米子市発行の『**山陰日日新聞**』は昭和に入ってからのものが失われており、現在その当時の新聞は読むことができない。春月の次弟・広戸節三は昭和五年六月五日「生田春月追悼号」に寄せられた切り抜きを広戸家に残している。

今は亡き兄　春月を憶ふ
海底に眠る霊よ　安らけき眠りに眠れ

肉親の情切々と通夜、告別式の回想が語られ、多数の参会者の名前がみえる。現在広戸家に保存されている「澹雲春月帖」は通夜の参会者に認めてもらったもので、追悼とともに記録として貴重なものになっている。

鳥取市発行の『**鳥取新報**』は五月二二日（木曜日）。

郷土が生んだ詩人
生田春月氏急死
瀬戸内海で投身自殺

生田春月は詩人を志して上京、生田長江の門に入り、貧苦と闘いながらドイツ語の夜学に通い、詩人ハイネにひたすら文筆を練った。詩集『霊魂の秋』で詩人として認められたこと、『相寄る魂』で小説家としても活躍、日本のハイネとして将来を嘱望されていたと紹介し、同氏の長逝はわが山陰のために惜しむべきであると追悼している。

この度の自由社の文芸講座の春月の演題は、最近の思索から生まれた「□□と文学」であったとあるが、活字がはっきり読めない。広野晴彦の調査によれば、春月の予定した演題は「知識階級の行衛」と記されている。因みに他の三人の予定していた演題は、

秋田雨雀　（鳥取）「ソヴイエットの文学芸術」

尾崎翠（倉吉）「ソヴイエットの教育制度」

橋浦泰雄（鳥取）「反自然主義文学の各分野について」

（倉吉）「表現派の作品二三について」

（各地とも）「日本プロレタリヤ芸術運動の現勢」

しかし春月自死のため、急遽演題を変更、三人とも生田春月の追悼・思い出になった。

次に月刊誌はほぼすべて昭和五年七月号である。確認できた雑誌名は以下のタイトルで各執筆者のみをあげる。

『文芸春秋』（文芸春秋）　巌谷小波、中村武羅夫、福田正夫
『婦人公論』（中央公論社）　生田花世ほか、その後も数回とりあげている。
『文学時代』（新潮社）　中村武羅夫、佐藤春夫、奥栄一、大島庸夫、加藤武雄、佐藤信重
『詩文学』（詩文学社）　石川三四郎、佐藤惣之助、正富汪洋、福田正夫、高須芳次郎、中村魚波林、岡本潤、深尾須磨子、伊福部隆輝、井上康文、望月百合子、月原橙一郎
『詩神』（詩神社）　中村武羅夫、福士幸次郎、岡本潤、麻生恒太郎、望月百合子、福田正夫
『令女界』（宝文館）　勝承夫、室生犀星、正富汪洋
『宣言』　生田花世、麻生恒太郎、佐藤信重、小野十三郎、山本華子、大島庸

『愛誦』（交蘭社）　夫、松崎広三、古山信義、小森盛、後藤郁子、百田宗治、麻生恒太郎、中西悟堂、正富汪洋、柴山晴美、林信一、井上康文

『若草』（宝文館）　渋谷栄一、白石実三、堀口大学、阿部金剛三

『女人文学』（女人文化社）　安部さだみ

『ディナミック』（共学舎）　は三回にわたって特集。石川三四郎、中西悟堂、小川未明、新居格、尾崎喜八、英美子、磯村利一ほか多数。

『生田春月追悼詩集　海図』（交蘭社）は春月門下が集まり、総力をあげて原稿の依頼から編集、発行まで二ヶ月足らずで完成させた。冒頭に春月の遺稿詩「海図」のほか詩を六編。「序」は高村光太郎、室生犀星、奥栄一、金子薫園の四名、「花環」は門下生の麻生恒太郎、大島庸夫、加藤愛夫、杉原邦太郎、竹内瑛二郎、松尾啓吉、武井京、佐藤信重等二一名。「水影」は加藤武雄、中村武羅夫、石川三四郎、小川未明、片田江全雄、池田孝次郎、石原健生、布施延雄、望月百合子、林芙美子、樺山千代、西島治子、萩原朔太郎、生田花世。

『澹雲春月帖』は佐藤春夫、中村武羅夫、加藤武雄、加藤一雄、福士幸次郎、奥栄一、伊福部隆輝、作次郎、水守亀之助、佐々木千之、中村詳一、孝次郎（池田）、石川三四郎、三石勝五郎、片田江全雄、堺利彦の一六名。

これらの多くの追悼者は、花世あての遺書にあるように「文学者としての終りを完うせんがための死だ」という言葉が念頭にあり、自死という追悼文の性格上あからさまな批難はほとんどない。

『小説月報』（中華民国（現中華人民共和国））一九三〇年七月号に「日本文壇又二人逝く」と題して追悼文がある。著者は早稲田大学に留学経験のある復旦大学学科長・宏徒。二人とは同年同月に亡くなった田山花袋と生田春月である。『小説月報』は中国で一九一四年創刊の総合文学雑誌。一九二一年から周作人等をはじめとする文学研究会の機関紙になり、中国新文学の拠点となった。多くの読者をもつ有力誌であるが、春月の作品も何回か翻訳、掲載されている。宏徒の記事は春月の文学的業績を過不足なく紹介している。詳しくは筆者の前作『生田春月への旅』九章を参照されたい。

これまで紹介した追悼文の一部を拾い出しておきたい。

加藤武雄　「「底を抜いて」死んだ春月君」
「君深愛を抱いて生き　生ハ君に重かりき　今や重きを擲ち　冷々然として他界に去る　君や死を求めて　死を得たり　我等又何をか　云はむ」と。一方で全集月報第一号に「だが、春月君。君は一面ずゐ分野心家であつた。（略）君は死の間際まで此世に残していく業績を考へてゐた。この業績が十巻の全集にまとめられて華々しく世の中に出る事になつたと聞いたら、君も屹度よろこんで呉れるだらうと思ふ。」

中村武羅夫　「時代の警鐘」

生田春月君は、すぐれた詩人であると同時に、卓越した哲学者でもあつた。彼自身を殺したものは、詩人の感傷であるよりも、寧ろ、哲学者としての誠実な思索の結果ではなかつたらうか？彼の高貴な魂の苦痛と嘆き、人生に対する極端な厭悪と、離脱の念、ニヒリステツクな孤高の精神の閃きは、春月君の幾多のすぐれた詩と、そのエツセイのすべての中に凛として輝いてゐる。

高村光太郎　「消えずの火」

倒れるそばから新らしい生身（なまみ）の壁が、
どんなあらしや、
どんなはやてや、
どんな豪雨や、
どんな突風にも
この消えずの火をまもつて、
ぎつしり築いた、肉の歴史を未来に手渡す者は、
倒れる事によつてさへ罅隙をうづめる。
この火がいつどんな火になるかをだれが語らう、
つひに消えない消えずの火は、
この世の機構の底に目をみはり、

今も太古の純潔を点して

屈強な倫理の腕に囲まれてゐる。

北原白秋　「繊細なる純情の糸」

春月君はその出発の初めに誤認された。極めて感傷的な詩人だといふ評価は、相反した両様の意味――軽率に軽んじられ、或は涙して愛される――に於いて、同君自身を永い間陰鬱の絞木に苦しませた。而も君は謙遜して蒼白き苦笑の中に、切々として自らの孤独を哀惜し、自らの弱気に反噬した。

白井喬二　「詩人小学生！」

詩人小学生！今より三十年前、彼はさうした威容をこの世に現はした。春月といふ号は其頃から附けてゐた。（略）僕の方が上級生であつたから、遠足の時など僕は小隊長として彼の組に附添うたが、幾十首の凡顔の中に、彼の顔のみが石膏の如く無表情に異彩を放つてゐた。その後間もなく朝鮮に渡つて、所謂銀行苦闘時代に入つたので、殆んど其一ヶ年間と云ふもの毎日の如く手紙が届いた。

佐藤春夫　「流水歌　生田春月を弔ふ」

君とわれとは過ぎし日の

歌と酒との友なりき

眉わかくしてもろともに
十年かはらぬ朝夕を
われらは何を語りしか
高ゆく風となる吐息（といき）
虹まどかなるよき願
幸住めるをとめの目
ひろき愛はた世の戦（いくさ）。

酔ひての後の歌ぐさを
さめて互（かた）みに示しつつ
ともにはげます身なりしが
人に驕れるわが性（さが）は
君が怒を得にけらし
われ人づてに聞（き）けるは
君はわが身を憎めりと
君がこころをはかりかね
君よりわれは遠のきつ。

かくて十年はまた過ぎぬ
眠なき夜のをりふしに
生き来し方を見かへれば
少年の友よき宝
またと有るべきものならじ
よき折あらば手をとりて
杯くまん日もがなと
思ふねがひはあだにして
君今は世にあらざるか。

歌うづ高く世にのこし
むくろは水にゆだねつつ
騒愁（ママ）の人今は亡（な）し
ああ若き日の友は亡し
愛も憎もすて去りし
仏の前に額づけば
七情の巣のうつそ身の
わが目や水は流れけり

君葬りしその水は。

堀口大学　「生田春月君の死」

生田長江先生の『ツアラトストラ』の訳が現はれ、『ニイチェ伝』が出版された頃である。当時恰も、春月君が長江先生のお宅に寄寓してゐられた。僕等はかうしてお互に相識るに至つた。（略）昨年あたりから僕はそれまで予期しなかつた春月君の姿を見出したのだつた。それは弱い内気な男が吐く強いことばだった。それは自己の分裂に悩む男の悲痛な叫びだつた。それは自負と自棄との間に悶える詩人の天地に対する呪詛の声だつた。それは霊と知と、生と死の相剋から飛び散る火花だつた。そのいぢらしさ、その痛ましさ、その図太さ、その鋭さが、毎月僕の心濇を寒からしめた。（略）自らの詩の重みの為にこの詩人は挫折したのだつた。然し、その折れ口は海のやうに鋼のやうに鋭く光つてゐる。

小川未明　「春月君の死」

真の生活は、自分を知るにはじまる。次に、美しいものを愛し、正しいために戦ふことだ。春月君の一生は、まさしく、それであつた。憧憬の詩人から最近、本誌ダイナミックに発表された詩編は、それを裏書きする。そして、死の洗礼によつて、真理を一層貴いものにし、美を一層、調子の高いものにした。

日常、姑息、妥協に生きる凡俗に対して、強い衝撃を与へた。徹底した人生の観点に立たなければ自らの生を消滅することはできない。深く、愛を感じ、未来を信ずるものにとつて、詩は、ただちに行動となり。行動は、ただちに詩となり得る。春月君の自殺は、人生への、最後の燃焼した詩であつた。

中西悟堂　「生田春月氏に」

同じ人間の悩みを悩んだ君。
同じ人間の夢を見た君。
君は私達が共有する
悩みと夢との歯車の中へ呑まれて行つた。（略）
君は理解されるやうに理解されてはゐなかつた。
が、あの晩の君の悩みは、
私の心に生き残つてゐる。
私の生のある限り、私の心に生きてゐる。

そしてこの悩みは多くの者に悩まれるだらう。
人間が夢を捨てぬ限りは
悩まれ、闘はれ、

鍛へられるだらう。
それでは眠れ！我等の友！
一人の犠牲を踏んで進む
まじめな足の足並の下で
我等の、見えぬ騎手となつて！

春月の死の二年後、生田花世が監修した『**新興詩随筆選集**』（詩と人生社　一九三二）が刊行された。これはかつて春月が主宰していた「詩と人生の会」の会員と、この会に親近の関係にある文壇の大家が合同し、『生田春月全集』刊行を記念した「詩と人生社」復興新事業であった。

内実を記せば花世は『生田春月全集』の印税を強く要求して次弟生田博孝と争った。そして、関係者もふくめて『婦人公論』に何回か論陣を張った。それを読むかぎり、花世の印税欲しさの主張に私は何かもの悲しい実務家の自己主張をみるような気がしていた。しかし彼女の目的は『新興詩随筆選集』発行資金のための主張であったようだ。この経緯について花世が監修者の「凡例」に記しており、初めて知ることができた。

この選集にかける花世の自負は大きい。内容はともかくとして、文壇の大家の顔ぶれは春月・花世夫妻の交友の広さを知ることができる。一部の寄稿者の名前をあげると、加藤武雄、平塚らいてう、神近市子、三宅やす子、片田江全雄、大木雄三、佐々木俊郎、佐藤清、富本一枝、林芙美子等、郷土・米子の文人では交流のあった都田鼎の作品もある。各人の内容は必ずしも春月に捧げられた詩文ばかりではないが、春月を回想した作もある。このなかで当時『放浪記』が世に出て、作家として活躍しつつあったかつての『詩と人生』の会員・林芙美子の「水辺片々」を紹介する。

水辺片々

林芙美子

どんな淋しいところへ行つても水辺といふものは賑かなものだ。水には動きがあり、音があり、何か余情を含んでゐる。（略）

水辺！

波止場！

モンテクリストの島々！

私はかつての少女時代、死ぬる時はこの水辺で死にませうと約束したお伽話の中の男の思ひ出もあつた。（略）

水といふものは自然を越えた神秘の世界である。誰が見てゐなくても動いてゐる。果てしもない水の生命、果てしもない水のエネルギー、いだいな虚夢の世界（略）

水を見てゐると命を感じおそろしさを感じる。どんな辺土の片隅の苔むした井戸の水でも、いつかは大河へ通じる一脈の命がをどつてゐる。

水といへば、この稿を草してゐる今（五月廿日、午後八時）あわただしく訪れた筆友が、生田春月氏の死を報じて来た。生田氏はブンゴ水道で投身自殺したといふ、筆友は「悲劇的生命観のどんづまりかも知れない」といふ。私はこれを書きながらも生田氏が自殺したと思へない。生田氏とは十年のチキであり、生々しい記憶がありすぎる。

あの美しいブンゴ水道にかつてハイネを説き、フランソワブイロンを語つた日本の詩人生田春月氏が身を投じたといふ。皆、水の生命が押し流してしまつた。

徹頭徹尾、片隅の人であつたといふ感じが私には強い。信じられない、どうしても信じられない。去年の暮、十二月押し迫つて、私は千葉の一ノ宮海岸に旅した。死ぬる気持が半分、生きる気持が半分、終日寒風の吹きすさむ、九十九里の砂浜でポッポ船の音をききながら、春月氏へたよりを書いた事があつた。

——そんな気の弱いことではいけない。お元気で東京へ帰られることを祈るといつて、十円の為替が返事にはいつて来た。（略）

最近に会つた氏は、きはめて朗らかであつたし、最近の氏の芸術は、すばらしいヒヤクをしてゐたのに………水はたしかに悪魔のニムフだ。

茫漠たる水の上に生田氏の冷い一文字の眉を永遠に消えさせた事は痛ましい気がする。水はおそろしい、だが何とミリヨクのある水の色だらうか！……

いのち一つをいつくしまん
くるしきときも慰めて。

林芙美子は当初「貧乏を売りものにする素人小説家」、「成り上りの小説家」などと揶揄されながらも、野性のたくましさで詩、小説、随筆を書いた。春月は芙美子の自費出版の初めての詩集『蒼馬を見たり』(南宗書院　昭和四)について、評を載せている。なおこの詩集の序は石川三四郎が書いている。

彼女の見た蒼馬　——林芙美子の『蒼馬を見たり』——

生田春月

ヨハネの見た蒼馬は死であつた。

あの自殺したニヒリストのロオプシンの『蒼ざめた馬』は、失敗せる革命の記念、謂はば死のボムベンであった。彼女の見た蒼馬は何であらうか?　林芙美子というオリヂナルな一人の女性の見たものは?

それは失はれた生である。過去の夢である。おそらくは、死でもあつたであらう。この一巻の詩集の中には、女性にはめづらしい不敵なものがある。突抜いたものがある。どん底の落ち着き、貧乏に徹した糞度胸といったものがある。虐げられた女性の反抗と絶望的勇気とがある。メレジコフスキイの所謂「浮浪人の形而上学」がある。(略)

林芙美子さんにはじめて会ったのは、もう随分古いことだ。そのとき、彼女はまだロマンティックな夢をもった、紅い帯をしめた少女であった。そのとき既に、彼女の後には、貧乏と放浪との過去が横つてゐたのだ。(略)

(『詩神』昭和四年一二月号)

芙美子を新進女流作家として世に出すために、春月は何度か雑誌に紹介文を書いている。貧乏と放浪のなかで作家を目指し、文壇からある種の偏見をもってみられた点において二人には共通したものがある。だが芙美子の恐れを知らぬバイタリティーは、春月の持たざる魅力があった。

芙美子は『詩と人生』、『女人芸術』を通して春月夫妻との交流は一〇年に及び、『放浪記』には春月夫妻も出ている。『生田春月追悼詩集　海図』に芙美子は「けんかのあひて」と題して、一文を寄せている。春月のことを詩人とも、兄とも、弟とも、男とも、友人とも、多面的に奔放にとらえて楽しいけんかができる相手だったことを記している。そして春月が最後に芙美子に与えた色紙、「いのち一つをいつくしまん　／くるしきときも慰めて」は春月からの遺書であったことを知るのである。

最後にこの章のテーマと少し異なるが、残された春月の蔵書は海を渡って当時の満洲国（現中華人民共和国　東北地方）の図書館に収蔵されることになる。これについて触れておきたい。

春月は帝国図書館で様々な資料を読んだが、一方で洋書をふくめて多くの書籍を買い集めた。

「僕は、本郷へ行つたついでに、南行堂や南山堂によつて、一二冊ずつ買つて来るんだよ、古本だつたら、星三つのレクラムが三十銭くらゐで買へるからね」と宇野浩二に話している。宇野は春月の家を訪ねたとき書斎にぎっしり詰まったレクラム文庫を見て、これだけの本が読めたらいいなぁとため息が出たと記している。

レクラム文庫（「世界文庫」）は一八六七年（慶応三）ドイツで創刊され、第一巻はゲーテ『ファウスト』だった。星一つが四〇ペニヒ（二〇銭）だったが、春月は古本では星三つが三〇銭くらいだと言っているので、四分の一くらいの値段でコツコツと買い集め読了していた。

佐藤春夫は春月の通夜に来たとき、レクラムのどの本を開いても、多くの赤線が引かれていたと記している。私は春月の引いたその赤線の跡を見たいと思った。調査の結果、遺産相続で花世が受け取ったのは主に春月の洋書であったが、花世はこれを日独文化協会に寄贈した。紆余曲折を経てそれは現在大連市立図書館にあることがわかり、旅行を兼ねて娘と訪れた。当日は通訳と車を手配し万全の準備をして大連図書館に行った。しかし日本からアポイントなしで出かけても、書庫の奥深くに禁帯出本として保存されているらしい蔵書を閲覧することはできなかった。日本と中国の図書館サービスの違いを感じた。以前、日中文化交流協会の招きで北京の国立図書館を視察したが、その時の至れり尽くせりの対応と全く異なっていたのは、仕方のないことなのだろう。

一九九四年『遺された蔵書―満鉄図書館・海外日本図書館の歴史』岡村敬二著（阿吽社）のプロローグに、春月の蔵書がどのような経緯で満鉄図書館に渡ることになったのか詳述されていた。当時は新聞でも大きく取りあげられ、華々しく蔵書の壮行会が行われた。洋書を中心とした春月の蔵書は海を渡り満州国の国立図書館に収まることになったのである。主要な個所を要約させていただく。

満州国でまず最初に創設された国立図書館は、満州国立奉天図書館であった。（略）

この中央図書館に日本から蔵書が寄贈されることになった。一九三〇年、瀬戸内海に身を投げて自殺した詩人生田春月の蔵書で、一九三九年のことである。ここではこの生田の遺贈書が日本を出立し渡満するにあたってとり行われた蔵書の壮行会について紹介する。（略）

強くして正しきものの援け合ふ　道東西に貫かるべし　与謝野晶子
日本の詩人の魂はこの書に　生きて結ばん二つの国を　柳原白蓮
満州のうまし国原や天翔り　ゆきかひしげくともに栄えむ　今井邦子
ひとすぢのまことごころをいのちにて　ともにをみなの道を高めむ　若山喜志子

これらは春月蔵書壮行会という場への祝歌であり、詩人春月や春月の蔵書そして満州国を歌い愛でているのであるが、そのいずれも、春月蔵書が日本と満州国とのかけはしとなること、そしてその共存共栄を紀念（ママ）し歌い上げている。ことに与謝野のものは、満支両国を強く正しい国としその共栄に春月蔵書が寄与するといったたいそう政治的プロパガンダ的なものであった。（略）
この春月遺蔵書の寄贈と壮行会は、個人や遺族の、生田春月という個体の見果てぬ夢をくるんでそれを社会的な場面に提出するという事態であり、とりあえずこれは蔵書の寄贈に伴う通常のなりゆきである。だが、この壮行会が、我々の心を強く惹き付けながらもなおかつ異様で無残にも映ってみえるのは、この個人固有の蔵書が、公的で社会的かつ高度に政治的な満州国への移送であったということに起因している。当時、「大陸」や「満州」ということばには、社会的な意味での「見果てぬ夢」（それはとりもなおさず侵略行為であったのだが）が埋め込まれていたであろうし、この壮行会に集い献歌した与謝野や三石（注：三石勝五郎　彼もここに祝意の詩を寄せた）らの歌にもそれは表出している。

㈢　美と愛と死

石川三四郎は「巨匠春月」他何篇かの追悼文を『ディナミック』に載せているが、ここでは「殉道者春月」(「生田春月全集月報」第五号)を要約して取り上げる。石川は春月の死について、彼が詩を生活した如く死をも生活したのは、深刻強烈な詩感があったからだという。

春月は「おれはもう切上げる」と言ってこの世をさっさと捨て去ったが、しかし彼は最後まで自分の労作のことを気にかけていた。

『時代人の詩』を読むと、春月には多くの悶えがあった。殊に淋しい恋の悶えがあった。同時にニヒリスチックにこの世の一切を見解する彼の胸奥には、冷厭しがたい人間的熱血が漲っていた。また『時代人の詩』は白居易の詩集に類似点を持っていたことに打たれた。殊にそれが時事を諷刺し、身辺事を歌ったものが多いこと、その感慨の似た点においてである。しかし彼には白居易以上の禅味と、虚無的哲学味と、熾烈な情熱の叫びとがあった。

春月はこうした様々な混戦を戦いながら、勝負を決せずに「おれはもう切上げる」と言って立ち去ったが、彼は最後の詩――自発的創造死――において一切を統合・調和した。

春月は立派な崇高な宗教を持っていた。それは美の宗教だ。彼はこの「美」のために生き、「美」のために叛逆し、「美」のために悩み苦しみ、最後に美に殉じた美の殉道者であった、としている。

もう一人、倉田百三「生命の道を読んで」を同じく要約し、石川三四郎の春月観とくらべたい。

倉田百三は生田君のように意識的で心の細かく動く性格の人の場合、局外者が憶測することはできないとし、何とかして生きる道はないものかと苦しみもがいたに違いないと前置きしながらも、生の苦悩に耐えずして、それを解脱することなく逃避したと断言する。

自他一如の心境となり得ていない者に、自己より社会を愛せよという注文が出来ないことはわかりきったことである。生田君は一度仏教に近づいたが、宗教の方法論の覚束なさに帰依する気になれなかったのだろう。仏を殺し、祖を殺す底の勇気、地獄を恐れぬ放下という飛躍力が足りない。（略）

世間的存在の影の薄くなる恥ずかしさ。文を売ることを余儀なくされる恥ずかしさ、自分が娼婦と同じで自己の良心を切売りすることの恥ずかしさというが、なぜ恥を堪えられぬと感じるだけでなく、その恥を凝視しないのか。娼婦は自分が堪え難い恥を耐えて生きてきたのに、春月君はそれにやっと気がついて、それで生きるの生きられないのと騒ぐのは、思い上がりの身勝手な恥だ。このような恥をそのまま受けることこそ慚愧にふさわしく、ここに共存同悲の心がある。恥のさ中において寧ろめぐみはいやまさり、救済の世界が開けるのだ。その心境に比べれば正義感や、詩人的矜持などは小さく浅い。我々は恥じつつ、恥なきが如く、恥のままで生きるよりない。禅や念仏の悟りや諦めがなければ、生田君のような素質と境遇にある者は生きていけない。

（略）

生田君は真摯な反省の強い、清い、善良な生活者であったらしいが、惜しいことに絶対的な生活に心が目ざめることが薄かったために「時代」というものの暗示にかかり過ぎ、これを超える立場がなく「時代」に抗し難く、しかも時代に取り残され、自己の価値の自覚が時代が移ったという理由で自身に対しても支え難くなってしまった。（略）

今日おしなべて「時代の要求」という幽霊に脅かされ、マルキシズムの潮流のあぶくを喰って生きる者の多い中に、生田君ほどの鋭い批判に堪える人が、単に人類という独りよがりな、動物の一種類の歴史という視点から生じた「時代の要求」などという、小主観的尺度で、おしなべて生命のかの一切の群生の、さらには万有の岩石、水火やの絶対的、法的、如是的価値を没却するような不見識なことをしたのは、いかにも情けない。先づ法的価値に目覚めよ。その後に法的価値を荷うものの現実的な諸段階を知り、諸問題として一切のものの差別的価値が問題となるであろう。

（『星雲』日向堂〔昭和六〕）

厳しい指摘である。福士幸次郎、小川未明がはっきりと自殺は認められないとしながらも、春月の自死は「人生の最後の燃焼した詩」であったと悼んでいるのとは異なる。真正面から春月の自死を批判したのは倉田百三だけである。春月を貶めようとしたのではないことは明らかだ。春月が生の苦悩に耐えられず、解脱することなく死に逃避したことは、求道者・倉田百三には我慢できないことだった。自他一如の心境になり得ていない者が、社会思想の波に乗って自己より社会を愛せよと言っても出来るわけはない。何とか自死することなく生きることに耐えたならば、それだけで尊いのだと説く。倉田は春月個人に限らず、人が自分自身を如是（肯定）する力そのものに帰順することのできなかった弱さが残念でならないのである。倉田百三が真正面から春月を叱正したのは留意すべきことだと思う。

ここで少し話をそれて、宗教と文学（芸術全般）の一面について考えてみたい。

文学と宗教はふたつの離れた世界だろうか。私はかつて有史以前の人類が洞窟に描いた動物たちの絵（まるごと洞窟のレプリカ）を見学したことがある。動物たちが躍動する岩に描かれた絵は、当時の人たちにとって祈りそのものに思われた。多くの生きものがたくさん増えて、自分たちを飢えから救って欲しいという人間の命を支えるための素朴で力強い祈りだと思った。祈りといっても共同体みんなの願望であって、そこには神に帰依するとか宗教心などというものではない。そういうものを超えたものだった。

その先に自分たちにとっての光があると信じていたと思われる。この信じるということが宗教や芸術（絵画、音楽、文学他）の種なのだ。共同体が分散し社会が大きく複雑になると、人は個として祈るようになり、信仰や絵画や音楽や文学等それぞれが別の祈りの形や表現をもつようになった。そしてそれぞれの祈りのなかに神秘的なものを求め、時には恍惚とした表現にたどりついた。つまり宗教も多様な芸術も一面において、その根は同じところにあるのではないか。祈るその先に光があることが信じられるかどうかなのだと思いながら、すでに滅びてしまった現生人類（化石人類）の洞窟画をながめた。

これは私の想像の一端であるが、石川三四郎と倉田百三は春月の芸術・宗教面から論じていると考えれば、その立ち位置によって二人とも春月の真実を言いあてており納得がいくのである。春月は文学の道に生きることで、自分の願望を歌った。聖書を手にし、仏教にも社会思想にも近づいたが、あまりにも少年期の貧窮の刻印のためそこからの光をみることができなかった。

倉田百三の宗教的見地を文芸批評家風に言えば、春月の思想は懊悩と愚痴である。その自殺は性格の弱き者の悲惨な末路である。春月の言う悲劇的生命観、絶望的勇気は弱者の哲学だということになる。

これについて門下の大島庸夫著『詩人春月を語る』（海図社　一九三二）を引用しておきたい。


私はこれに駁論しない。なぜなら春月は性格的に弱きものをもち、思想的に矛盾したものをもっていたから。なお私が春月に対し熱愛と尊敬を失わないのは、その弱さであり、矛盾であり、欠点である。春月はその弱さゆえに反抗し、矛盾ゆえに苦悶し、欠点ゆえに完全な人間になろうとした。そこに私は真の詩人としての刻苦精進と時代の犠牲者としての赤裸々な人間的苦悩に彼の意義を見出し、かつ数え暗示されるものがあるからだ。


続いて春月が自死を決行したことを、別の視点から萩原朔太郎は論ずる。「無名詩人への供養　生田春月の追悼として」、「純正詩への指南　詩人は何処へ行くべきか」の二篇で、ともに『純正詩論』（第一書房　一九三五）所収。

長くなるので朔太郎の言葉を要約すれば、詩の言葉がなく、詩の生育する文明がない今日の現代詩人の仕事は、「詩を有する時代」を日本に早く呼びあげることだという。文化の創立は言葉の創立に出発するが、未だ芸術的完成には前途が遠い。この困難な仕事の前には、無能、無才、下手カスの詩人の墓が並んでいる。言葉のない文明から、自己のポエヂイを歌おうとし、非力の争闘を続けて死んだのだと前置きして以下、春月を追悼する。

私はここで、悲しい亡友生田春月のことを追悼してゐる。彼の世に生きていることは、すべてに於て悲劇であつた。彼は自ら自嘲してピエロニストと称し、詩壇は彼を非才の詩人と定評した。そしてまた、実際に於ても彼の詩は拙かつた。だがあらゆる意味に於て、彼ほどにも日本の悩みを一人で負ひ、身を以て詩に殉じた義人はなかつた。彼の歌はんと欲したのは、実に「純粋に詩的なもの」であり、且つただそればかりであつた。ところで日本現代の文明は、すべてに於て不純であり、春月の求めたイデアに逆行してゐる。今の日本の文化には、どんな詩的な純粋もなく、どんな韻文精神の破片さへもない。有るものは過渡期文化の猥雑だけだ。そして実に春月は、この猥雑の中に美を求めた。しかも純粋に詩的なものの美を求めた。

純粋に詩的なものは、それ自ら韻文精神に立脚してゐる。しかも春月の生きた時代には、既に韻文精神が廃滅してゐた。そして実際にもまた、詩が散文の中に解体してゐた。この「詩の失はれた時代」に生きて、純粋に詩的な精神をもつ詩人こそ、正に悲劇的存在の象徴である。彼はポエヂイを所有してゐる。だがそれを表現すべき言葉が無いのだ。彼にして少し早く、せめて多少の韻文精神があつた時代、即ち新体詩時代に生きてゐたら、おそらくその悲劇は無かつたらう。彼はもつと多くの活躍をし、勝利と喝采を博したらう。彼は「悪しき時代」に生れた「善き詩人」の、あらゆる不運を表象してゐる。そしてドンキホーテと共に、理想家の故に敗北した。しかしながら春月は、敗北によつて勝利を得た。その辞世の言葉にもある通り、虎は死して皮を残し、詩人は死んで名を残した。槍は錆びても名は錆びぬ。熱情詩人春月の名は長く後世の日本詩史に、昭和の北村透谷として残るであらう。

五 終わりに 死と芸術について

石川三四郎、倉田百三、大島庸夫、萩原朔太郎に春月の死を語ってもらった。それぞれにみな春月である。春月が複雑な人間というより、人はみな多面的で複雑なものであり関係性によって異なる姿を現す。

遺著となった詩集『象徴の烏賊』（第一書房）と『生田春月全集』全十巻（新潮社）のなかの第三巻『時代人の詩』である。長編詩集『時代人の詩』は単行本ではない。全集を予約・購入した人にしか読まれることはなかった。それも春月自死の一年以上後の昭和六年六月の発行である。『時代人の詩』が文壇でほとんど論評に上がらなかったのは、当時の文壇人の一部を除きほとんどがこの長編詩集を手にする機会はなかったからだ。そこには死に向かう春月と、詩に生きる春月が見えたはずである。

春月の若き日の作「海の死」に「海よ、広き胸もつ花嫁よ、／汝が新床に年若き夫をむかえよ、／古くして、とこしえに若き汝の欲情もて、／大いなる詩人シエリイになせしが如く／小さき詩人の我れにもなせ。」（七連最終句）がある。ここには美化された死がもつ力、ロマン的な死、いや反転した生がある。これが懸念されるのは死に過剰な意味づけがなされ、美化され、人を誘う力をもっているからだ。美にのめり込んで死を描くことにならないだろうか。春月は若き日から詩・死を書き、言葉にも出してきた。真に芸術的な生き方を求め、それを生きたいという強い願望があった。

トリスタン

プラーテン（独）
生田春月　訳

美（うる）はしきもの見し人は、
はや死の手にぞわたされつ、
世のいそしみにかなわねば、
されど死を見てふるふべし
美はしきもの見し人は。

愛の痛みは果てもなし
この世におもひをかなへんと
望むはひとり痴者ぞかし、
美の矢にあたりしその人に

愛の痛みは果てもなし。

げに泉のごとも涸れはてん、
ひと息毎に毒を吸ひ
ひと花毎に死を嗅がむ、
美はしきもの見し人は
げに泉のごとも涸れはてん。

大意を小松伸六の訳から参考にさせていただく。

「美を見し人は、すでに死におちいっている。かの人はこの地上のどんな仕事にも役立たず、死を前にして、うちおののくのだ。美を見し人は。

かの人には愛の苦悩が永遠に続く。なぜなら、この衝動を地上で満足させることは愚者にしかできないことだから。ひとたび美の矢を受けた人には、愛の苦悩が永遠につづく。

ああ、かの人は泉のごとく消えゆくことを望むだろう。あらゆる風の息吹より毒を吸い、あらゆる花より死の匂いをかぎたく思うだろう。美を見し人は、泉のごとく消え行くことを望むだろう。」

この詩は美と愛と死の結合をうたった結晶であり、死と芸術とのかかわりを論ずるときによく引用される。堀田善衛著『美しきもの見し人は』（新潮社　一九六九）の表題は「トリスタン」の春月訳からとられており、春月の解説も載せている。

堀田善衛は「芸術というものがつねに解決不可能な巨大な矛盾」だと述べている。〝芸術〟を〝春月〟とおきかえてみたい。芸術というと何か高尚に聞こえるが、春月は詩人になりたい、ただその一念であった。

真正な詩人に！

己の納得のいく生き方、思想を求め、時代の苦悶を我がこととして格闘した。しかしそれは理想と現実のはざまで揺れ、自らの迷いから思想遍歴のなかに矛盾をはらんでしまったのではなかろうか。

春月は主義や思想において、自分はいつも離反者であつたという。人道主義、社会主義、宗教……自分はあらゆる陣営からの脱営兵だ。だが、事実は、真実の離反ではなく、離反がかえって真の投合であったのだと「或る叛逆者」に記している。思想遍歴と見えたものは、春月の真の詩人への道程だった。迷いのなかに、あれかこれかと彷徨う姿は、はた目には矛盾したものに映るのである。

この章の〔二〕で春月一二歳の作「夕の海」を紹介したが、この詩の終わりの三行は、

波打際をさまよう我は美の魔に襲はれたやうで
何だかゾッとするのである。
ア、夕の海……

春月はすでに一二歳にして「美の魔に襲はれた」、「美しきもの見し人」であった。この時から彼は

意識するとしないにかかわらず「トリスタン」を歩き始めていた。春月訳の「トリスタン」が格調高いのは、そこに自らの来し方行く末が込められているからではないか。

春月は若き日、帝国図書館で好きな章句を写しながら、魂を震わせて幸せな時を過ごした。そして美しきもの見し人の一生を歩き通すことのできた人であった。

（終）

補遺

大正四年（一九一五）四月七日ころ　荒川義英の案内で、生田春月が友人の江連沙村と来訪。『日録・大杉栄伝』大杉豊編著（社会評論社　二〇〇九）

春月は荒川から借りた『近代思想』を読んで、大杉の思想をもっと深く知りたいとやって来た。初対面の大杉を「情熱よりも理知のよく発達してゐる事を思はせる彼のよく整つた顔は、温かに衆を抱擁する事の出来る度量を示してゐた。また彼の筒袖を着た身体は監獄で病気を授かつたといふにも拘らず、何処かしつかりした、ねばり強さを見せてゐた」と自伝的小説『相寄る魂』に書いている。

大正四年（一九一五）四月一二日　大杉・土岐の発起により与太会をメイゾン鴻の巣で開く。『日録・大杉栄伝』大杉豊編著（社会評論社　二〇〇九）

友人たちとの久しぶりの夜の会合。荒川義英が、出席者は「安成貞雄・二郎兄弟、堺、荒畑の常連のほかに中村武羅夫、生田春月の新顔触があった」と伝えているから継続的に開かれたようだ。「近代思想社談話会と銘打つても、大抵ヨタ会になるのが落ちであるこの会合に、ヨタ会と銘打ったのだから、その混状は推して知るべし」という放談会だった。ほかに山口孤剣と和気律二郎が出席。帰途、数人連れ立って呉服橋まで歩くうちに、大杉は振りかえって春月に「今度、ゆっくり語ろうじゃありませんか」と話しかけている。この会にも誘ったのであろう。気の合うところがあって、こののち折にふれて訪ねあう交際がつづく。（荒川義英「与太会の記」『反響』一五・五、生田春月『相寄る魂』）

大正九年（一九二〇）一一月号　「漢文漢詩の面白味」芥川龍之介（『文章倶楽部』後に『点心』に所収

抒情詩的(リリカル)な感情は、漢詩に縁が薄いやうに思はれてゐるが、これ亦必しもさうではない。名高い韓偓（唐）の『香奩集』と云ふ詩集は、殆どこの種の詩に充満してゐるが、その中から一つ引くと、「想得たり」と云ふ七言絶句に、

　両重門裏、玉堂の前
　寒食の花枝　月午の天
　想得たり、那人手を垂れて立ち、
　嬌羞、肯じて鞦韆に上らざりしを。

と云ふのがある。羞ぢてブランコに上ることを承知しなかつた少女を想ふ所なぞは、殆生田春月君の詩の中にでも出て来さうである。

大正一〇年（一九二一）九月　この月、生田春月に『相寄る魂』のモデル料として本をくれと書簡。『日録・大杉栄伝』大杉豊編著（社会評論社　二〇〇九）

『相寄る魂』は春月の自伝的長編小説。初対面以来の大杉との交流場面をいくつか描いている。大杉の家で辻潤に会い、辻を訪問したときに大杉も来たこと、荒川義英の送別会での大杉、また野枝と一緒に下宿に訪ねてきたことなど。それを知って、出版されたばかりの本を要求したのだろう。

春月は三〇年に自死するが、その七カ月前、「大杉栄讃頌」と題する感興詩をつくっている。前書きに「頃日、大杉栄を思ふこと多し。長友宮嶋資夫君と大杉を語って、わが年少時、屡々その指示を得たりしこの英雄児を偲ぶ一篇」とある。（略）

大正一〇年（一九二一）一月五日　「自叙伝」執筆のため、鵠沼の東屋旅館に滞在。『日録・大杉栄伝』大杉豊編著（社会評論社　二〇〇九）

この日、東屋に着くと間もなく、部屋に佐藤春夫がやって来た。（略）

その後は自叙伝や生田春月の話から文学談になり、大杉は「小説といふものが近頃実に読んでつまらなく退屈なものになつた」「その代りに自然科学の書物などを見ると、以前小説の好きな頃に小説を見て覚えたのと全く同じ種類でそれ以上の面白さを感ずる」「所謂左傾した作家といふ連中のが一番退屈だよ」などと言った。

大正一二年（一九二三）「恐ろしき錯誤」江戸川乱歩（『新青年』博文館）

どんなに仕事に夢中になっていたつて、おれの女房は、あの片靨の可愛い笑顔で、おれのうしろにちゃんと坐っているんだという安心が、僕をあんなふうにしていたんだ。

忘れもしない彼女の初七日の朝だった。ふと新聞を見ると、文芸欄の片隅に生田春月の訳詩がのっていた――そのある日にはそれとも知らず、なくてぞ悲しき妻である――という一句を読むと、子供の時分からこのかた、ずっと忘れてしまっていた涙が、不思議なほど止めどもなく、ほろほろとこぼれたっけ。

（注）引用された春月の詩は訳詩ではなく上記のとおり『麻の葉』所収の「妻」の最後の行。

妻　　生田春月

しづかな愛のめでたさよ、
人目につかぬいつくしみ、
声を高めてふれありく
売物ならぬたふとさを
年へて人はさとるらん。

どんな人でももつべきは
まごころふかくつつましく
やさしい一人の妻である、
そのある日にはそれとも知らず
なくてぞ恋しき妻である。

昭和六年（一九三一）　『厭世詩人レオパルディ研究』提虎男（二松堂）
※出典紹介者は『春月と瑛二郎』竹内一朔（秋田文化出版）

春月氏没後、翌年の一九三一年春に、神田錦町一丁目の二松堂から、堤虎男氏の『厭世詩人レオパルディの研究』の好著が出版されている。その第三篇は、「レオパルディの分析とその反響」となっており、「作品の傾向と魂の分析」、「世界における反響」の二章により、悩める偉大な魂の真影を伝えている。

それによると、レオパルディの日本における紹介者として夏目漱石、厨川白村（近代文学十講の中で）、柳田泉氏らをあげており、さらに次のような深い理解のこもった言葉で春月氏の世界に触れている。

「なおこの外にレオパルディの厭世的大詩人たるを日本に紹介するに最も努力せる研究者に生田春月氏が在る。氏は大正の中葉にして「新しき詩の作り方」と題する著書を発表して、レオパルディのまれに見る世界の大詩人たる風貌を語っている。氏はその他詩人の数編の詩編をも翻訳している。

次に日本において端的にレオパルディの影響を受けたと信じぜらるるわが文壇の二人の巨人を見出すのである。即ち一人は今述べたる詩人生田春月氏にして、氏は昨春瀬戸内海の蒼浪に航行中の汽船より投身自殺している。氏の直接の自殺の原因に就て厭世的色彩によるや否やは今ここに断言出来ないが、氏に厭世的に影響を及ぼせるものは一般にドイツのノバリスであると言われ、又レオパルディであるとも評されているが、私の信ずるところでは実にレオパルディその人であると思うのである。氏は日本におけるもっとも深きレオパルディ研究者であり、賛美者であった。他の一人は先年初夏のころ、自殺せる芥川龍之介氏である。」

昭和六年（一九三一）「生田春月全集月報」第六号（新潮社）

「強い彼」　武野藤介

いつだつたか新宿のあるカツフエで若い詩人の出版祝賀会があつた。（略）
その日はひさしぶりで生田春月に逢ひたいと思つて、それだけの気持で私は出かけて行つた。
その若い詩人と云ふのが春月のお弟子さんだつたからだ。何のことが原因だつたか忘れたが、若い詩人達が腕力沙汰の喧嘩をはじめた。みんな酔つてゐるのだ。私は片隅に身を避けてゐた。
ところが春月はその喧嘩の中へとび込んでいつて、短刀を持つてゐた青年をしつかりと抱きとめた。私はあんな風に強い彼をみたのはあとにもさきにもこれが一度だつた。

昭和六年（一九三一）「生田春月全集月報」第六号（新潮社）

郷里米子に於ける生田春月追悼講演会　米子後援会　佐々木一雄

春月追悼講演会が十月十八日生地米子で開かれた。来会者約四百名、生前春月氏が帰郷の際に開いた文芸講演会の際には（大正十二年）僅かに六十余名の聴衆しか集まらなかつたに比して、春月氏を理解して呉れる人が多くなつた事には驚く以上森厳に氏の芸術の永遠さを感じた。
壇上には春月屏風（春月氏の遺墨　五十枚の色紙短冊のみで作られた広戸節三氏秘蔵のもの）が拡げられた。（略）

開会の辞（大衆作家）　都田　鼎氏　人間春月を語る　佐藤信重氏
詩　朗読　松尾啓吉氏　春月先生と其芸術に就いて　大島庸夫氏

生田春月君を憶ふ　加藤武雄

春月さんの生涯と死　望月百合子女史

春月の一人生観に就いて　石川三四郎氏

郷里米子における生田春月追悼講演会
上記写真右側上より　松尾、大島。佐藤　望月。加藤諸氏他三名。
左側上より二人目　生田博孝氏、広戸、都田、佐々木、石川諸氏
立てるは故春月氏の唯一の叔母淀江町　太田しげ氏

生田春月墓　米子市博労町の法成寺
加藤武雄揮毫による「月夜の青桐」が刻まれている

昭和七年八月三十日（一九三二）　森杏奴日記より（後に『鷗外の遺産　第二巻　母と子』小堀陽一郎、横光桃子編（幻戯書房　二〇〇五）に収録された）

（注）森杏奴（後の小堀杏奴・森鷗外次女）がフランスに渡り、弟の類とパリで洋画を学んでいるとき、知人の青山氏宅で武林無想庵と同席した。その時、武林無想庵の話したことを杏奴が日記に書いたもの。

若い人の話では、林房雄、平林たい子、林芙美子、小林秀雄（この人を私は知らない）等話が出ました。生田春月のことをほめてました（芥川龍之介を、第一素晴らしい、美男のうえにあれだけの芸術ができるとはつく〴〵羨ましいと思つたよ）とよほど羨ましいらしく嘆息してゐました。

昭和二四年（一九四九）『明治大正の文学者』中村武羅夫著（留女書店）

第二十三章　生田春月のこと（上）

田舎者まる出しの青年――天才青年といふ春月の噂――文章の添削の仕事――文章軽視の風潮――春月の性格の一面――長大作「相寄る魂」――「肝胆相照らす仲」

春月は私のためには最も親しい友人の一人であつたし、それにドイツ語を教へてくれた先生でもあつた。且つ、今で言へば長い間隣組としての生活をしてゐたわけで、その人間についても、かなり深く立ち入つて、相当こまかい部分まで知つてゐるつもりである。尤も、それを全部ここに書くわけにもいかないが。（略）

「肝胆相照らす」仲となり得た原因を考えて見ると、二人とも相当の情熱家であり、感激家であつたといふことに他ならないと思ふ。私はこの通りおつちよこちよいと言はれても仕方のないやうな感激屋であるし、あの女性的で、しんねりむツつりの春月が、見かけに依らない情熱家で、感激性に富んでゐた。

その二人が、或るツマらない偶然の機会で、パッと情熱を燃やし合ひ、一瞬にして忽ち「肝胆相照らす」仲といふことになつてしまつたのである。

第二十四章　生田春月のこと（下）

近代人的自我主義——感情の疎隔——春月の神経と長江の病気——十年したら自殺——蒼ざめた顔と、鏡との睨めつこ——春月の変死——横寺町に間借り——嫁を貰ひに行く——花世さんとの結婚——

或る時私が訪ねて行くと着物を着換へた春月が、えらい意気込みで二階から降りて来るのに、バッタリ出逢つた。

「どこに行くのか？」と聞くと、

「これから嫁を貰ひに行くところだ。」

といふ返事である。この突ツ拍子もない返事に、私が呆れてゐると、「女子文壇」（著者注『青鞜』）であつたか、何といふ雑誌であつたか、「私は下女のやうな醜い女で、一生結婚は出来ない。」とか、何とか書いてゐる感想文を読んで、ひどく感激し、気に入つたから結婚するのだ、と興奮してゐた。

「その女は、今迄に知つてゐるのか?」

私が呆れながら聞くと、

「いや、知らない。これから行つて、初めて会ふのだ。」

それで私は、そのまま引つ返すし、春月は颯爽として忙しさうに、花嫁を貰ひに出かけて行つたのだが、それが今の花世さんだつたのだ。

昭和四五年（一九七〇）『日本の詩歌第26巻　近代詩集　付録31』（中央公論社）
「日本近代詩寸言」　寺田透　（後に『寺田透・評論　第Ⅱ期　Ⅵ』思想社　一九八〇に収録）

自我開放のこころみの、従ってロマンチシズムの歴史であった日本近代詩史は、こういう事態と認識に対して、男々しく、或は女々しく、あるいは夢想的に立ち向った青年の歴史だったと見られる。

「或る肉体は、インキによつて充たされてゐる。

　傷つけても、傷つけても、常にインキを流す。

二十年、インキに浸つた魂の貧困！

或る魂は、自らインキにすぎぬことを誇る。

自分の存在を隠蔽せんがために
象徴の烏賊は、好んでインキを射出する。」

いうまでもなく生田春月の一詩の冒頭である。「象徴の烏賊」とは、自分はそうでないという自己意識を持つものが、そうであるものに投げつけた比喩ではない。「致命の毒を対象に注入しながら、／自らまた力尽きて斃れる旱魃の河！」である毒蛇も、「常にじめじめした湿地に生え、／その身をあまりに夥多なる液汁に包む」植物も、現にそうであるけれども、今後かならずそうであってはならない自分なのだ。蛇はせめて「夏夕の花火、一瞬の竜と」なってでも「天上」しなければならない。羊歯類を思わせる植物はどうなるか。それは歌われていないが、その近縁種については最終連に次のように歌われている。

「深夜、或る暗い空洞から空洞へ注ぎこまれ、
その畸型なる尻尾を振つて遊泳する
或る菌はしばしば死と復讐の神である。」

この菌が何かは分らないけれど、それはそれの宿った有機体を食って成育し、やがてそれを破壊し、それでもなく、もとの自分でないものになるのは確かである。

「漠雲の中に哄笑する、目に見えぬものは神である。」

別の作品「幻の画家」には、「わたしは自分の肉体にいろいろなものを描いた、／……わたしは名匠のたくみを知つてゐる、／然し、それは消さねばならない、それは一日の名画である。」と歌われており、詩人が自分を変えようとするこころみはすべて夢に他ならず、「はかない」ことと知られたことが明らかにされている。しかもなお詩人は自分を変えようとしつづけてやまないとは言えないのだ。そうと嗅ぎあてられたことが、詩人に自殺をそそのかす……

「わたしは描くことを忘れ、
また消すことを忘れた。

わたしの樹に
今は沈黙の鳥がとまり、
むかしの花を
その嘴(くちばし)から落す……」

現実の中にあって変りえない、という自分にとっては望ましくない形の方へ、じわじわと、ほとんど気づかぬうちに、陰気にしめっぽく自分が変えられてゆき、その勢いをとどめられないという自覚は、詩人に詩人であることの停止と、必然の関係で、自我であることの断念を命ずるのだ。吐かれる言葉はもはや遺体にすぎない……。

僕は以上のように書くことでかならずしも春月生田清平の伝記に対して忠実を守ろうと心掛けはしなかったが、そうひどいアナクロニズムも犯してはいないだろうと思う。ただ日本近代詩史全体を振返ってみる素振りをしながら、春月しか取り上げようとしない奇怪さは、いかにごく短い文章の中でも、見咎(みとが)められるに値いしよう。（略）ただ千家元磨のあの熾烈(しれつ)で輝かしい現実讃歌に対置したとき、大抵は潰(つぶ)れるか薄れるかするもっぱら感覚的情緒的、官能的詠嘆的な一体の主我的詩風の中で、春月の詩はその中に思想的に生育しうる内的実質を持つ稀有(けう)な場合だと思われたことが、春月だけをとり上げるための有力な動員としてはたらいていたということ、これは明言できることである。

昭和四八年（一九七三）　『新日本風土記　中国編　Ⅲ　雨の季節（鳥取）』
熊本日日新聞社編（昭和書院）

「感傷の詩人春月」　古志太郎

偶然といってしまえばそれまでのことであるが、私は、人の運命のかげに見えない糸のようなものを感じることがある。たとえば、日本海辺に前後して生まれた詩人生田春月と尾崎放哉（鳥取県出身の自由律俳人）とが、同じ瀬戸内の小豆島に眠っているというようなことにしても……。

土庄（とのしょう）のほとりに〝入れものがない両手で受ける〟の句碑をのこす方哉についてはいずれ後ほどふれるとして、内海町坂手観音寺境内に『海図』の詩碑をのこす春月について、このさいもう少しつけ加えておきたい。

大正六年十二月、二十六歳の若さで処女詩集『霊魂の秋』（新潮社）をもってはなばなしく登場した春月が、十三年後には『海図』の一片をのこして、海に投じなければならなかったのは、ナゼなのか？ 彼はその処女詩集の序文の冒頭の詩の中にさえ、〝ああ、我が青春よ、我が青春の夜よ、我が青春の嘆きよ！〟とうたい、「この詩篇をみるときさながら、自分の墓をみるような思いがする」とも語っているが、米子で酒造業を営んでいた父の没落から、そのもっとも感じやすい少年期にみじめな生活を味わっている。そして孤独な魂はやがて文学にすくいをもとめて、さらに険しい魂のさまよいがつづく。

昭和四九年（一九七四）　『故旧回想』大江賢次（牧野出版）
「生田長江と生田春月」

春月にも、長江とおなじに一度しか会えなんだのは惜しい。長江は仕様がないとはいえ、春月はずっと若く、もっと久しく会えたはずだが、投身自殺したからどうにもならぬ。しかもふるさと出身の俳人尾崎放哉の、ついのすみかの小豆島の沖合。（略）

春月は「もう、ふるさとの話、めんどくさいからやめようよ」と、封じた。

これには困った。いままでの私の資産といえば、ふるさとを通じての絆であったが、みごとに切られたので困った果てに、ハイネの訳について触れるほかない。春月は独学でドイツ語を習得して、ついにハイネの詩集を新潮社からだしていた。

「よくドイツ語を……ハイネの、詩を翻訳されましたなあ」

「ありゃ誤訳だらけで」

これについて何と答えていいものか、私は迷った。しばし沈黙のあと、

「……先生は詩人ですから」と、切札ならぬ出まかせを云った。

キラリと瞳がかがやいた、ように思うのは表現の技で、じっさいは無我夢中であった。

「きみ、そう思うかね」

「はい、……」（略）

いまでも私には謎だが、恋愛であろうと、思想であろうと、またその煩鎖な日常生活のことごとくにせよ、すべて単なる抽象的なものではなく、すべてが社会機構につながることの必然の驚き、それ

らの諸矛盾をどうさばくべきか、漠然たる悩みのさなかではなかったか。彼はつぎの社会はおよそ見通していたが、あまりに微妙な才知のかなたに、アナアキーなまぼろしが手招きしたのではなかろうか。いや、そんな境地にいたる前に、ただれた恋を清算するため、まことに平凡であるからこそ純粋な、まだ余生の醜をさらけだすがほどの、あの長江のしぶとい執念などとは別に、みずからの命を絶ったのはいたましく、詩人の素質を全うしたのであろう。

昭和五〇年（一九七五）『ハイネ——比較文学的探求』鈴木和子（吾妻書房）

大正時代から昭和の初めにかけて実際的にハイネと関係をもち、ハイネの社会主義的な面をひろく日本に紹介したのは、詩人であり評論家の生田春月（一八九二～一九三〇）である。（略）既に大正の初め頃から春月はハイネの詩を訳しているが、最初のまとまった訳詩集としては、大正八年（一九一九）二月、新潮社の泰西名詩選集第一編、『ハイネ詩集』と名付けられた小冊子である。この中には『歌の本』や『新詩集』から主として訳出してきている。（略）

大正八年訳詩集『ハイネ詩集』がでたあとは、ハイネの人気の上昇は非常なものである。春月のハイネの訳詩集の出版が、日本の文学青年たちにハイネを親しませる上にどの位大きな役割を果したかは、このことからもよく推測されるのである。しかもこれまで看過されていたハイネの時事詩や社会詩を訳出した。（略）

春月のほかにも大正年間、松山敏、古賀竜視、広瀬清郎等々がハイネの翻訳、紹介を通して、ハイネを日本国内に広めるのに力をかしたが、なんといっても春月の業績は群を抜いていた。そして春月の仕事はのちの社会主義の観点から、さらに展開されることになった。

昭和五〇年（一九七五）『詩をめぐる旅』伊藤信吉（新潮社）

海図の導く死　小豆島――生田春月

海図に記載されるいろんな資料の中で、もっとも重要なのは水深だという。海図に記載されている無数の数字がそれを示すが、瀬戸内海の播磨灘はどれほどの深さだろう。その辺りの潮流は、どんなふうに流れているのだろう。

夜の暗い海。燈火をきらめかせて商船が播磨灘を航行してゆく。甲板に立っていた一つの影が、音もなく海にむかって消える。汽船が巻きおこす波と泡。夜眼にも白い航跡。（略）

死の「海図」というべきこの詩は、生田春月のおびただしい作品中で、もっともすぐれた一篇である。自分の生を、今まさに自分で抹殺しようとしているのに、壁に掛った海図をみつめる眼にも、未知の世界へ身を投じようとする思いにも乱れがない。おそらく生田春月は海図をみつめて、播磨灘の航路の水深を測っていた。水深の変化を眼で辿りながら、海図の行く手を断ち切る瞬間を測っていた。この詩を読んで呼吸（いき）をのむのは読者の方だ。（略）

人は死によって生きることができるか。一つの意味で「死は死」であり、一つの意味で「死による生」であろう。そして「死による生」は、多かれ少なかれ、そのことを思索した人の苦悩を包みこんでいる。感傷性の詩人として出発した生田春月が、ニヒリスチックな、アナーキスチックな詩人となったことには、よほどの人生的苦悩と思索があっただろう。

昭和五四年（一九七九）　『湯浅栄一画集』湯浅栄一（光風会会員、日展会友）
（安来市　湯浅栄一画集刊行会）

大正九年、病後ぶらぶらしていた私は小説や文芸雑誌を読んで、詩を作っておりました。そのころ東京の文士に手紙など書いたので、竹久夢二、生田春月、加藤武雄などから来たハガキが残っております。

昭和五四年（一九七九）　「ふるさと文学」（NHK鳥取放送局）
「自ら欺かざるの人　――　生田春月　――」

放送日　　昭和五四年六月五日（火）　午前七時二〇分～七時三十五分
再放送日　昭和五四年六月五日（火）　午後一時二〇分～一時四〇分
出演　　　佐々井秀緒
語り聞き手　石澤典夫アナウンサー

今年は詩人・翻訳家として知られる生田春月の五〇回忌。少年期を米子で青年期を淀江で過ごした春月の人格形成と春月文学の性質との関連について考える。（略）

生田春月という名前を知っている人は、もうそう多くないかもしれない。しかし大正時代から昭和初期にかけて、生田春月の詩は多くの人に親しまれ口ずさまれた。

昭和五五年（一九八〇）　『松明のごとく　並河純随想集』　並河純

（山陰酸素工業株式会社　一九九一　初出日本海新聞・潮流　一九八〇）

「みどり」を　生田春月の文章から

生田春月は、明治二十五年、当時の西伯郡米子町字道笑町に生まれた。重なる悲運、苦悩の悲恋を体験しながら、昭和五年、三十八歳で自ら命を絶った。いま、私は彼の文章のなかの一節を探すため春月集を開いている。そして彼が自分について語った遺稿をあらためて読み、詩人の自己評価の確かさを考えた。すなわち「デスマスク」である。

「自分は後世、大富豪とか大詩人とかいふ尊称のもとに残らうといふ自信など少しもない。マイナア・ポエトに過ぎない。……かうしたつまらない詩人は、文学的な評価はともかく、その人間的な弱さや、愚かさや、醜さによって多少の興味はもたれるかも知れないと思ふ」。（略）

「夜見ヶ浜は、その幅一里、延長五里に及んで……その起点とする米子市街と、その突端なる境港とは、未だ鉄道の敷設せられなかった時分には、一條の河流と、一條の往還とを以て連結せられていたのである。……いづれを見ても松、ただ松、見渡す限りの松林で、その松林の中を歩いて行けば、いかに蒸し暑い夏の日でも、寒いくらゐの涼しさで……」（相寄る魂）

「相寄る魂」は、大正十二年に書き終えられた小説である。ところが、どこであろう。今の「弓浜部」は。米子から境港に向かう産業道路を車で走っていると、それでも松林が残っているかに見える。だが、飛行機で美保空港へ着陸するとき見おろす弓ヶ浜の松林は、すっかり貧弱になった。「見渡す限りの松林」のおもかげは消えて工場や商店街や住宅のなかに松林がいくらか残っている風景である。

昭和六二年（一九八七）『人生は丹精――まごころをこめて――』（仏教伝道協会　さんぽうの会）

「第一部第三章　なごみあう仲間「僧」」　葉上照澄

うそに対するいかりとすくい

生田春月という人は、鳥取県米子の県下一の酒造家の長男として生まれました。（略）春月一〇歳の時破産してしまいます。（略）その生田春月の詩に、

いくたびも裏切られ、
いくたびも欺かれて
心はかたく、かたく石となるとも、
その底より水は湧きいで、
つらぬきて泉は流る。（略）

（注『慰めの国』）

とうたい、さらに、

真に己れを知るとき、
人ははじめて人生を知る。
真に人生を知るものは、他人を裁くことをやめる、
彼は凡（すべ）てを宥す――

その宥す心の中に、彼の知恵がある。
彼の勝利がある。彼の救ひがある。

（注 「裁く心と宥す心」『自然の恵み』所収）

というのです。自分の内なる、不正へのいかりと自分自身の愛とか大切な故に、そして人間の限界と人間の心の二面性とがみえる故に、人をも大切にしたいという。それを春月は「ゆるす」というのです。そのゆるすということは〝あらそわない〟ということです。これを「和合」といい、仏教では「和合僧」といいます。僧に帰依したてまつるということ、仏教の仲間を礼拝するということは、この〝ゆるす――和合僧〟をうやまい、それを理想とするということです。

平成三年（一九九一）『国学院大学栃木短期大学紀要　第二十五号』
「生田春月における儒・禅の素養」瀧澤精一郎

素読は一種の天才教育とも称すべきもので、解釈は行わず専ら暗記を主とした。（略）これが所謂素読法である。（略）

鷗外や漱石やそして春月の時代は此の法によって小学校に上るまでに四書を終えるのが通常であった。（略）春月の作品にも背反する此の二者に対する並々ならぬ素養の程が窺われる。

夜読　春月

「夜のあらし、なにげなく、あけし窓より、さと吹き込めば、史書幾頁、めくりとばさる、英雄の二人三人、事もなく、風が片付けて、霰ふる夜。」

風の翻えす史書の枚数の年月は数百年を経過していようとも瞬息の間にも満たない。春月の「身命」の詩題は不惜身命から出ている。世を黄粱一炊の夢と観ずる者は生死に執着もせず権要に憧れもせず名利を慕うことも無い。ただ静寂清浄の境に達した先人に心寄せるのみである。高青邱は清廉潔白な明初の詩人であるが、友人の罪に坐し、三十六歳にして腰斬の刑に処せられた。春月は青邱に己が魂と姿とを見た。

高青邱に寄す　春月

わが哀しき高青邱よ、われ今君の詩をよんで、敢て君に言わん、天下の愁人君と我れとと。

帰思　春月

この世は異国、しばしさすらへば、みづからふるさとに心はむかふ、帰去来、帰去来、裏（うち）なるものかく声々に唱ふ、ねがふわが帰郷の日、その海の凪（なぎ）なることを。

帰去来の漢語に春月はルビを振ってない。従ってカヘンナンイザと訓んだかカヘリナンイザとしたか分明でない。或いは語学者である春月は音読したものか。とまれこれは淵明の「帰去来辞」の意訳であることは誤りがない。かって多くの人がこれを試みるも、これに勝る作なしとするとも蓋し溢美の言ではあるまいと思われる。

寂莫道　　　　　　**春月**

日暮れて途遠し、わが生既に磋跎たりと、昔の人の歎息が、またあたらしくわが心から湧きあがる。磋跎はつまずく。また足ずりする。余りの険所に覚えず足ずりすることから、高知県の西南端にして太平洋に突出する岬はよって足摺岬と命名され、日本々土最南端の岬も同じ理由で佐多と付けられた。佐多はいうまでも無く磋跎である。海に投じた春月はこうした地を熟知していた。船中でなした「海図」が遺作となったのもこの詩人には故なしとせぬであろう。そして本詩は張九齢の「照鏡見白髪詩」の訳の意も込めてのものであることに注目したい。「宿昔青雲志、磋跎白髪年」を起承とする著名な作である。染々とした哀愁感は寧ろ勝るとも劣らぬものがある。

平成四年（一九九二）『対談　西洋詩と江戸漢詩を繋ぐもの』富士川英郎×中村眞一郎
（小沢書店　月報「poetica」第三号）

大正十三年から昭和時代

中村　西洋の詩というものにはどういうふうに入られたんですか。
富士川　リルケからですね。昭和二年に、茅野蕭々さんの『リルケ詩抄』が出たのを読んで、それがきっかけで……。その前は、ゲーテの詩を翻訳で読んでいた程度です。生田春月訳のね。
中村　生田春月自身の詩も、ぼくの記憶では読んだなあ。
富士川　読みましたね。
中村　流行詩人だったなあ。

富士川　流行詩人でした。ひじょうにロマンチックな、ね（笑）。

平成一二年（二〇〇〇）　『石原吉郎「昭和」の旅』　多田茂治（作品社）

第二章　アルマ・アタ　三、精神の暗渠より

「私の詩歴」という一文によると、石原は中学四年生のとき、島崎藤村の『若菜集』を読んで一週間ほど熱に浮かされたようになったというし、卒業する頃には、生田春月訳のハイネ詩集を読んだのがきっかけで、春月に傾倒したという。（略）

春月の第一詩集『霊魂の秋』のなかにこんな詩がある。

あはれなる基督の弟子の歌

いとたかき人とならまし、
うつくしき人とならまし、
のちの世に慕はるゝ人とならまし。
人によきことをなさまし、
世のために血を流さまし、
くるしみをおのれ一人にとりておかまし。

春月は最初、木下尚江の影響でキリスト教、人道主義的社会思想に近づき、その後、ニーチェや、社会主義者の堺利彦、大杉栄、さらにはアナーキストの石川三四郎の影響を強く受けてアナーキズムにも傾いていた。

春月はたえず魂の救済を求めて思想的遍歴を重ねた詩人だが、その根底には、少年時の一家流浪やその後の生活苦に根ざしたニヒリズムが色濃く流れ、自殺願望が強かった。

第三詩集『澄める青空』のなかの**「孤独と氷」**のなかにはこんな詩句がある。

ああ、浄らかな変形(メタモルフォオゼ)！
すべてはここに永遠の象をとり
永遠の息吹をわが方におくる、
あまりに冷たい死の息吹を！
しかもこの寂静(じゃくじょう)の中にまことの生ははじまる！

死の息吹に吹かれるまま、春月は昭和五年五月十九日夜、瀬戸内海航路の船から播磨灘で投身して果てた。三十八年の生涯で、没後、遺稿詩集『象徴の烏賊』が発行された。

石原が生田春月と出会ったとき、春月はすでにこの世に無かったが、少年時から死の想念につきまとわれていたという石原は、春月の苦悩をまとった感傷的な詩とともに、夜の海に投身して果てた春月の生涯に強く心惹かれるものがあったのだろう。

平成一九年（二〇〇七）「詩人の死 14 生田春月」正津勉（『表現者』）

生田春月。今日ではすっかり忘れられた詩人。この人が詩人の特権（？）たる自殺を選んだ。いったいなにあって彼は自らを葬ったのだろうか。（略）

『霊魂の秋』の一篇。「我れは世界の頁の上の一つの誤植」ではあるが、「この世界自らもまた／あやまれる、無益なる書物なるを」なのである。ここにはのちにアナキズムに赴き、さらにニヒリズムに傾いてゆく、思考の歩みが窺える。春月のロマンチシズムなるものは、硬貨の表裏、同時にペシミズムといいうるもの。これはあくまでも春月という個人の感性のものでありながら、あえていうならば、それこそまた大正という時代の空気であったものなのである。

平成二五年（二〇一三）『いとま申して『童話』の人びと』北村薫（文芸春秋）

（注）作家・北村薫は父の日記をもとにこの評伝風の小説を書いた。

「芸術家は寄生虫だ」

という友に対し、父は異論を唱え、《俺は人生を輝かす花だと思ふが》と記している。（略）

二月九日の初午の日、試験を終えた午後、有隣堂（ゆうりんどう）で本を買っている。

夢心地（春月（しゅんげつ））を買ふ（八十銭）。

春月とは、生田春月。ハイネなどの訳でも知られた詩人である。父が、この時期、日記にかいている甘く暗い詩は、この辺の影響を受けたものか——と思う。（略）

《生田春月の詩の影響》についても、一言しておこう。

今、春月を読んでいる若者など、まずいない。今といわず、我々が中学生の頃、すでにそうだった。

ところが昔は大いに流行った。父が、有隣堂で買った一冊は『夢心地』だった。しかし、それ以前に春月の別の詩集、具体的に言えば『麻の葉』も読んでいたと思う。

父の書き留めた詩のようなものの中の、ひとつを引く。

や　け

今日の俺の心は無茶苦茶だ！

何故て——俺にはわからない
俺の頭は朝から変だ

俺は伊勢佐木町を
裸体で
かけたかつた——

…………

何？　この地球に
氷雪時代が来るんだつて
勝手にしろ（後略）

そして、『生田春月全集　第二巻詩集』（飯塚書房）によれば、春月の『麻の葉』には、こういう作が載っているのだ。

自　棄

かなしうてならぬ
いつそこのまま
雪の中に
真裸で寝て
死にたいと
おもうた
やけツくそ。

人の書くようなことは、必ず誰かが書いている。とはいえ客観的にいって、これは《響いている》とみられても仕方ないだろう。しかし、恥ではない。中学生が日記の片隅に、ごく私的に書いたものである。

平成二六年（二〇一四）　『ニヒルとテロル』　秋山清（平凡社）

「ニヒルの群像」

その（補足：春月没年の）前年の十月か十一月のある夜、東京の牛込神楽坂のバア・ユリカで、はじめて逢った萩原朔太郎と私は向き合って酒をのんでいた。話は、アナキスト詩人萩原恭次郎や岡本潤のことから、宮島資夫に逢ってみたい、などという彼の一方的なことに終わったが、最後に「生田春月君の家にいって見ませんか」と誘われて同行した。しかし春月はその夜留守であった。

いまひらいて見れば『ニヒル』には萩原朔太郎、生田春月がしきりに寄稿していたが、当時彼らにあった結びつきを私は知っていなかった。

「皆生名物　春月」（清風堂）

松林のつづく皆生海岸の春は松露狩りでにぎわう。松の根元を掘るとコロリコロリと丸い松露がころがり出る。生田春月の詩に「松露かわいや松葉のしずく，いやよそなたの涙のしずく，砂の中からころころと」春月は小学生のころ遠足に遊んだ皆生の浜灘に「昔こいしと磯松かげを行けば行くほどころころと」とも唱った。

松栄堂

「春月銘菓　松露」（松栄堂）

参考資料

第一章

回覧雑誌『天使』第七号　編集発行人　生田星雨　一九〇四

回覧雑誌『天使』第八号　編集発行人　生田星雨　一九〇四

回覧雑誌『低唱』第七号　青年詩社　一九〇七

『自筆習作短編集　戦慄』生田春月著（自筆資料）［一九〇六～一九〇八］

『烏兎匆々』生田春月自筆日記　一九〇八

『文庫』内外出版協会　一九〇八

『文章世界』博文館　一九〇八

『都の友へ、B生より。』国木田独歩　彩雲閣　一九〇八

『祈祷』竹友藻風　昴発行所　一九一三

『霊魂の秋』生田春月　新潮社　一九一七

『漂白と夢想』生田春月　新潮社　一九二〇

『生田春月読本』二十日会同人編　油屋書店　一九七二

『学制百年史』文部省　一九八一

『生田春月再見』峰地利平編　米子今井書店　一九八三

『淀江町誌』淀江町編・発行　一九八五
『続淀江町誌』淀江町誌編さん委員会　二〇一七
『ばんとう　晩登　山陰初の私立中学校を作った男』松本薫　鳥取県立鳥取中央由良育英高等学校　二〇一七
シンポジウム「鹿島家和歌資料の語るもの　米子城下の幕末ルネッサンス」原豊二、渡邊健、辻本桜介　二〇一八
『米子工業高等専門学校研究報告』第五三号「影印、翻刻、嘉永六年一一月十日鹿島家歌合」渡邊健、米子高専古文書の会　二〇一八

第二章
自筆処女詩集『春月詩集』一九〇八
『自ら欺かざるの記』春月日記　一九〇八
『伊藤野枝と代準介』矢野寛治　弦書房　二〇一三
『『青鞜』の冒険』森まゆみ　平凡社　二〇一三

第三章
『澹雲春月帖』竹内瑛二郎　自筆、書簡ほか一九一九～〔一九六五〕
『生田春月全集』全一〇巻　新潮社　一九三〇～一九三一
『定本　生田春月詩集』広野晴彦編著　弥生書房　一九六七

『日本近代文学館年誌　資料探索　二』日本近代文学館編・発行　二〇〇六
『春月と瑛二郎』竹内一朔　秋田文化出版　二〇〇七

第四章

『泰西名詩名訳集』生田春月　越山堂　一九一九
『ハイネ人生読本』中野重治　六芸社　一九三六
「私とハイネ」中野重治　『新日本文学』一九五六年六月号
「生田春月論」武田寅雄　『研究紀要』第五号　松蔭短期大学　一九六四
「生田春月」長谷川泉　『現代詩鑑賞講座』第六巻　角川書店　一九六九
『生田春月の軌跡』佐々井秀緒　今井出版　一九七三
「生田春月とハイネ」加藤愛夫（『生田春月の軌跡』補訂版収録）
「生田春月のこと」窪田般彌　『中央公論』一九七五年一〇月号
「生田春月編『泰西名詩名訳集』」富士川英郎『学燈』一九七八年四月号
「ハインリッヒ・ハイネと生田春月」佐野晴夫　山口大学『独仏文学』2　一九八〇
『美を見し人は――自殺作家の系譜』小松伸六　講談社　一九八一
「若き生田春月と独逸語」佐野晴夫　『山口大学教養学部紀要』一六　一九八二
「生田春月の訳詩」富士川英郎　『海』中央公論社　一九八二
「生田春月編『泰西名詩名訳集』について　その歴史的意義と問題点一～四」佐野晴夫『山口大学英仏文

学』四〜六号　一九八二〜一九八四

第五章

『ＧＫＴ作品集　あおぞら〔声楽曲集〕』岩上行忍　ＧＫＴ　一九八一
『生きたしるし　流転の人生』岩上行忍　一九八八
『夢の宴　私の蕗谷虹児伝』阿刀田高　中央公論社　一九九〇
『生田春月の詩による作品集　独唱歌曲　全二十曲』岩上行忍　ＧＫＴ　一九九三

第六章

『良人の自白』木下尚江　金尾文淵堂　一九〇六
『自筆習作短編集　戦慄』生田春月　自筆原稿〔一九〇六〜一九〇八〕
『明治四十二年当用日記』石川啄木（『啄木全集』第24巻　河出書房　一九五一）
『反響』生田長江ほか編集　一九一四〜一九一六
『一青年の手記』荒川義英　聚英閣　一九二〇
『漂白と夢想』生田春月　新潮社　一九二〇
『呼子と口笛』石川啄木　東雲堂　一九二四
『ハイネ全集』全三巻　生田春月訳　越山堂　一九二〇　後に春秋社　一九二五
「吾が回想する大杉栄」佐藤春夫　『退屈読本』新潮　一九二六

『ディナミック』石川三四郎　共学社　一九二九～一九三四
「生田春月全集月報　第四号」窪川いね子（後の佐多稲子）　一九三〇
『時代人の詩』生田春月　新潮社　一九三一
『詩人生田春月を語る』大島庸夫　海図社　一九三一
『中野重治詩集』ナウカ社　一九三五
『自叙伝』全五巻　河上肇　岩波文庫　一九五二
『続歴史と民俗の発見——人間、抵抗、学風』石母田正　東京大学出版会　一九五三
『明治の作家』飯野謙二　岩波書店　一九六六
『講座・日本社会思想史　大正デモクラシーの思想』芳賀書店　一九六七
『定本生田春月詩集』広野晴彦　弥生書房　一九六七
「マルキシズム詩の系譜——詩における労働者」佐藤勝　『国文学』解釈と教材の研究一四　学燈社　一九六九
『若き木下尚江』中野孝次　筑摩書房　一九七九
『日本消費組合運動小史』小泉順三　米子北高等学校　一九七三
『石川三四郎の生涯と思想』全三巻　北沢文武　鳩の森書房　一九七四～一九七六
『美を見し人は——自殺作家の系譜』小松伸六　講談社　一九八一
『五塵録——民俗的自伝』橋浦泰雄　創樹社　一九八二
『遺稿集——硯の海辺』小泉順三　小泉清　一九八二
「生田春月の訳詩——訳詩物語（一）」富士川英郎　『海』中央公論社　一九八二年一月号

『橋浦時雄日記　第一巻　冬の時代から　一九〇八〜一九一八』　橋浦時雄　雁思社　一九八三
『近代日本社会運動史人物大事典』　全五巻　日外アソシエーツ　一九九七
『鳥取発大正・昭和を翔け抜けたひとびと』　鳥取市歴史博物館編・発行　二〇〇五
『日録・大杉栄伝』　大杉豊編著　社会評論社　二〇〇九
『パンとペン――社会主義者・堺利彦と「売文社」の闘い』　黒岩比佐子　講談社　二〇一〇
『マルクスの構想力』　岩佐茂編　社会評論社　二〇一〇
『知の巨人　評伝生田長江』　荒波力　白水社　二〇一三
『文化運動年表　明治・大正編』　浦西和彦　三人社　二〇一五

第七章

『少年の魔法の角笛』　全四巻　ブレンタノ　アルニム　【一八〇六】
『淀江日記』　生田春月　一九〇九
『日本民謡集』　生田春月　越山堂　一九二二
『生田春月追悼詩集　海図』　交蘭社　一九三〇
『象徴の烏賊』　生田春月　第一書房　一九三〇
『猫橋』　ズーデルマン著　生田春月訳（第二次世界文学全集）　新潮社　一九三〇
「生命の道」　倉田百三　『星雲』　日向堂　一九三〇
『詩人春月を語る』　大島庸夫　海図社　一九三二

『新興詩随筆選集』生田花世　詩と人生社　一九三二
『純正詩論』萩原朔太郎　第一書房　一九三五
『新潮社四十年』新潮社　一九三六
『真珠頌』大島庸夫　四季社　一九五二
『美しきもの見し人は』堀田善衛　新潮社　一九六九
『デーモンとの闘争』ツヴァイク【原書　一九二五】みすず書房版　一九七三
『美を見し人は　自殺作家の系譜』小松伸六　講談社　一九八一
『遺された蔵書――満鉄図書館・海外日本図書館の歴史』岡村敬二　阿吽社　一九九四
『美酒と革嚢　第一書房　長谷川巳之吉』長谷川郁夫　河出書房新社　二〇〇六

あとがき

本書の最終章は春月の「詩と死」がテーマとなった。文学者の自死にふれることは長年春月に親しんだ者にとっても容易なことではなかった。何とか形にしたといってもこれが真実だということでもない。文学者・春月の死に限っても、私が導き出したものに過ぎない。

春月の自死は自らの文学の限界を意識した詩人が、詩人としての最期の責めである二つの作品を果して消えていったのだと思う。春月は花世への遺書に文学者としての終りを完うせんがための死であり、それが自らの完成なのだとして「僕の生涯も愈々茲まで来たのだと考えると、実に不思議な朗かさを感ずる」と言う。これが詩を愛し、詩に生きた春月の彼の詩人としてのあり方だったのだと私には思える。このような厳しさは本人にしか分からないものだとも。

本書の執筆中に嬉しかったことを一つ。ドイツ文学科の学生が卒論に生田春月を取りあげたことから、遠路尋ねて来てくれた。私はできる限りの資料を提供し、生田春月論に向かう学生に、細やかな指導をした。詩人の資質をもつ学生の生田春月論は瑞瑞しい感性が随所に光っていて、私は今後の生田春月研究に意を強くしたことであった。

前作『生田春月への旅』を出してからのことである。それまでの資料調査は実際に訪ねて行っても空振りのことが多かったが、前作出版後は時には資料が向こうから歩いて来た。例をあげれば自筆処女詩集「春月詩集」は、春月一六歳のときに纏めたもので、当時の春月の日記によれば捨ててしまったとある。それがひょっこりと現れたのである。第二章「自筆処女詩集「春月詩集」一〇五年ぶりの帰郷への旅」はこれを基にできた章である。春月がいかに全国津々浦々の人に愛誦され手渡されてきたか、その長き旅の物語となった。

生田春月生誕一三〇年を前に、ひとつの区切りのときを迎えたが、春月掘り起こしの旅はもう少し続けていきたいと思っている。

最後になりましたが、本書刊行には多くの方の協力を得ました。

金沢市の三田裕一氏は長年愛蔵されていた自筆処女詩集「春月詩集」を米子市立図書館の「春月文庫」に寄贈していただきました。貴重な資料を提供していただいた竹内一朔氏、広戸克己氏、足立&生田春月プロジェクト、春月を語る会の皆様、お名前は略しますが捕遺に資料を寄せていただいた皆様、そして資料調査及び参考資料の提供に便宜を計っていただいた米子市立図書館、米子工業高等専門学校、日本近代文学館に深く感謝の意を表します。

また出版に際して労をおかけした今井印刷のスタッフの方々、編集工房「遊」の黒田一正氏に厚くお礼申し上げます。

二〇二一年五月

著者

上田　京子（うえだ きょうこ）

1946年、米子市淀江町に生まれる。

1968年から鳥取県立米子図書館、県立図書館移管後は米子市立図書館で40年にわたり、図書館一筋に勤務した。その間、図書館振興や図書館ネットワーク推進、子どもから大人まで多方面の読書活動に取り組んだ。県立と市立図書館を経験したことで、幅の広い仕事ができた。

2000年、文部大臣表彰受賞。

2007年から10年間、鳥取短期大学非常勤講師。

生田春月研究はライフワークとなった。

現在、鳥取県出版文化賞審査委員長、ブックインとっとり地方出版文化功労賞審査委員、鳥取県表彰・認定審査会委員ほかを務める。

著書『本とあそぶ』（今井書店）ほか共著がある。

『生田春月への旅』で、鳥取県出版文化賞、米子市文化奨励賞、山陰信販地域文化賞受賞。

生田春月への旅 Ⅱ
魂の彷徨

二〇二一年六月二〇日　印刷
二〇二一年七月　一日　発行

著　者　上田 京子
発　行　編集工房 遊
　　　　米子市日野町一八七
　　　　〇八五九（二二）二三〇四
発　売　今井出版
印　刷　今井印刷株式会社
製　本　日宝綜合製本株式会社

生田春月年譜

年号	西暦	年齢	できごと	翻訳・著作
米子時代				
明治21年	1888		春月の両親（父左太郎・元治元年９月23日生、生田清吉の長男。母いわ・文久３年10月14日生、国頭市蔵の次女。ともに淀江町出身）が事業（酒造業）の拡大を目指し会見郡米子町（現米子市）に進出。	
明治25年	1892	０歳	３月12日生田春月、米子町道笑町一丁目にて出生。代々清く正しい血統を伝える家系に生まれたとして清平（きよひら）と命名。	
明治27年	1894	２歳	家業の繁忙などのため、灘町の祖母よしに養われる。	
明治31年	1898	６歳	道笑町三丁目に豪壮な家を新築した両親のもとに帰り、明道尋常小学校に入学。学業成績は優秀、性格は内気、読書を好む少年であった。同級の田中幸太郎と家も近くよく遊んだ。	
明治32年	1899	７歳	父と松江に船で行き、松江城に登る。	
明治34年	1901	９歳	「明星」派のロマンティシズムに心酔していた明道校訓導・由良孝の感化を受ける。由良孝の弟・由良因政と知り合い美的観念を啓発される。『少年世界』を愛読し、和歌・俳句を作りはじめる。	
明治35年	1902	10歳	角盤高等小学校に入学。 都田鼎、松下素雨・井上義道（白井喬二）等と知り合い、文学的な交遊をはじめる。 鳥取県第一の焼酎醸造家となっていた家業が破綻、親戚に損害を与える。	
明治36年	1903	11歳	道笑町三丁目の家を失い、塩町・博労町・法勝寺町と転居を繰り返す。学校では友人に軽蔑されるようになり、零落の苦しみを味わう。再起をめざす父親に従い大根島に赴く。父親は再び酒造業を始めたが、さしたる成果もなく数ヶ月後に米子に戻り、角盤高等小学校に再度転入する。	
朝鮮・大阪時代				
明治37年	1904	12歳	５月、田中幸太郎（雪兎）、由良因政（古庵）等と回覧雑誌『若草』を発行。後に『花籠』『天使』等に改題し発行する。 ７月、度々授業料の督促を受けるようになり正式に退学。 小説や詩歌を読み耽り少年雑誌に投稿。『明星』『新声』『文庫』等に親しむ。	

明治37年	1904	12歳	11月、一家を挙げて（両親、姉たけの、春月、末弟博孝、妹千代子）日露戦争下の朝鮮（当時の大韓帝国）の釜山に移住。この家の借家の二階に住む女に、窃盗の濡れ衣をきせられる。世の不正に対する怒りは、後の春月の社会思想の形成に大きな影響を及ぼすことになる。	
明治38年	1905	13歳	釜山の佐須土原遊郭内に移転。釜山日報社の解版工となるが、賃金不払いにより退社。長崎県人内田氏の米店に住み込む。父の病気静養に付き添い大阪に向う。 11月、大阪より再度釜山に帰る。加徳島鎮海湾要塞経理部附傭人となる。 この頃から『ハガキ文学』『新声』『文庫』『文章世界』等に「伯耆男」「春月」「清比良」等の名前で投稿する。また東京の投書家と文通し、その紹介で秋田雨雀の羊角社の社友となる。	
明治39年	1906	14歳	鎮海湾要塞経理部を辞して釜山に帰る。 郷里で身を立てる決意をして淀江・太田家に帰郷。高等小学校農業補習科に入るが興味を持てなかった。 12月、再び朝鮮半島に渡り、当時一家が引移っていた密陽に行く。 12月23日、５歳の妹千代子栄養失調で亡くなる。	
明治40年	1907	15歳	木下尚江『良人の自白』に感動。全国の投書仲間の青年と文通し、井上義道（白井喬二）、尾崎久弥、白石武志、深見機郎、増田篤夫、三富義臣（朽葉）等と文通し、原稿を集めて回覧雑誌『低唱』を出す。 上京の気持ちが強くなり、数回大阪行きを試みるが失敗。 田中幸太郎の勧めにより代用教師になるべく郷里に向うが、下関にて大阪に行くことを決意。 大阪北区上福島に間借りし、小説・詩歌を読み耽り、『文章世界』、『文庫』等に投稿。父に事情を話し、月々僅かの仕送りを受ける。 文学に生きる道を定め、崇敬していた田山花袋に手紙を送り返事を得る。この時、花袋より語学の重要さを説かれる。後年その教えを守り語学に専心。	

東京時代				
明治41年	1908	16歳	東京行きを決心し、身体を鍛えるため体操を始める。川上眉山の自殺と国木田独歩の死を聞き衝撃を受ける。 ６月30日、大阪を出発し、７月１日東京に入る。 旧友田中幸太郎と会うため、日比谷公園で待ち合せているとき、挙動不審でスリの嫌疑を受け刑事に捕らえられる。この事件により、世の中の不正への憤りと臆病な性格が一層甚だしくなる。 木下尚江『飢渇』等を愛読し、虐げられたもののために生きることを誓う。 ９月、生田長江宅（本郷千駄木林町）に寄宿。 12月、生田長江に自作を示して指導を求めたが顧みられなかった。	
明治42年	1909	17歳	４月、『帝国文学』に初めて二篇の詩が載る。 ６月、叔父・太田市太郎の帰郷の求めに応じて淀江町に帰り、この地方では大きな質屋・印南家（祖母の妹宅）の養子となる。 ９月、生田一家が朝鮮半島を引き揚げて郷里・淀江に帰る。 質屋の生活半年にして再上京の気持ちが強くなり、養子先の大叔母の死にもかかわらず、11月、再び東京へ向かう。 一時、生田長江宅に身を寄せる。この時、同宿の佐藤春夫を知る。 生田長江の紹介で新潮社「文章講義録」の文章添削に従事、生活の糧を得る。これにより麹町に下宿。	
明治43年	1910	18歳	長江の紹介で小林愛雄と知り合い、詩の才能を認められて『帝国文学』に毎号のように掲載される。また、『東亜の光』の寄稿家となる。 ６月から数ヶ月、小林愛雄の父名義の家「橄欖山荘」に留守役として住む。 新詩社の歌会に出席し、少年時代から憧れていた与謝野寛・晶子の謦咳に接する。	
明治44年	1911	19歳	６月、長江の申し出により、本郷根津西須賀町の「超人社」と名づけた洋館に、長江、佐藤春夫と一緒に住む。その後、従兄の太田史郎と共に王子滝の川に住むが、のち牛込横寺町に移る。	

生田春月年譜

明治45年 大正元年	1912	20歳	1月より独逸語専修学校の夜学に通い始める(〜大正元年12月)。この頃、新潮社の中村武羅夫、加藤武雄らと知り合い、後年に詩を発表するきっかけとなる。 1月12日、姉たけの25歳で朝鮮で病死。	
大正2年	1913	21歳	11月3日、父左太郎別府で死亡、48歳であった。春月は旅費がなく帰郷できず。	
大正3年	1914	22歳	2月、『青鞜』同人西崎花世(筆名　長曽我部菊子)の感想文「恋愛及び生活難に対して」を読み、感激のあまり熱烈な求婚の手紙を出す。 3月、河井酔茗を介して共同生活を約束し牛込鶴巻町に新居を構える。英語の勉強を始める。日本文章学院の添削で生活費を得る。 4月、中村武羅夫にドイツ語を教える。 4月、生田長江、森田草平と『反響』創刊。 6月、牛込弁天町10番地に転居。 8月、牛込区榎町59番地に転居。	9月、翻訳ツルゲエネフ『はつ恋』(新潮社) 10月、『罪と罰』の翻訳にかかる
大正4年	1915	23歳	母いわ、上京して同居するが家庭不和に悩む。その後9月、牛込天神町に移り、母は近くに別居する。 4月、英語を独力で勉強し、中村詳一と知りあう。ギッシングの『ヘンリ・ライクロフトの私記』をテキストに英語の教えを受ける。 4月、大杉栄、土岐哀果の発起による「与太の会」がメイゾン鴻の巣で開かれ、安成貞夫、安成二郎、堺利彦、荒畑寒村、荒川義英らの常連に交って、中村武羅夫、生田春月の新顔が参加する。 堺利彦・大杉栄らと知り合う。また荒川義英を知る。	2月、翻訳ドストエフスキイ『罪と罰』生田長江(名義貸)、生田春月共訳(植竹書院) 5月、翻訳ゴオリキイ『マルヴ』『強き恋』(新潮社) 11月、生田春月編『三宅雪嶺修養語録』(新潮社)
大正5年	1916	24歳	堺利彦の「売文社」の仕事に関わる。しばしば刑事の訪問を受けるが、堺はじめ社会主義者とは深く交わることなく終わる。 ハイネ・ツルゲエネフが自分の生きる道であることを感じる。 5月、森田草平門下の山田田鶴子を愛するようになり、三角関係が生じ家庭不和となる。 長谷川時雨、三上於菟吉を知る。	4月、『虚無思想の研究』(天弦堂書房)
大正6年	1917	25歳	5月、花世が離婚を決意して一時故郷に戻るがまもなく帰京。春月、恋愛を清算し詩作と読書に専念。 10月、『文章倶楽部』(新潮社)に萩原朔太郎、福士幸次郎とともに新詩人として、写真で紹介される。 12月、『霊魂の秋』により詩人として認められる。	5月、翻訳サン・ピエル『海の嘆き―ポールとギルジニイ』(新潮社) 6月、翻訳ツルゲエネフ『散文詩』(新潮社) 12月、第一詩集『霊魂の秋』(新潮社)　※「大正5年9月5日発行、大正9年3月5日

大正６年	1917	25歳		10版」の奥付の『霊魂の秋』が米子市立図書館所蔵資料にある。他の書誌では確認できなかった。
大正７年	1918	26歳	第一詩集『霊魂の秋』を縁に宮島資夫と親しむ。 この頃、新進詩人としての評価が定まる。	６月、翻訳シヤトオブリアン『少女の誓』（新潮社） ９月、『新らしき詩の作り方』（新潮社） 10月、第二詩集『感傷の春』（新潮社） 11月、翻訳『はつ恋』増補改訂（新潮社）
大正８年	1919	27歳	年頭にあたり、"勤勉・孤独・純潔"を生活信条として刻苦精進することを決意。 11月、勝田香月詩集『旅と涙』（国民書院）に序文を記す。	２月、翻訳『ハイネ詩集』（新潮社） ３月、『日本近代名詩集』（越山堂） ４月、『泰西名詩名訳集』（越山堂） ５月、翻訳『ゲエテ詩集』（新潮社） ７月、感想集『片隅の幸福』（越山堂） ９月、翻訳　プラトン『饗宴』（越山堂） 12月、詩集『春月小曲集』（新潮社）
大正９年	1920	28歳	過去の小説・小品を集め、散文移行の序曲としての出版を決意。 詩作より創作を志し、小説「相ひ寄る魂」の執筆に着手。 12月、春月の詩集、アンソロジー、翻訳の業績に対し、室生犀星、福士幸次郎らの発起で慰労の会を開く。	６月、翻訳『ハイネ全集』第一巻（越山堂） ９月、翻訳『私の花環』（新潮社） 12月、翻訳『ハイネ全集』第二巻（越山堂）、小説小品集『漂泊と夢想』（新潮社）
大正10年	1921	29歳	２月、島崎藤村生誕五十年記念祝賀会の発起人に名を連ねる。 この頃、野村愛正を知る。 ７月、義弟西崎大樹計画の『文藝通報』（青年社）を企画編集。若杉鳥子と交際。 ８月、『文藝通報』の読者・神戸の女性が来訪。 『相ひ寄る魂』のモデルの一人佐藤春夫と絶交。	２月、翻訳ツルゲエネフ『春の波』（新潮社） ４月、『日本民謡集』（越山堂） ９月、小説『相ひ寄る魂』前編第一・二巻（新潮社） 12月、『相ひ寄る魂』中編第三巻（新潮社）

大正11年	1922	30歳	２月18日、加藤武雄、福士幸次郎、池田幸次郎、春月の四人で名古屋の文芸講演会（独立詩文学主催）に出席した際、女性聴講者より花束を受ける。 ２月19日、岐阜で講演（角笛詩社主催）。 ２月21日、12年ぶりに米子に帰省、米子、松江、美保関を周遊し、28日に帰京する。米子では盛大な歓迎会が催される。 ７月１日、大島庸夫詩集『羊草』（光明詩社）に序文を記す。 11月10日、松本詩話会の招きで講演のため松本市に行く。演題は「真実に生きる悩み」。	５月、詩集『慰めの國』（新潮社） ７月、小説「火中の花」を執筆 ９月、詩集『澄める青空』（新潮社） 10月、民謡小曲集『麻の葉』（玄文社） 12月、『虚無思想の研究（改版）』（三徳社）
大正12年	1923	31歳	３月18日、秋田市記念館で「愛憎の彼岸へ」と題して講演。 ３月、青年社の解散により、主宰誌『文藝通報』廃刊。後に詩と人生社を設け『詩と人生』を刊行する。 ６月、『白熱』（白熱社）八頭郡池田村（現若桜町）において池田仁学が発行。春月、花世、西崎満洲郎、田口正雄等春月門下が全面的に指導、応援した。 ６月、有島武郎の死に感動し、理解を示す文章を著す。 ９月、関東大震災に遭遇し、『相ひ寄る魂』後編の原稿を抱えて、花世、義弟とともに野宿する。 12月、『相ひ寄る魂』完了し、山陰の名勝行脚を行う。このとき『山陰日日新聞』に13年ぶりに帰米した春月歓迎会の記事が掲載される。 12月、春月の詩「故郷の唄」に杉山長谷夫が作曲する。	１月、翻訳『ロングフエロオ詩集』（越山堂） ２月、感想集『真實に生きる悩み』（新潮社）、詩集『春の序曲』（交蘭社） ３月、翻訳『バーンス詩集』（聚英閣） ５月、翻訳『純愛詩集』（一元社） ６月、小曲集『夢心地』（新潮社）
大正13年	1924	32歳	４月、名古屋・京都・金沢地方を巡る。 ５月、台湾日日新聞に小説「気儘鳥」を書く。（現時点の調査では同紙に５月前後の掲載はなかった） 10月、『詩と人生』廃刊。 10月17日、文芸講演会が千葉県の県公会堂において開催（現代文芸主催）。講師は生田春月、伊福部隆輝、三浦十八公、井東憲。 11月、保養のために宮城県遠刈田温泉に行く。 12月、『相ひ寄る魂』の姉妹編「生死相伴」の案ができる。	１月、小説『相ひ寄る魂』後編第四巻（新潮社） ３月、感想集『知慧に輝く愛』（新詩壇社） 11月、抒情小曲集『物思ひ』（素人社）

大正14年	1925	33歳	5月、箱根底倉行き。「生死相伴」を纏めるため伊香保に行くが、筆が進まず苦しむ。「山家文学論」を『新潮』に寄稿。 11月、『新潮』誌上に「現代虚無思想論序説」を発表。	5月、詩集『自然の恵み』（新潮社） 7月、翻訳『ハイネ全集第一巻詩の本』（春秋社） 9月、翻訳『ハイネ小曲集』（交蘭社）、感想文集『静夜詩話』（春秋社）
大正15年 昭和元年	1926	34歳	橋浦泰雄、白井喬二、生田長江、生田春月、尾崎翠等が鳥取無産県人会に参加。 4月、雑誌『愛誦』（交蘭社）が刊行され、西條八十、川路柳紅、生田春月、岡本かの子、岡本一平、吉屋信子らが集って発刊記念会開催。 5月、徳島県板野郡松島村在住の義弟・西崎謙太郎方に花世とともに逗留。 10月、牛込区弁天町133番地に転居。	2月、感想集『旅ゆく一人』（新潮社）、翻訳『ハイネ全集第二巻　新詩集』（春秋社） 4月、『美しいお話（四年生）親切な兄弟』（創元社） 6月、『詩魂礼讃』（新潮社） 7月、小説『二つの結婚』（交蘭社） 11月、感想集『草上静思』（交蘭社）、翻訳『ハイネ全集　第三巻　物語詩』（春秋社）
昭和2年	1927	35歳	9月、伊香保に逗留。執筆が進まず茫然と毎日を暮す。 10月、徳富蘇峰、『山家文学論集』の批評紹介を『国民新聞』に掲載。 12月、宗教に関する思想の違いにより、かつて英語の手ほどきを受けた中村詳一と絶交。	2月、『泰西名詩名訳集』（資文堂） 『日本文学講座第五巻 徒然草鑑賞江戸時代の随筆と柳里恭』（新潮社） 3月、翻訳『罪と罰』生田長江との共訳（成光館出版部） 8月、評論集『山家文学論集』（新潮社）
昭和3年	1928	36歳	1月、義弟西崎満洲郎死亡、実子を失ったように悲しむ。 3月、「悲劇的生命感」を『報知新聞』に寄稿。『文藝通報』の読者だった女性との恋愛関係が深まり神戸に行く。 3月23日、妻花世病気。義弟西崎粲史郎の手紙により、花世に春月と絶縁の意志がある旨を知り帰京。 4月、この頃より自殺の気持ちが強くなり、遺稿詩集『時代人の詩』を書き続ける。 5月6日、名古屋の文芸講演会で出会った伴淡路を訪ねて静岡に行き、15日には神戸の内山恵美に逢いに行く。 5月17日、花世より別居を告げる手紙を受け取り帰京。 7月24日、芥川龍之介の自殺の報に接し「やられた！」ともらす。	6月、感想集『影は夢みる』（新潮社） 9月、翻訳『世界文学全集27北歐三人集』（新潮社） 10月、詩集『春月詩集』（新潮社） 11月、『現代詩の作り方研究小曲の本質と創作の実際』（近代文芸社）

昭和３年	1928	36歳	８月、石川三四郎を知り『ディナミック』に詩を寄稿。この頃、神戸の内山恵美が家を捨てたことを知らされ悩む。 10月、直腸炎に苦しむ。 10月22日、母いわ死亡、65歳。	
昭和４年	1929	37歳	１月、武者小路実篤を訪ねる。 ２月、大森の室生犀星宅へ萩原朔太郎と共に訪ね、一夕痛飲する。 ３月、静岡の女性より同棲を相談する手紙が届き、花世が二日間別居。 ９月28日、萩原朔太郎あて手紙を出す。 10月、大島庸夫詩集『烈風風景』（行人社）に序文を記す。 11月、詩人野長瀬正夫の詩集出版会に出席。	５月、詩集『抒情小曲集』（新潮社） ７月、翻訳『世界文学全集36 近代短篇小説集ララビアタ』（新潮社）、評伝『メリケとヘルデルリン』（行人社） ８月、『文芸と生活』（社会教育協会） ９月、『現代詩人全集第八巻 生田春月集　堀口大学集　佐藤春夫集』（新潮社）
昭和５年	1930	38歳	１月、江口章子詩集『追分の心』の序文を書く。 ２月、杉原邦太郎詩集『火山』（機山閣書店）に序文を書く。 ３月１日、牛込区弁天町44番地に転居。ズーデルマン『猫橋』（世界文学全集所収予定）の訳を始める。 ３月、竹内瑛二郎『海鳴』（中西書房）に序文を記す。 ４月15日、舟木邦之助が佐藤春夫との和解を取り持ちたいとして来訪、承知の旨答える。（春月自死のため会うことはなかった。） ４月15日、正富汪洋生誕五十回記念祝賀会に出席。中央亭大社交室に於て記念撮影。これが東京での最後の写真となる。 ４月18日、詩文学の会を新宿中村屋で開催。 ５月１日、銀座で室生犀星と遊ぶ。 ５月３日、石川三四郎氏来訪、宮島資夫氏出家せんとする噂を知り、共に同氏を訪問したが、既に出発した後だった。 ５月13日、愛弟子松尾啓吉と会食（別れの宴）。 ５月14日、秋田雨雀・橋浦泰雄・尾崎翠と山陰道講演会（鳥取の自由社主催）を控えるが、『猫橋』脱稿のため疲労。花世が伊豆修善寺温泉での保養を勧める。 修善寺に行かず、伊勢の菰野湯の山温泉に向う。途中伴淡路と会う。 ５月15日、名古屋の旅館に宿泊し、女性の元愛人を呼び記念撮影。	４月、小説『愛の小鳥外三篇』（平凡社）

昭和５年	1930	38歳	５月16日、女性を豊橋駅に送り大阪に行く。 ５月17日、神戸の内田恵美を訪ねる。そこから大阪に行き、田中幸太郎を尋ねたが不在。堂ビルホテルに一人宿泊。 ５月18日、前日より、遺稿詩集『象徴の烏賊』最後の詩篇を完成させる。夜は北区堂島北町の花屋に投宿。 ５月19日、中根駒十郎、加藤武雄、長谷川巳之吉、石原健生、石川三四郎、花世へ遺書を認める。 午後、田中幸太郎と内山恵美が宿に来訪し語り合う。 ６時、再び田中と今橋の鶴屋で談じ、最後の晩餐をとる。田中は自動車で春月を築港まで送る。 ９時発の別府行菫丸に乗船。田中と花世への遺書を認める。絶筆「海図」の詩を残し、午後11時すぎ、播磨灘に投身した。	５月、翻訳ズーデルマン「猫橋」（第二期世界文学全集・新潮社） ５月、『近代詩人集　ドイツ語圏の詩人』共著（新潮社） ６月、『詩と随筆集　白き手の人他』（新潮社）
			【附記】 ５月25日、牛込弁天町の多聞院にて告別式。 ６月、「春月会」が発足（会長 大島庸夫）。特別会員として生田博孝、広戸節三、生田花世、加藤武雄、中村武羅夫、白井喬二、萩原朔太郎、三上於菟吉、室生犀星、福士幸次郎、辻潤、佐藤春夫、奥栄一、石川三四郎、河井酔茗、田中幸太郎、中根駒十郎。幹事には井上康文、中西悟堂、勝承夫、林芙美子、三石勝五郎、望月百合子、江口章子、山本和夫等をはじめ「詩と人生」「烽火」の同人たちが参加した。 ６月11日、田中幸太郎より遺体発見の報を受け花世急行する。 ６月12日、田中宅にて広戸節三と会い三人で三原丸に乗り、小豆島の遺体漂着地へ向う。 ６月13日、春月本人であることを確認し、苗羽村眞光寺墓地にて荼毘にふす。 ７月25日、花世らは遺骨を守って米子に向う。 ７月27日、会葬者百名の見守る中で法城寺の墓地に埋骨し、田中幸太郎が弔辞を読む。詩墓碑は春月作詞の一節を加藤武雄が揮毫。裏面には田中幸太郎の碑文が刻まれる。	６月、遺著『象徴の烏賊』（第一書房） ６月、『詩と随筆集』（新潮社）に「白き手の人」他の詩が掲載 ６月、感想集『生命の道』（新潮社） ７月、追悼詩集『海圖』（交蘭社） 昭和５～６年、『生田春月全集』第１巻～第10巻（新潮社）

昭和６年	1931		５月19日「春月一周忌記念の会」が多門院（牛込区弁天町）で行われる。出席者約40名。 ５月19日「生田春月を偲ぶ夕」が春月の著書と愛好した煙草、洋酒を霊前に捧げて集りがもたれた。尾張一宮の尾州文芸連盟主催。 この年、コロムビアレコードから杉山長谷夫作曲A面・路谷虹児「花嫁人形」、B面・生田春月「故郷の唄」が発売された。 10月、生田春月追悼講演会　生田春月全集刊行米子講演会・東京 海図社主催。講師 加藤武雄、石川三四郎、望月百合子、大島庸夫、佐藤信重、松尾啓吉。	
昭和８年	1933			４月、ツルゲエネフ『初恋』（新潮文庫19編） ５月、『霊魂の秋』（新潮文庫33編）、ハイネ『社会詩集』（改造文庫第二部216編）、『ハイネ詩集』（新潮文庫35編） ６月、『ゲエテ詩集』（新潮文庫48編） ８月、ハイネ『恋愛詩集』（改造文庫第二部217編） 10月、『真実に生きる悩み』（新潮文庫82編）
昭和９年	1934			１月、『春月小曲集』（新潮文庫95編） ３月、『山家文学論』（春陽堂文庫99編）、『影は夢みる』（新潮文庫97編）、ツルゲエネフ『散文詩』（新潮文庫100編） ６月、サンピエル『海の嘆き』（新潮文庫103編）、『生命の道』（新潮文庫106編） 10月、『感傷の春』（新潮文庫115編）
昭和10年	1935			５月、『澄める青空・自然の恵み』（新潮文庫135編） 12月、『現代詩人全集　生田春月集』（新潮文庫155編）
昭和11年	1936		６月21日、小豆島に「春月の碑」（別名海の詩碑）除幕式。京都・大徳寺の中村戒仙上人が経文を唱えた。出席者は広戸節三、生田博孝兄弟、石川三四郎、加藤武雄、萩原朔太郎、福田正夫、大島庸夫、望月百合子、山本和夫、南条蘆夫ほか約50名が参加した。	１月、『泰西名詩名訳集』（資文堂書店） ８月、パウル・ハイゼ『ララビアタ―片意地娘―』（山本書店）、『旅ゆく一人』（新潮文庫184編）

昭和12年	1937			3月、『夢心地・春の序曲』（新潮文庫225編）
昭和13年	1938			1月、『山家文学論集』（新潮文庫271編） 3月、『詩魂礼讃』（新潮文庫278編） 9月、『相寄る魂』上中下巻（新潮文庫311・312・313編）
昭和14年	1939			6月、ドストエフスキー『罪と罰』生田長江、生田春月共訳（金鈴社） 8月、ズーデルマン『猫橋』（新潮文庫388編）
昭和22年	1947			1月、翻訳ビョルンソン『アルネ』（鬼怒書房）
昭和23年	1948			11月、『ハイネ恋愛詩集』（鎌倉書房）
昭和27年	1952			9月、『詩集　真珠頌　追慕抄─生田春月に捧ぐ』大島庸夫著（四季社）10月、ズーデルマン『猫橋』（創元文庫B-50）
昭和29年	1954		「連続ラジオ小説 相寄る魂」原作＝生田春月　脚色＝田賀市郎　1954年4月～1955年3月に週1回放送。NHK鳥取放送局。	
昭和30年	1955			8月、『真実に生きる悩み』（角川文庫）
昭和32年	1957			8月、『愛と真実の悩み』（青春新書）
昭和33年	1958			2月、『霊魂の秋』（甲陽文庫） 5月、『真実に生き抜く悩み』（青春新書）、『感傷の春』（甲陽文庫）
昭和34年	1959		11月、「鳥取音楽家クラブ 発表記念講演会」生田春月詩、岩上行忍作曲（旧）鳥取県立鳥取図書館にて開催。	
昭和41年	1966		5月、米子市皆生海岸に『相寄る魂』の序詩を刻んだ文学碑建立。	
昭和42年	1967			6月、広野晴彦編『定本　生田春月詩集』（彌生書房）
昭和48年	1973		5月、出身校（旧）米子市立明道小学校に『相寄る魂』の一節を刻んだ記念碑建立。 11月、松江市宍道湖畔に『麻の葉』の小曲の一節を刻んだ「白魚の碑」建立。	5月19日、二十日会同人編『生田春月読本』（油屋書店） 7月、佐々井秀緒著『生田春月の軌跡』（油屋書店）

昭和49年	1974		５月、米子市淀江町の淀江町歴史民俗資料館前（移転後）に「故郷の唄」の一節を刻んだ文学碑建立。	
昭和50年	1975		10月15日、「岩上作品夕べの会」 春月詩作品八つの独唱曲と混声四部合唱曲・七つの合唱小品が鳥取市民会館で開催。	
昭和54年	1979		６月５日、ふるさと文学NHK鳥取放送局「自ら欺かざるの人―生田春月―」を放送。出演者佐々井秀緒。 このころ、東京都新宿区弁天町の多聞院に『時代人の詩』の一節を刻んだ詩碑建立。（確定年は不明）	１月、佐々井秀緒著『評伝生田春月の軌跡』（米子今井書店）
昭和56年	1981			１月、河西新太郎著『悔いなし海に死すとも　生田春月と海の詩碑』（讃文社） 12月、広野晴彦編『定本　生田春月詩集改訂版』（彌生書房） 12月、『生田春月全集』全13巻生田花世編（飯塚書房）が広野晴彦の尽力によって出版。
昭和57年	1982		５月、生田春月生誕九十周年記念講演会。講演者佐々井秀緒、鳥取県立米子図書館主催。	
昭和58年	1983			４月、峰地利平編『春月故郷に帰る　生田春月再見』（米子今井書店）
平成５年	1993			秋、『生田春月の詩による作品集』作曲　岩上行忍（GKT）
平成11年	1999			５月、日本近代文学館資料叢書［第１期］『文学者の日記５ 長与善郎　生田長江　生田春月』（博文館新社）
平成13年	2001			11月、于耀明著『周作人と日本近代文学』第７章「生田春月の『新らしき詩の作り方』と中国の初期口語詩」（翰林書房）
平成16年	2004		９月18日、シンポジウム「故郷・米子を愛した詩人　生田春月」基調講演　森まゆみ、コーディネーター西尾肇、パネリスト　森まゆみ、武田信明、上田京子、鳥取県文化観光局主催（米子市文化ホール）、同「生田春月展」を米子市立図書館にて開催。	

平成17年	2005			３月、『故郷・米子を愛した詩人　生田春月　シンポジウム記録集』（鳥取県文化観光局振興課）
平成18年	2006			３月、『郷土出身文学者シリーズ２　生田春月』（鳥取県立図書館）
平成19年	2007			11月、竹内一朔著『春月と瑛二郎』（秋田文化出版）
平成24年	2012		６～７月「ふるさと米子を愛した詩人生田春月～生誕120年を迎えて」資料展（鳥取県立図書館　於）	
平成25年	2013		９月、「春月を語る会」春月縁者の会主催（米子市皆生於）	５月、上田京子著『生田春月への旅』（今井出版）
平成27年	2015		10月３日、「郷土の詩人・作家　生田春月　春月をうたう」春月作品を朗読、歌、解説で構成。春月会主催（米子コンベンションセンター）	
平成28年	2016		10月１日、第16回中四国詩人会米子大会記念講演「生田春月への旅　その生涯と文学を掘り起こす」講師　上田京子。中四国詩人会主催。10月19日、「生田春月文学散歩　米子・松江編」米子市・松江市の生田春月文学碑、春月文学作品の舞台をめぐり、春月作品に親しむ。春月会主催。	
平成29年	2017		11月７日～26日、「米子の詩人　生田春月展　春月に親しむ　春月と遊ぶ」新たに発見された春月の書簡、著作、自筆原稿、春月詩の楽譜、「故郷の唄」のレコード、春月文学碑拓本等を展示。春月会主催。（米子市立図書館）	
平成30年	2018		９月22日、「春月をうたう　愛と望郷の旋律」 春月の詩の抒情性、故郷に寄せる想いを歌や朗読で届ける。春月会主催。（米子市淀江文化センター）	
令和３年	2021			上田京子著『生田春月への旅Ⅱ』（今井出版）

『生田春月全集　全10巻』（新潮社　1931）、昭和女子大学近代文学研究室『近代文学研究叢書　第32巻 生田春月』（1969）、広野晴彦編『定本　生田春月詩集　改訂版』（彌生書房　1981）、春月自著の小伝、他新出資料をもとに加筆、訂正。

索　引（五十音順）

索引について
- 人名、事項はそのままとしたが、本文に号があるものはこれを入れた。
- 書名はカッコの中に著者・編者を入れた。
- 雑誌名はカッコの中に発行所を入れた。

あ行

か行

さ行

た行

な行

は行

ま行

や行

ら行

わ行